O MUNDO SUPERIOR

FEMI FADUGBA

O MUNDO SUPERIOR

FEMI FADUGBA

Tradução
Petê Rissatti

Copyright do texto e das ilustrações © 2021 by Femi Fadugba
Copyright da tradução © 2023 by Editora Globo S.A.

Publicado originalmente em inglês pela Puffin Books Ltd,
parte da Penguin Random House UK group.

Os direitos morais do autor foram assegurados. Todos os direitos reservados. Nenhuma parte desta edição pode ser utilizada ou reproduzida — em qualquer meio ou forma, seja mecânico ou eletrônico, fotocópia, gravação etc. — nem apropriada ou estocada em sistema de banco de dados sem a expressa autorização da editora.

Título original: *The Upper World*

Editora responsável **Paula Drummond**
Assistente editorial **Agatha Machado**
Preparação de texto **Vanessa Raposo**
Diagramação e capa **Renata Vidal**
Projeto gráfico original **Laboratório Secreto**
Revisão **Valéria Alves** e **Luiza Miceli**
Ilustração de capa **Douglas Lopes**

Texto fixado conforme as regras do Acordo Ortográfico da Língua Portuguesa (Decreto Legislativo nº 54, de 1995)

CIP-BRASIL. CATALOGAÇÃO NA PUBLICAÇÃO
SINDICATO NACIONAL DOS EDITORES DE LIVROS, RJ

F134m

    Fadugba, Femi
        O mundo superior / Femi Fadugba ; tradução Petê Rissatti. - 1. ed. - Rio de Janeiro : Alt, 2023.

    Tradução de: The upper world
    ISBN 978-65-88131-85-5

    1. Ficção togolesa. I. Rissatti, Petê. II. Título.

23-82676   CDD: 896.681
                                    CDU: 82-3(668.2)

Gabriela Faray Ferreira Lopes - Bibliotecária - CRB-7/6643

1ª edição, 2023

Direitos de edição em língua portuguesa para o Brasil
adquiridos por Editora Globo S.A.
R. Marquês de Pombal, 25
20.230-240 – Rio de Janeiro – RJ – Brasil
www.globolivros.com.br

PARTE I
DISTÂNCIA

DO CADERNO DE BLAISE ADENON: CARTA UM

Para Esso.

Era uma vez um grupo de prisioneiros que vivia em uma caverna.
 A vida inteira, eles se ajoelharam na terra fria, de frente para uma pedra, com correntes enroladas no pescoço com tanta força que nem conseguiam se virar para ver de onde vinha a luz âmbar que entrava ali.
 Assim, todos os dias eles observavam sombras tremeluzirem e dançarem na parede de pedra, iluminadas por aquela luz escondida atrás deles. Estudaram as sombras, nomearam-nas e rezaram para elas.
 Então, certa manhã, um dos prisioneiros se libertou. Virou-se para a luz que cintilava no fundo da caverna e a olhou com admiração, desesperado para saber de onde vinha, aonde levava.
 Seus amigos, ainda acorrentados, advertiram: "Fique aqui, seu tolo! Você não sabe para onde está indo. Vai morrer se for muito longe!"
 Mas ele os ignorou.
 Quando saiu da caverna, nada do que viu — nem as árvores, os lagos, os animais, nem o sol — fez sentido para ele. A

energia fluía tão livremente que quase parecia... errada. Mas, com o tempo, ele se acostumou com sua nova realidade. Finalmente percebeu que tudo que conhecera na caverna tinha sido uma mera sombra desse lugar maior.

Um lugar que chamou de Mundo Superior.

Ele correu de volta para a caverna, animado para compartilhar as boas notícias com os amigos. Mas, quando explicou o que tinha visto no Mundo Superior, zombaram dele, chamaram-no de louco. E, quando ele se ofereceu para libertá-los de suas correntes, ameaçaram matá-lo.

Um homem chamado Sócrates contou esta história há mais de 2.300 anos em Atenas. A maioria dos que o ouviram a interpretou como um conto de fadas caprichoso, uma metáfora sobre o quanto pode ser solitário se aventurar no desconhecido. Mas o que as pessoas não sabem, meu filho, é que Sócrates realmente acreditava no Mundo Superior. E que, quando contou aos outros o que viu lá em cima, foi executado.

Capítulo 1
ESSO · AGORA

É preciso ser muito burro e azarado para não fazer parte de uma gangue, mas ainda assim ir parar no meio de uma guerra entre grupos rivais. Eu consegui essa proeza. E foi antes da viagem no tempo.

Eu me ajoelhei, apoiando os cotovelos em um canto do colchão onde o lençol não havia se soltado. Cansado e sozinho no meu quarto, eu estava desesperado por uma ajuda divina. Mas não conseguia me decidir entre Jesus, a mãe dele, Thor, o profeta Maomé (e o figurão para quem ele trabalha), aquele cara asiático careca do manto laranja, o pai de Jesus, o imperador Haile Selassie, a escultura vodu do meu avô, Morgan Freeman ou a placa de metal na lua daquele filme antigo, *2001: Uma odisseia no espaço*. Então, só para garantir, rezei para a galera toda.

— Queridos Santos Vingadores — implorei com os dedos entrelaçados. — Primeiro, por favor, me perdoem por ter sido um idiota na segunda-feira. E por mentir para a mamãe sobre o que aconteceu.

SEGUNDA-FEIRA (QUATRO DIAS ANTES)

Antes do dia sair dos trilhos, aprendi algo na aula. (Era assim que a escola deveria ser o tempo todo?)

A Escola Secundária Penny Hill ficava na divisa entre Peckham e Brixton. Isso não era um problema nos anos 1940, quando a construíram, mas se tornou um dos grandes quando as gangues chegaram. Agora, jovens de gangues rivais eram forçados a passar sete horas por dia juntos, enquanto era esperado que o restante de nós aprendesse alguma coisa com essa história rolando de pano de fundo.

Nossa sala de aula era organizada em quatro fileiras de oito carteiras. O teto era baixo demais, o que fazia qualquer um se sentir como uma galinha em uma gaiola se se sentasse lá pelo meio da sala, como eu. A srta. Purdy dava aulas de educação física e de matemática. Mas ela ensinava bem. Ou seja: ela sabia do que estava falando e, para variar, se importava ao menos um pouquinho. Suas turmas tinham menos brigas e notas mais altas por causa disso. Até as *minhas* tarefas estavam voltando com um ou outro B naquela época. A matemática sempre me atraiu. Meu lado mais ingênuo se agarrou à ideia de que um dia eu teria um monte de dinheiro e de que a matemática me ajudaria a enriquecer.

Sempre respeitei o fato de que dois mais dois é quatro. Eu passava a maior parte dos dias alternando entre o sotaque que usava em casa, o dialeto das periferias de Londres, minha voz de leitura nas aulas de literatura inglesa e a voz educada que criei para quando precisasse que a empresa de telefonia mandasse alguém vir consertar o roteador. Gostava de como todas essas coisas tinham menos relevância na aula de matemática. A professora podia até pensar que eu era um idiota, mas dois mais dois ainda seria igual a quatro.

O que eu não tinha como saber, sentado ali naquela segunda-feira de manhã, era que as formas tridimensionais que a srta. Purdy estava desenhando na lousa acabariam abrindo meus olhos para todas as quatro dimensões. Na verdade, se alguém tivesse tentado me avisar que eu estaria me movendo como um super-herói psíquico até o fim da semana, eu acharia que estava batendo papo com alguém muito viajado nas drogas e então indicaria à pessoa um apartamento abandonado em Lewisham, onde poderia conhecer mais gente ligada na mesma sintonia.

— Hoje, vamos revisar o teorema de Pitágoras — disse a srta. Purdy, circulando uma equação que acabara de escrever no quadro. — E a usaremos para descobrir o comprimento do maior lado do triângulo.

$$a^2 + b^2 = c^2$$

Ela esperou, de braços cruzados, que a classe se acalmasse.

— Shhhhhhhh! — fez Nadia, virando o pescoço para encarar duas garotas conversando atrás dela.

Nadia não era a queridinha de nenhum professor e raramente se importava *pra valer* com as aulas. Mas tínhamos simulados chegando, e ela claramente não estava a fim de ser prejudicada pela galera que não dava a mínima para nada.

Enquanto isso, eu encarava a lousa, fazendo o olhar sério com os lábios franzidos que pratiquei no espelho naquela manhã. O olhar de Nadia teria que passar por mim no caminho de volta para a professora, e eu queria deixar a melhor impressão possível. Papo reto: eram *constrangedoras* as coisas que eu fazia por ela. Eu passava mais da metade da aula: a) encarando de um jeito bizarro a nuca de Nadia; b) olhando para ela com o canto do olho; ou c) fazendo beicinho e esperando que ela prestasse atenção em mim, o que nunca consegui definir se dava certo, já que eu sempre estava olhando ao longe como um modelo de loção pós-barba.

A professora se virou para o quadro com dois marcadores de cores diferentes na mão.

— Para trazer isso para nossa realidade, vou usar um exemplo prático. Digamos que você esteja andando pelo Burgess Park. O caminho começa aqui no portão sul e precisa chegar até a Old Kent Road. Existem basicamente dois caminhos diferentes que você pode pegar: o primeiro, pela lateral e ao longo da trilha de cima, é o que vocês, jovens descolados, talvez chamem de "ai, que saco".

Ela esperou que alguém risse... *Qualquer um*. Depois de uma dose longa e fria de silêncio, prosseguiu:

— Segundei. Bem, de qualquer forma, pegar a rota mais longa significa ficar na calçada e percorrer um lado *inteiro* do parque para então cruzar até a saída da Old Kent Road. Mas a rota alternativa, mais curta, corta o parque diagonalmente pela grama.

Depois que a srta. Purdy se afastou do quadro, vimos que ela enumerou dois lados de um triângulo, mas deixou um ponto de interrogação no lado maior. Um suspiro coletivo percorreu a sala quando percebemos que ela pediria a resposta para um de nós.

— Vamos começar com a borda mais curta do triângulo. Alguém pode me dizer com qual número eu fico quando pego o *três* e o coloco ao quadrado?

A mão de Nadia se ergueu, a única agulha no palheiro. A srta. Purdy a ignorou — afinal, tinha que dar uma chance ao restante da turma de vez em quando — e se virou para alguém que prestava muito menos atenção.

— Rob, quanto é três ao quadrado?

Daria para pensar que a srta. Purdy era feita de vidro pela forma como Rob olhava através dela.

Por favor, me diga que ele sabe que é nove, pensei comigo mesmo. Assim como Kato, Rob era meu melhor amigo, e eu sabia que matemática não era sua praia. Sinceramente, quase nada da escola era a praia de Rob. Mas pergunte a ele a diferença entre o drill cantado no Reino Unido, em Nova York e em Chicago, e ele se transformará em um Einstein. Ou conte uma história que você ouviu no noticiário da noite e observe como Rob vai encontrar uma maneira engenhosa de conectá-la aos Illuminati e o plano deles para acabar com negros, pessoas de pele marrom e gente do Leste Europeu. Rob também era polonês. Mas essa informação não diz muito sobre ele.

Kato, sentado do outro lado de Rob, sussurrou para ele:

— Afeganistão! A resposta é Afeganistão, confie em mim.

— Afeganistão — Rob repetiu, mostrando para a professora seu semblante mais orgulhoso.

Ela deve ter piscado três ou quatro vezes em confusão. A resposta foi tão fora da casinha que a deixou sem palavras, e ela não teve escolha a não ser fechar a boca e desviar o olhar.

Kato se acabou de rir, usando as mangas para enxugar as lágrimas que se acumulavam no canto dos olhos. Tudo na vida era hilário para aquele cara. Provavelmente porque tudo na vida era muito fácil para ele.

Rob o fuzilou com o olhar, fechando a cara até suas sobrancelhas virarem uma só. Às vezes eu tinha medo de ter que ficar afastado da escola por mais de uma semana só para voltar e encontrar nossa frágil amizade partida em três pedaços. Mas pergunte a qualquer outra pessoa em Penny Hill e ela vai jurar que somos inseparáveis — o grupinho feliz conhecido como "Kato, Esso e Rob". Mesmo quando apenas um de nós fazia algo errado, o problema respingava nos três. Diziam: "Kato, Esso e Rob fizeram isso!", como se os três nomes estivessem impressos nos meus documentos.

— Esso? — a professora se virou para mim com desespero nos olhos.

— É só pegar o número e multiplicar por ele mesmo, certo? — respondi. Eu não queria que minha resposta parecesse uma pergunta, mas não pude evitar minha voz afinando no final. A professora inclinou a cabeça, esperando que eu prosseguisse. — Então, é só três vezes três, que é nove — acrescentei.

Ela me fez responder cada etapa do processo, me liberando apenas após eu dar à equação o carinho que a professora achava que ela merecia.

— Então c, o lado maior, é igual a cinco — finalmente respondi.

Calculei o número final na minha cabeça alguns segundos antes e, enquanto ela escrevia tudo no quadro, me questionei se deveria fazer a pergunta na qual estava pensando. A srta. Purdy nos disse no início da aula que Pitágoras chegou a sua famosa equação há 2.500 anos. *Dois mil e quinhentos anos atrás!* Tenho quase certeza de que isso foi antes mesmo da invenção do papel. *Mas como?*

O problema era que, independentemente do que os adultos dissessem, existiam *sim* perguntas idiotas. Na verdade, a maioria das perguntas que eu fazia a eles me rendia aquele olhar de "que pergunta boba". Na escola, se eu perguntasse sobre alguma coisa que fugisse da pauta da disciplina, os professores quase me xingavam. Em casa, minha mãe me tratava exatamente do mesmo jeito se eu questionasse sobre meu pai. Qualquer frase que começasse com "por que" ou "como" era assustadora para *alguém*.

Mas uma vez que uma pergunta tomava forma na minha cabeça, eu tinha dificuldade em deixá-la sem resposta. Ajudava que a srta. Purdy ainda estivesse sorrindo para mim e que ela geralmente aceitava bem quando os alunos da fileira do meio levantavam as mãos. *Dane-se*, pensei, pigarreando em preparação. *Qual é a pior coisa que poderia acontecer?*

— Como Pitágoras chegou a essa equação? — Fiz o meu melhor para parecer desinteressado, mas, na verdade, não saber aquilo era um buraco que dobrava de tamanho a cada segundo.

Então, veio um estalo em meu ouvido. Rápido e nítido, mas leve. *Aquilo era... uma bola de papel?*

— Nerdãããããooo! — zombou Kato. Eu me virei para vê-lo fechando os dedos em volta dos olhos como se fossem óculos.

Rob riu também, seguido por todo mundo do fundão. *Preciso de novos amigos*, concluí. Mas então Nadia se virou para mim com uma expressão igualmente surpresa e impressionada, um olhar que fez toda a vergonha se dissolver. Refiz minha cara de descolado a tempo.

A srta. Purdy passou os cinco minutos seguintes nos mostrando como Pitágoras havia transformado seu palpite sobre os triângulos em uma lei matemática que teria de ser obedecida pelo resto da eternidade em todo o universo.

No segundo em que a professora terminou de explicar, senti como se um cadeado enferrujado tivesse se aberto na minha cabeça.* E, somente pela segunda ou terceira vez na vida, senti que talvez — apenas *talvez* — eu pudesse viver em um mundo onde as coisas fizessem sentido.

Quando a srta. Purdy virou as costas, dei um Google em "Pitágoras" no celular. Acontece que, como a maioria dos espertões, meu parça era doido de pedra. Segundo as "internetes", ele comandava um tipo de culto no qual todos juravam nunca comer feijão preto ou mijar de frente para o sol. Ah, e todos adoravam o número dez e acreditavam que, se você levantasse a tampa do que todos nós vemos como realidade, não encontraria nada além de matemática debaixo dela — aparentemente, a linguagem com que os deuses escreveram o universo.

Também havia "links relacionados" para alguns de seus fãs — um cara chamado Platão, outro Sócrates —, nos quais nem me dei ao trabalho de clicar. A história estava começando a ficar viajada demais, então guardei meu telefone, sabendo que tinha sorte de não ter sido visto pela professora. Tinha muita moral com ela e nenhuma intenção de perdê-la.

E, então, Gideon Ahenkroh entrou na sala.

Mesmo com o boné abaixado, era possível ver os olhos dele enquanto traçavam o chão no trajeto até seu assento. Como todos os garotos de Penny Hill, ele colocava as calças o mais baixo possível, quase nas coxas. A maioria das garotas fazia o mesmo com as saias, porém na direção oposta.

Rob, Kato e eu trocamos olhares. Parece que diziam: *Saquei também. Tem algo de errado. Alguma coisa engraçada está prestes a acontecer.* Nós nos viramos de volta para a cena para garantir que não perderíamos nada.

---

* Consulte a página 361 para mais informações sobre o teorema de Pitágoras.

— Gideon, você está atrasado. De novo — repreendeu a srta. Purdy. — Além disso, nada de bonés na aula. Tire-o e sente-se, a menos que queira ir para a diretoria. *De novo*.

Quando Gideon levantou o boné, todos os 31 de nós caímos na gargalhada. Havia pontos do tamanho de moedas em seu couro cabeludo onde faltava cabelo, brilhando como se ele tivesse aplicado gel com glitter. D, sentado atrás de Gideon, tinha a melhor visão dos ziguezagues na parte da nuca.

Se o ditado "a água silenciosa é a mais perigosa" pudesse representar um único mano, esse mano seria o D. O cara não buscava a popularidade, a popularidade o buscava. Nas poucas vezes em que ele abria a boca, as pessoas ou riam ou assentiam ou corriam em busca de segurança. Todos no sul de Londres tendiam a concordar que D e seu irmão mais novo, Pinga-Sangue, faziam parte de uma gangue de Brixton chamada P.D.A. — eram os irmãos de pele clara menos pele clara já criados. Era como se alguém tivesse convencido a Young M.A a ter filhos com o Fredo, e então pedido a um cientista para deletar qualquer vestígio de Chris Brown de seu DNA. D era o mais atarracado dos irmãos, mas ainda assim alcançava pelo menos 1,80 m e dominava qualquer espaço onde estivesse.

— Mermão, que corte de cabelo *feio* — disse D. — É só me dar um salve que eu mando a galera tirar a limpa com esse teu barbeiro. Ninguém zoa contigo desse jeito, só eu.

Ele afundou na cadeira, seu dente de ouro brilhando enquanto ria da própria piada. Depois de uma pequena pausa, todos nós rimos também: era mais fácil assim.

Uma ideia para completar a piada surgiu na minha cabeça. Parte de mim pensou: *Não, Esso. Não seja idiota. Gideon já está tendo uma manhã ruim. Só fica quieto e segue o baile.*

Eu estava olhando para a nuca de Nadia, sabia que ela me diria a mesma coisa. Mas os outros 99% de mim gritavam: *Vai fundo, garoto. Dê para as pessoas o que elas querem. Este é o plano de Deus.*

— Acho que foi a mãe dele que cortou, hein? — falei. — Ela sabe que nunca mais vai conseguir pegar ninguém, então quis garantir que Gideon também não.

Um estrondo de risadas muito mais alto percorreu a sala. Eu estava testando minha sorte com a piada, considerando o quanto meu corte de cabelo estava ultrapassado, mas até D assentiu em aprovação. *Missão cumprida.*

Até o nono ano, eu nunca tinha percebido como a popularidade nos torna mais engraçados. Eu estava bem perto do topo da cadeia alimentar de Penny Hill, o que significava que as pessoas tinham que rir das minhas piadas agora, *especialmente* se fossem engraçadas.

Nadia, por outro lado, não estava rindo. Eu devia ter recebido um pouco de sua desaprovação, mas, em vez disso, ela dirigiu todo o desdém para D, encarando-o com uma expressão que poderia quebrar vibranium. Com um sorriso, ele lhe soprou de volta um beijo.

Sempre achei engraçado o quanto aqueles dois se odiavam. Lembrei do dia em que o celular de D começou a tocar na aula e Nadia, vendo que a srta. Purdy não podia fazer nada a respeito, foi até a mesa dele, pegou o iPhone dele e o jogou pela janela do primeiro andar. Ela fez questão de parar para vê-lo quicar no concreto como uma pedrinha na água. D achava que tinha algum poder sobre todo mundo, enquanto Nadia sentia que não devia nada a ninguém. Então, é, eram como água e óleo.

Acontece que Nadia não foi a única que não achou graça. Os braços da srta. Purdy estavam cruzados, e a cabeça de Gideon ainda estava afundada no peito. *Coitado*, pensei, surpreso com o quanto me arrependia da piada.

Mas Gideon Ahenkroh tinha planos diferentes para como as coisas terminariam. Ele se levantou da cadeira e, uma fração de segundo depois, senti um *baque* contra minha testa. Olhei para baixo e vi um bastão de cola branco e laranja rolando no chão.

Gideon jogou mesmo um bastão de cola na minha cabeça?

Pulei da cadeira e corri três voltas inteiras atrás dele ao redor da sala de aula. Gideon fingia virar à esquerda, então saía na outra direção. No momento em que me virei novamente, ele havia saído porta afora.

— Vou te pegar, maninho! — gritei no corredor atrás dele. Por alguma razão, minha voz de machão sempre saía aguda e assustadoramente americana no calor do momento. — Tá correndo por quê? Bora resolver isso aqui, cara!

Eu podia ouvir Rob e Kato gargalhando atrás de mim. Eles sabiam melhor do que ninguém que eu não faria porcaria nenhuma com Gideon. Eu tinha a constituição de uma vareta: metade dos alunos do sétimo ano de Penny Hill poderia me esmagar.

Voltei para a sala da srta. Purdy, cujo rosto estava rosa-choque.

— Volte aqui e sente-se, Esso! Agora mesmo!

Foi assim que ganhei minha primeira advertência.

Foi assim que começou a semana mais louca da minha vida.

QUARTA-FEIRA (DOIS DIAS ANTES)

Penny Hill era pobre demais para investir em algo melhor que selos de segunda categoria. Assim, no minuto em que recebi minha advertência na segunda-feira, eu já sabia que a carta não chegaria até quarta-feira de manhã.

Quando a manhã de quarta-feira finalmente chegou, vi o envelope deslizar pela portinhola da nossa porta da frente e o peguei antes mesmo que tocasse o chão. Nem me incomodei em abri-lo, apenas o enfiei no fundo da caçamba de lixo do lado de fora e continuei andando. *Missão cumprida.*

Bom, mais ou menos. O carteiro chegou uma hora atrasado, o que significava que eu estava uma hora atrasado para a escola.

Foi assim que consegui minha segunda advertência.

Mas também não me deixei abalar. Eu tinha um plano: Penny Hill enviaria a carta de advertência naquela tarde e ela só chegaria na minha casa na sexta-feira de manhã. Eu esperava que o carteiro não se atrasasse da próxima vez e chegasse *antes* de eu ter que sair para a escola. Mas mesmo que ele não o fizesse, minha mãe trabalharia à noite no fim daquela semana, então eu poderia correr para casa na hora do almoço e pegar a carta antes que ela acordasse.

Minha mãe e eu estávamos nos dando muito bem esses dias. Ela começou a se abrir sobre as brincadeiras que fazia quando tinha a minha idade e foi legal descobrir esse seu lado mais zoeiro. Melhor ainda, ela confiava na minha capacidade de manter a casa arrumada durante o dia e trancada à noite, e tinha parado de fazer perguntas quando eu chegava tarde nos fins de semana. Pra que estragar isso? Especialmente considerando que eu já tinha calculado certinho o tempo de entrega das cartas e concluído que havia risco zero de ela descobrir sobre as advertências.

Quando a noite de quarta-feira chegou, decidi comemorar minha invencibilidade recém-descoberta indo às compras no West End com Spark. Seus novos tênis Air Max eram *irados*. Pensando bem, não conseguia me lembrar da última vez em que tinha visto Spark usando tênis velhos ou vestindo outra coisa além de um conjunto esportivo preto: uniforme de quebrada o ano inteiro.

Spark estava entregando os tênis tamanho quarenta que acabara de experimentar para o caixa da NikeTown, que prontamente apresentou a conta de 160 libras. Ele tirou um cartão do bolso traseiro da calça que, mesmo depois de puxada para cima, ainda estava muito grande para suas pernas curtas.

Após o quinto cartão e a oitava tentativa, o leitor de cartões desistiu. Não devia ser fácil para Spark guardar todas aquelas senhas na cabeça, especialmente porque a maioria não era dele.

O caixa riu enquanto se virava para mim, dizendo:

— Parece que você vai ter que salvar seu companheirinho aqui.

Assim que ele disse a palavra no diminutivo, meu queixo caiu.

Então, meu coração disparou.

Spark era meu parceiro. E um cara maneiro, pelo menos para mim. Morávamos no mesmo bairro desde que tínhamos seis anos, então eu o conhecia bem. Tão bem que, se minha mãe não tivesse me proibido de sair com ele tantas vezes, poderíamos nos considerar primos. Uma vez ouvi um ditado que dizia que todos nós carregamos um balde na cabeça, e todos os dias as pessoas ao nosso redor, quer saibam ou não, jogam seus problemas nele. A maioria de nós nasce com baldes grandes e largos, o que significa que, mesmo quando perdemos a paciência, o balde nunca transborda demais. Mas aí vem um cara tipo Kyle Redmond, mais conhecido como Spark, que, em vez de um balde, nasceu com uma colher de chá.

Eu só saía com ele uma vez a cada dois meses, e nunca para muito longe de nosso bairro, e, naquele momento, me lembrei do porquê.

Spark pegou a caixa aberta das mãos do caixa e a arremessou para o outro lado da loja. Interferi rapidamente, sabendo que tinha que afastá-lo do balcão e sair de lá antes que ele arruinasse a noite para nós dois.

Quando chegamos à Tottenham Court Road, quinze dos companheiros de Spark se juntaram a nós, cada um vestido de preto da cabeça aos pés, apinhando a calçada já lotada. Spark tinha me dito, antes de irmos até a NikeTown, que "alguns amigos" dele estavam vindo nos encontrar, mas não mencionou que tinha chamado a galera toda. E eram todos caras de Peckham — East Peckham, para ser mais preciso, um grupo ainda mais brigão que os do P.D.A., com quem D andava. Acenei com a cabeça para alguns deles ao longo dos anos, mas, obviamente, não causei uma impressão forte o suficiente para que qualquer um ali se lembrasse do meu nome. Um *brother* com estrabismo e esparadrapo no queixo não parava de me encarar como se *eu* é que fosse o penetra. Cutuquei Spark, que sussurrou algumas palavras para ele e o fez voltar a me ignorar como o restante do grupo.

As pessoas que não são da quebrada tendem a ver essa situação toda de duas maneiras. De um lado, tem os exagerados, aqueles que fazem parecer que é preciso desviar de balas toda vez que se sai da estação de Brixton. Mas eu conheci muitas pessoas que viveram no sul de Londres a vida inteira e nunca viram um crime acontecer. Na verdade, era mais provável encontrar caras segurando bíblias, diplomas ou sacos de pão do que armas: a principal razão pela qual minha mãe se mudou para cá. Mas, no outro extremo, estão as pessoas que acham que os bandidos do Reino Unido são muito menos perigosos do que os caras que aparecem em clipes de rap americano. Talvez seja porque os delinquentes aqui são garotos de quinze anos vestindo moletom (como se músculos e maturidade parassem balas e lâminas). Ou talvez porque os jovens daqui preferem usar facas em vez de armas de fogo (e as pessoas se esquecem do qual fácil é se aproximar de alguém e acabar com sua vida com uma faca). Ou talvez simplesmente caiam na armadilha de acreditar que ninguém nascido com sotaque inglês poderia se tornar um delinquente (apesar de tudo que a história britânica deveria ter nos ensinado).

Independentemente de quem estivesse certo, as regras de sobrevivência eram simples: não ande com os manos. Ou, se você fosse como eu e precisasse fazer isso, já que cresceu com eles e ocasionalmente esbarrava com os caras na rua: saiba exatamente o que se qualifica como violação e não ultrapasse essa linha.

Eu não conseguia decidir em que pé eu estava com Spark e seus parceiros. Parte de mim só via potencial desperdiçado. Mas a outra parte enxergava pedras preciosas com histórias tão raras e cruas que, sempre que um deles postava uma música on-line, milhares de jovens em Lancashire apareciam para ouvir. A maioria dos que andavam pelas ruas naquela noite tinha a cara cheia de acne e centímetros para crescer. E, no entanto, esses caras, sozinhos e só naquela semana, provavelmente haviam vendido mais bagulho pesado em Peckham do que a rede de farmácias mais famosa do Reino Unido conseguia vender em um ano. Não eram meninos nem homens. Eram lendas da quebrada.

Cada um tinha uma história que o acompanhava: uma ordem de detenção que acabavam de cumprir, uma biqueira que tinham acabado de roubar, um destaque no noticiário da noite. O mundo os havia condenado ao ferro-velho há muito tempo, sem perceber que, cercados por todo aquele metal enferrujado, alguém acabaria descobrindo como fazer uma lança, depois um canhão, depois uma fortaleza. E, preciso admitir, estar no forte com aquele grupo de soldados, alguns dos mais durões de Londres, fazia eu me sentir bem. Era seguro e perigoso ao mesmo tempo.

Ainda assim, deveria ter inventado uma desculpa para sair dali naquele momento. Deveria ter parado e pensado em todas as maneiras que continuar ali poderia bagunçar minha noite, minha semana, minha vida. Deveria ter pulado no ônibus que estava passando e seguido com ele até minha casa.

Mas não fiz isso. Porque, andando pela rua com aquela galera, tudo em que eu conseguia pensar, tudo o que me importava, era que Spark não me achasse um nerd. Mesmo quando éramos crianças — e chutávamos sua bola de futebol murcha contra o muro do estacionamento —, nada importava mais que isso. E, como todos os outros caras ali naquela noite, eu sabia que Spark morreria por mim, sem nem precisar de um "por favor" ou um "obrigado". Não importava que fosse o mais baixo e de rosto mais lisinho de todos nós. Eu fiquei porque Spark, apesar de todos os seus defeitos, era o tipo de cara com quem você queria estar e permanecer.

— Mano, assim que o Finn aprender a usar a Força, meu *brother* vai direto pro Lado Sombrio. Sem caô — disse uma voz à frente no grupo.

O garoto ao lado dele gritou:

— Um mano como Boyega tinha que ir até as últimas no *Guerra nas Estrelas*.

— Mermão, dá pra imaginar? — o primeiro a falar respondeu, um sorriso radiante em seu rosto. — Um mano usando a Força para roubar asas de frango do prato das pessoas no Cantor's.

Metade da galera começou a dar risadinhas, e o próximo garoto acrescentou:

— Os Jedi usando seu poder de controle mental nas minas para elas dizerem seus celulares.

Depois, o seguinte:

— Usar o sabre de luz para arrancar a cabeça de um maluco.

— Esse filme seria bem louco. Os manos fariam fila pra assistir — disse o que deu início à conversa. Seu sorriso desapareceu quando parou bruscamente, batendo o braço no peito do garoto ao lado dele. — Já vi aquele mano antes. — Ele estreitou os olhos por mais alguns segundos, apontando adiante. — Aquele é o Pinga-Sangue, do P.D.A. Ele e aquele traidor do Vex acabaram com meu parceiro G outro dia.

O garoto tocando música em seu mini alto-falante abaixou o volume quando uma figura alta passou pelas portas giratórias do McDonald's. Magro. Negro de pele clara.

Por favor, que não seja Pinga-Sangue, rezei.

Pinga-Sangue: o tipo de apelido do qual você ria — até descobrir como surgiu.

À medida que nos aproximávamos, as tatuagens inconfundíveis em seus dedos ficaram visíveis. Todos nós vimos o rosto de Pinga-Sangue se alargar em pânico.

Aff, pensei. *Pense, Esso. Pense!*

Analisei as opções na minha cabeça. Poderia fugir. Mas então teria que viver com os sussurros e olhares de nojo que me seguiriam toda vez que eu pisasse na rua. Ou poderia ir para o fundo da galera, me ajoelhar e rezar para que a lógica, a compaixão ou algum milagre impedisse esses caras de fazer o que estavam prestes a fazer.

Ou poderia mentir, foi meu pensamento final e desesperado.

— Não, acho que não é ele — falei, baixando um pouco a voz. — Vamos voltar para Leicester Square.

Mas todos avançaram como se minhas palavras não fossem nada mais do que um tapinha nas costas. Era fácil para eles. Não teriam que enfrentar D na aula na manhã seguinte e explicar por que detonamos o irmão mais novo dele. Aqueles caras eram feitos para isso. Eu não. Eu não tinha cicatrizes de guerra nem tatuagens de gangues e nenhum interesse em traficar drogas na velocidade da luz pelo resto da minha vida.

— Qual foi? — gritou a primeira pessoa do nosso grupo quando alcançou Pinga-Sangue. Então, todos os outros começaram a berrar a mesma coisa.

— Qual foi?
— Qual foi??
— Qual foi???

O cara à minha direita fez um símbolo com os dedos que ele sabia que Pinga-Sangue reconheceria. E Pinga-Sangue, que era uns quinze centímetros mais alto do que nós, parecia um poodle preso em um canil de pitbulls famintos. Era o tipo de cara louco o suficiente para entrar em uma briga de um contra cinco. Mas não contra quinze.

Spark estava atrás e perdeu o início da ação. Eu podia ver a ansiedade para saber o que estava rolando no rosto dele. Ele correu a toda velocidade para o meio da muvuca e, quando chegou na beirada da rodinha, em vez de diminuir a velocidade, correu ainda mais e saltou, voando por cima da gente com o braço esticado em direção a Pinga-Sangue.

O eco do tapa vibrou em meus ossos. Um momento de silêncio se seguiu, enquanto todos ao redor prestavam homenagem ao nível de desrespeito que Spark acabara de infligir à sua vítima.

— Qual é a tua agora? — foi a primeira provocação de Spark.

— Bichinha! — alguém gritou e deu um soco rápido na têmpora de Pinga-Sangue. Em seguida, outro punho se chocou contra seu corpo, que neste momento estava encurvado no chão. Então outro golpe. O sangue do rosto de Pinga-Sangue correu todo para as pancadas que estava levando na testa, fazendo os outros pontos de sua pele ganharem um tom verde arenoso.

O parceiro de Spark com dreads longos enfiou a mão em sua bolsa da Gucci. Sorriu como um homem que já tinha tomado uma decisão e estava feliz com ela, mas que, por cortesia, estava dando ao universo alguns segundos para encontrar uma razão para Pinga-Sangue não sair dali vestindo um paletó de madeira.

Felizmente, a razão veio quando três garotas *gatíssimas* passaram por nós. A pele delas era brilhante e reluzente, e dava para ver que eram da zona leste pela intensidade com que tinham passado gel nos *baby hair*.

— Maaaaaaaaaaano! — dois meninos gritaram ao mesmo tempo, o que gerou uma reação em cadeia no restante do grupo. As duas mais altas tinham rostos entediados, mas a garota mais baixa não conseguia esconder o sorriso cheio de dentes. Todos desviaram a atenção de Pinga-Sangue e se voltaram para elas.

Todos menos eu.

O que significava que, quando os olhos de Pinga-Sangue começaram a procurar uma saída, eles travaram nos meus. *Deu ruim!*

Virei o rosto de uma vez, rezando para que ele não tivesse me reconhecido, mas sabendo que tinha. Como não teria? Eu estava literalmente lá quando D lhe ensinou a andar de bicicleta. Me ocorreu que não havia nada que eu pudesse fazer ou dizer agora para fazer Pinga-Sangue acreditar que eu era inocente. Não havia nenhuma carteira de identidade especial que eu pudesse tirar para provar que era apenas um espectador inofensivo. Nenhuma rede social que mostrasse que eu não era membro de gangue e que, dia sim, dia não, tinha uma vida chata e anônima. Para Pinga-Sangue, bastava que eu estivesse *lá*, então agora eu era um inimigo também. É assim que funciona: fique muito tempo nas quebradas ou seja visto com o cara errado na hora errada e essa impressão nunca desaparece.

Antes que eu pudesse processar outro pensamento, ouvi o estalar dos dedos de Pinga-Sangue contra a mandíbula de Spark e observei quando Pinga-Sangue passou pela parede de garotos à frente dele. Seus passos foram ficando mais rápidos e mais longos, o que logo acabou com qualquer esperança que o grupo tinha de alcançá-lo. Spark era o mais motivado de nós a correr atrás do cara, mas estava agachado no concreto segurando o queixo, resmungando sobre como Pinga-Sangue e seus parças já estavam todos mortos.

E, em breve, Pinga-Sangue diria a mesma coisa sobre mim.

Capítulo 2
RHIA · *15 ANOS DEPOIS*

Dei um passo à frente para o tiro livre, olhando para as chuteiras enlameadas da goleira uma última vez, o olhar baixo. Ela estava abanando as luvas em direção ao canto mais distante do gol, sua maneira de me avisar que estava preparada para mergulhar para qualquer lado se precisasse. Mas seus pés revelavam uma história diferente: a verdadeira. Eles estavam plantados no chão e bem separados, o que significava que o único plano que ela tinha era se manter firme.

É fácil pegar uma péssima mentirosa. Tudo o que é preciso fazer é esperar que ela cai na armadilhas que arma para si mesma. Sacar uma mentirosa experiente requer um pouco mais de habilidade. O negócio é ver se ela se move de uma maneira diferente quando você apresenta (o que deveria ser) uma pergunta perfeitamente inocente. Mas a única maneira de pegar uma *excelente* mentirosa (e me refiro ao padrão da Liga dos Campeões, o tipo de mentirosa que está tão apegada à mentira que até se convenceu dela) é olhar para os pés dela. Os pés não mentem. Dentro ou fora do campo, é uma daquelas leis da natureza que não podem ser ignoradas. Ninguém se incomoda em treinar os pés para enganar porque ninguém mais está olhando lá para baixo.

Quando contei tudo isso à minha irmã adotiva, Olivia, ela achou que eu estava brincando. Mas, na manhã seguinte, na aula, ela se agachou para pegar uma caneta no chão e notou algo curioso: os pés de todos estavam apontados para a porta. Ela disse que era como se os sapatos fossem agulhas de uma bússola apontando para onde todos secretamente queriam ir. Então, em sua caminhada para casa, ela viu um policial interrogando algum cara em Rye Lane e percebeu como o policial estava parado, esticando os pés como de praxe... que deve ser, ela notou, como *todos* os policiais ficam parados, mesmo aqueles à paisana. Uma informação útil para se ter nas quebradas. Para encerrar o assunto com chave de ouro, Olivia assistiu a uma reprise de *Quem quer ser um milionário?* antes de dormir naquela mesma noite e, de acordo com ela, sempre que um concorrente acertava uma pergunta, ele fazia uma dancinha. Não era uma dança normal, veja bem (você tem que pensar para dançar), mas uma dancinha com os pés: um sapateado desordenado que sai da gente sem permissão.

— Vinte segundos, Rhia! — a treinadora Gibbsy gritou, seu apito violeta pendurado nos lábios.

O vento do Ártico soprava a chuva pelo campo, cada gota ardendo ao cair. Como na maioria dos treinos, as arquibancadas estavam vazias, mas o campo em si estava transbordando de expectativa. Todo mundo olhava para mim, imaginando se eu daria uma bola fora, torcendo para que eu fizesse isso.

Eu estava acostumada com a competitividade durante os treinos; mas não a isso ter qualquer importância. Em poucas semanas, eu saberia se estava ou não no time para as oitavas de final da Academy Cup, o que transformava cada segundo restante de treino em uma chance de impressionar ou decepcionar. E a cobrança de falta que eu estava me preparando para bater? Possivelmente definiria se eu me redimiria ou se apodreceria com as reservas.

A falta seria cobrada do lado de fora da grande área, mas em um ângulo horrível para a esquerda.

— Mapa de calor — pedi, examinando os gráficos que apareciam em minhas lentes de contato. A análise visual era uma grande parte do nosso treinamento. A Cantor's (empresa que inventou o frango impresso em 3D e que, de alguma forma, obteve o monopólio de todo o mercado consumidor) fez os melhores simuladores de realidade aumentada do mercado e tinha acabado de lançar uma atualização de 32K, que parecia assustadoramente nítida. Mas a única área do gol que o simulador coloriu de verde foi uma mancha no canto superior esquerdo. Com o vento à espreita e pronto para desviar a bola do curso, meu chute teria que ser mais do que perfeito. As lentes me deram muito mais para analisar: porcentagens de defesa da goleira, vetores de vento, gradientes de impacto para o meu chute. Mas eu sabia que havia um limite para o tanto que podiam revelar.

— Faltam dez segundos — disse Gibbsy. Ela estava no comando das equipes feminina e masculina. Administrava cada exercício de treinamento, ditava cada jogada, mandava em cada folha de grama. Mais importante, ela sozinha faria a convocação das cinco dentre as 25 de nós que entrariam para o reino do SE Donnettes Seniors no fim do ano. Só *pensar* sobre o dia em que eu conseguiria abrir uma carta com o logo da DONS FC impresso no topo — e com o valor do salário escrito logo abaixo — era suficiente para me fazer crescer uns trinta centímetros. Um contrato de tempo integral significava não ter que me preocupar com a universidade ou resultados de provas ou minhas aulas de reforço semanais, a primeira das quais aconteceria em meia hora.

— Reproduza um chute anterior — ordenei. — Velocidade tripla.

Um vídeo de uma loira alta com KENNEDY escrito na camisa passou pelas minhas lentes de contato. A filmagem era de uma partida da liga americana de algumas décadas atrás e mostrava ela chutando a bola para o mesmo ponto que eu queria tentar. Vê-la marcar o gol com tanta suavidade foi reconfortante; o fato de que o computador precisou escavar tão longe no tempo para encontrar um exemplo nem tanto.

— Cinco segundos!

Eu sabia o que a psicóloga da equipe estaria sussurrando no meu ouvido agora se pudesse — alguma versão das besteiras de autoajuda que ela sempre soltava: *Esqueça o campo, Rhia. Esqueça a grama, a bola, tudo. O alvo está dentro de você. Se você conseguir acertá-lo, a bola não tem outra escolha a não ser seguir.*

Que se dane, pensei. Eu precisava saber *exatamente* o que estava ao meu redor. Em seguida, desmontaria tudo e usaria a meu favor. Dei uma última olhada na linha defensiva.

— Três!

De repente, os holofotes estavam me cegando, meu coração batendo tão forte que eu jurava que podia ouvir o chiado de sangue nos meus ouvidos. *Pode ser meu último tiro livre*, percebi. *A última vez que Gibbsy me comanda. Minha última semana neste time.* Minha atenção se dividiu entre os mil futuros em que esse chute dava errado e tudo desmoronava. Se eu perdesse esse chute, meu pai adotivo, Tony, me manteria por perto? E Poppy? Lutaria por mim? Ou, como todo mundo, eles apenas...

— Dois.

Respirei fundo. Abaixei a cabeça, moldei minha concentração

em torno da bola. Consegui ver o ponto ideal e sabia que acertá-lo poderia mudar tudo.

— Um.

Dei o primeiro passo para a frente e, em seguida, me deixei entrar em uma leve corrida antes de chutar. Um instante depois, meu pé atingiu a bola e eu a observei voar para longe.

A julgar pela forma como todas as seis na defesa giraram a cabeça, claramente se prepararam para um chute forte e direto. Mas a bola virou para a esquerda, flutuando centímetros acima do rabo de cavalo de nossa capitã, Maria Marciel. Ela atingiu a quina da trave antes de desviar para o fundo da rede com um *vuuuup*.

Gol.

Onde a coruja dorme.

— Incrível pra caceta — sussurrei para mim mesma. A goleira ainda observava, de pernas abertas. Como previsto, ela nem teve a chance de se mover.

Gibbsy soprou o apito melódico de fim de tempo, rompendo o silêncio em campo.

— Dois a um. Ótimo dia de trabalho, meninas — acrescentou. E eu não poderia ter concordado mais.

Mas qual era a daquele silêncio desgramado em campo, hein? Mesmo as garotas do meu time, aquelas que deveriam estar enlouquecendo de empolgação depois da nossa virada, mal reagiram — bem, exceto pelos dares de ombros e olhos se revirando.

Eu me lembrei do ano anterior, quando estava jogando no time da minha antiga escola antes de ela fechar e eu ser enviada para uma escola "melhor", sem programa esportivo para meninas, o que me obrigou a procurar por clubes locais. Naquela época, se eu tivesse feito um gol que fosse *metade* desse de agora, seria enterrada por uma pilha de garotas comemorando. Mas, como todos gostavam de me lembrar, a se Dons era uma "equipe profissional", nada escolar. Ali, apenas veteranas como Maria deveriam fazer cobranças de falta, quem dirá marcar um gol.

Com certeza não era o lugar da garota que entrou poucos meses atrás e que nunca tinha jogado futebol profissional na vida.

Gibbsy, pelo menos, inclinou seu gorro para mim a caminho da linha lateral — a coisa mais próxima de aprovação que já vi daquela mulher. Acenei com a cabeça, com um sorriso afiado, e, quando o campo foi esvaziando, aceitei com educação os poucos tapinhas no ombro insossos que recebi. Não tinha tempo para me exibir ou reclamar. Havia uma noite agitada pela frente.

A chuva tinha aquela intensidade irritante que não te deixa saber se estava diminuindo ou se continuaria para sempre. Levantei meu capuz e sequei um pequeno trecho do banco próximo ao campo antes de me sentar. Uma garota após a outra saiu dos vestiários e se juntou ao grupo reunido no estacionamento. Todo mundo estava indo para a resenha daquela noite: um show esgotado a que assistiríamos de um salão de festas em Deptford usando as mesmas lentes de contato que tinham acabado de me ajudar a marcar um gol.

Eu só tinha ido a uma resenha na vida. Naquela noite, fiquei a uma distância segura de uma tímida rodinha punk na pista de dança e consegui ter algumas conversas cara a cara decentes com as garotas que não estavam chapadas de néon. Mas minha inaptidão social só ficava mais evidente em grupos, e era também em grupos que aquelas mesmas garotas amigáveis se transformavam em monstros. Outra lei da natureza: onde quer que dois ou mais jovens se reunissem em nome do esporte competitivo, níveis surpreendentes de suor e crueldade se acumulavam.

Fugi de todas as saídas em grupo desde então, o que me rendeu a reputação de não ser uma jogadora que "trabalha em equipe". Passados dois meses disso, notei que as meio-campistas passavam menos a bola para mim...

Então, comecei a fazer menos gols também.

Logo que os gols cessaram, os treinadores pararam de me notar. E foi assim que, apesar de inicialmente ser a que mais fazia gols na equipe, fui rebaixada para o time reserva. E até o raro gol que marquei agora só serviu como mais um motivo para todas torcerem para eu permanecer nessa posição.

Era óbvio que eu tinha que reverter isso, então participaria com entusiasmo da resenha daquela noite. Na verdade, me inscrevi para ajudar a organizar o evento. Eu só tinha uma aula de reforço de matemática e física de uma hora para fazer antes.

Mas quando a última luz se apagou, vinte minutos depois do horário que eu tinha marcado, meu novo professor ainda não tinha chegado.

Assim que peguei meu celular, pronta para compartilhar minhas milhões de frustrações com Olivia, Maria apareceu correndo, já de roupa trocada. Eu tinha ouvido dizer que ela e as meninas estavam planejando ficar no campo até que estivessem prontas para sair para a resenha, e não demoraria muito até que começassem a se organizar para isso.

— Ei, tem um cara no portão esperando por você. — Ela apontou para uma figura ao longe.

— Até que enfim — murmurei.

Se meu professor tivesse aparecido na hora, eu precisaria correr um pouco, mas provavelmente chegaria à resenha assim que estivesse começando. Meus novos cálculos me atrasaram meia hora.

— Ah, a propósito — falei, roendo a unha. Era melhor avisar a Maria de uma vez. — Vou chegar um *pouquinho* mais tarde esta noite.

— Ah — disse ela, pega desprevenida. — Bem, não se preocupe. Eu entendo. Você que sabe. — Ela começou a andar quando de repente se virou com um olhar brilhante no rosto. — Mas, claro, se você achar que vai se atrasar mais de quinze minutos, me avise para que eu possa substituí-la.

Foi difícil não perceber a ênfase na palavra "substituir". *Vai ver se eu tô na esquina*, era o que eu queria dizer a ela. Mas, em vez disso, abri um sorriso e respondi:

— Não vai precisar. Mas obrigada.

Caminhei irritada até o portão. Eu não estava brava com minha mãe adotiva, Poppy, por ter me matriculado em aulas de reforço. Nós, jovens que cresceram em casas de acolhimento, estávamos acostumados a ter essas aulas forçadas goela abaixo. Além disso, reprovar nas minhas provas finais significaria perder minha chance de um contrato com a SE Dons, e provavelmente muito mais. Mas é claro que meu novo professor precisava se atrasar justamente hoje. Para nossa primeira aula. Mesmo depois de eu ter escrito 19h EM PONTO na minha mensagem para ele. Era sério!

Levei um segundo para me acalmar. Minha assistente social tinha me dito que meu novo professor era cego. Garanti a ela que estava pronta para ser *muito* madura em relação a isso e disse que "não me importo com cegueira", o que foi um comentário de bastante mau gosto, pensando bem.

Ele tinha uma postura jovem e um sorriso de menino. Trinta e poucos anos era meu palpite. Sua jaqueta tinha AVIREX estampado no mesmo couro preto de seus tênis retrô Air Max retrô. Eu podia imaginar o momento (provavelmente uma década antes) em que recebeu um elogio pela roupa e decidiu continuar apostando nela desde então. Ele se virou para mim quando meus passos ficaram mais barulhentos.

— Oi — falei, esperando chegar mais perto antes de finalmente acrescentar: — Meu nome é Rhia.

Só quando calei a boca foi que eu os notei: seu *pés...* pareciam bem suspeitos.

Olivia percebeu que toda a minha história de "os pés não mentem" tinha relação com a foto da minha mãe guardada na minha gaveta de meias. Quer dizer, minha mãe de verdade. Na foto, ela parecia ter minha idade e estava sentada sozinha em um banco do parque, sorrindo para a câmera em um lindo vestido. Mas era o que acontecia dos seus joelhos para baixo que passei tanto tempo tentando decodificar. Seu calcanhar direito estava levantado e borrado, como se o pé estivesse inquieto quando o obturador se fechou. E os dedos dos pés, que era possível ver saindo dos chinelos brancos, apontavam para o mais longe possível da lente. Passei séculos olhando para a parte inferior daquela foto, imaginando por que ela estava tão ansiosa. Procurei em todos os parques públicos de Londres, esperando encontrar aquele banco verde descascado. E depois de uma pesquisa paga na *darknet* me confirmar que ela já não estava mais aqui, como todos haviam avisado — varrida da face da terra um mês depois de me dar à luz —, eu estava mais perto do que nunca de desistir de saber mais sobre minha mãe biológica.

Enquanto meu novo professor permanecia estático e concentrado em mim, um grupo cada vez maior de garotas ria com Maria no estacionamento, nos observando. Mesmo de longe, elas conseguiam sentir o cheiro do constrangimento.

Por mais que eu mesma suspeitasse do homem, também me senti meio mal por ele. Em algum lugar entre a sétima e a nona casa de acolhimento, eu me familiarizei com o medo da primeira impressão. Sabia como isso paralisava o corpo. E como ser ridicularizado geralmente não ajudava.

Voltei toda a minha atenção para ele.

— E o senhor deve ser... — perguntei na minha voz mais gentil.

— Foi mal — disse ele, estendendo a mão com um sorriso. — É um prazer conhecê-la, Rhia. Você pode me chamar de dr. Esso.

Capítulo 3
ESSO · *AGORA*

QUINTA-FEIRA (UM DIA ANTES)
Com o punho da camisa cobrindo o polegar, apertei o número quatro no painel do elevador, depois passei a viagem ignorando os cheiros e os gemidos que a fiação fazia enquanto me puxava para cima. Uma porta azul e o número 469 apareceram após a curta caminhada pelo corredor do quarto andar. Suspirei, quase me afogando em meu próprio alívio. A única coisa ali era o cheiro de gengibre da tilápia da minha mãe. Nada dos caras ou do estresse de ter que lidar com eles.

D não tinha aparecido na escola, mas o silêncio de sua ausência só aumentou o volume das perguntas que giravam na minha cabeça.

Pinga-Sangue tinha me reconhecido? Ou eu estava imaginando aquele meio segundo de contato visual entre nós? Ele com certeza saberia que foram os parças do Spark que deram aquela intimada nele, não eu. *Ele vai me dar o benefício da dúvida. Certo?*

Ou talvez os garotos do P.D.A. tivessem passado a noite inteira planejando quando e como eles me dariam um susto. *Foram apenas um tapa e alguns socos*, eu ficava me lembrando durante toda a manhã e à tarde. Mas, ao mesmo tempo, eu sabia muito bem como o ego desses caras era sensível e que, se alguma gravação vazasse na internet, a exposição deixaria esse ego um milhão de vezes mais sensível.

Também tentei me lembrar de que eu e D sempre nos demos bem, nossas mães até iam à igreja juntas quando éramos moleques. A família dele morava no mesmo bairro onde o Rio Ferdinand, um famoso jogador de futebol, havia morado, e eu me lembrava de visitar o apartamento de D e ficar sempre chocado com o quanto sua mãe era uma mosca morta. Se D fosse pego provocando o irmão caçula ou brigando no andar de baixo, ela daria uma olhada em sua foto de bebê pendurada acima da TV e voltaria a abraçá-lo e beijá-lo como se ele fosse o décimo terceiro apóstolo.

Conheci D quando ele tinha treze anos e o único perigo que apresentava era sua língua. Eu o via no corredor entre as aulas contando histórias sobre como alguns caras de Brixton roubaram um homem com uma faca no ponto de ônibus, ou como um confronto perto de sua casa envolvendo todos os tipos de armas foi interrompido pela polícia. Ele fofocava sobre "Liam, o Gângster Jamaicano" sendo esfaqueado. Rachel sendo esfaqueada. Seu primo sendo esfaqueado. Como outro garoto da quebrada foi esfaqueado, morreu e depois se cagou ali mesmo na rua. Foi com essa história que eu descobri que as pessoas se cagam quando morrem. E D sempre ria quando acabava de contar essas coisas, como se, quanto mais violência, mais engraçada a história. E assim vai.

A teoria de Rob era de que algo bizarro aconteceu com D em um verão, porque, quando ele voltou das férias para Penny Hill, todas as piadas e sorrisos acabaram. Assim como as crônicas do bairro. De alguma forma, ele parou de contar essas histórias e começou a vivê-las. E, desde então, praticamente todos os vídeos de *freestyle* publicados exibiam ele e Pinga-Sangue: D ficava no fundo, fazendo sinais de gangue por trás da fumaça; Pinga-Sangue, improvisando no fim com "Tugz Livre, Bounce Livre, Maxxy Livre" e citando uma dezena de outros manos trancafiados no Instituto Correcional de Feltham. Caras cujos nomes ainda davam o que falar nas quebradas e talvez não precisassem ser libertados *por enquanto*. Mas toda essa coisa de ser membro de gangue não parecia combinar com D como combinava com Pinga-Sangue. Era como se D tivesse caído de paraquedas em um rio e, em vez de tentar nadar até a margem, simplesmente tivesse se deixado levar pela correnteza.

Peguei minha chave do bolso e, assim que enfiei a ponta no buraco da fechadura, a porta se abriu sozinha, quase levando meu braço junto. Do outro lado estava minha mãe, mais furiosa do que qualquer outro dia dos últimos meses.

Endireitei o corpo. O que quer que ela estivesse prestes a dizer ou fazer não seria bom. Na verdade, seria, quase com certeza, terrível. Olhei para baixo e vi em uma de suas mãos uma carta com o brasão de Penny Hill. Imaginei que eles tinham finalmente conseguido comprar selos de qualidade.

— *Prezada sra. Angelique Adenon* — minha mãe leu em voz alta. — *Viemos, por meio desta, informá-la sobre a má conduta recorrente de seu filho, que recebeu a segunda advertência esta semana...*

Ela repetiu as duas palavras-chave do parágrafo — "segunda advertência" — enfatizando o "a" no final das palavras para uma alfinetada extra. Minha avó teria se revirado no túmulo se pudesse ouvir a péssima imitação que minha mãe fazia de seu sotaque. Sempre que me xingava, ela ia de garota do sul de Londres a tirana africana, mas nunca acertava em cheio. Não ajudava que a influência francesa em seu país natal, Benim, fizesse com que palavras como "senhora" e "recorrente" saíssem como "senhorra" e "recorrentê", nem que gesticulasse tanto a cada palavra que dizia — era difícil de levar a sério.

— Esso Adenon, vou perguntar só uma vez: onde você anda escondendo minhas cartas?

Ela se manteve firme, recusando-se a me deixar entrar em casa. Eu teria que receber aquela bronca parado no frio — o jeito dela de me fazer entender que minha residência ali não era garantida. Olhei para o piso laminado do apartamento, me concentrando em um grão de arroz quebrado ao lado do chinelo da minha mãe. Os olhos dela eram experientes demais, analíticos demais — simplesmente olhar para eles significava que *algum* tipo de informação vazaria. Como explicar o que eu tinha feito de uma forma que mantivesse minha inocência e não estourasse a paciência dela?

Em vez disso, fiquei de bico calado e cabeça baixa, esperando que a timidez me salvasse.

— Vou te bater se não falar. — Seu avental balançava de um lado para o outro com a força de cada palavra. Eu tinha ultrapassado a sua altura alguns anos atrás; agora, aos dezesseis anos, eu era uns trinta centímetros mais alto que ela. Minha mãe continuou assim mesmo: — Você se acha tão adulto, não é? Juro que te coloco num avião para Cotonu no primeiro voo amanhã de manhã. Quando o governo se lembrar de verificar onde você está, já vai estar na casa de seu tio, varrendo o chão.

As meninas que moravam no apartamento ao lado riram dessa última. Eu conseguia vê-las assistindo à cena através de uma abertura nas cortinas da cozinha. Um dia, minha mãe descrevia sua terra natal como um paraíso de palmeiras e anjos, no dia seguinte, Benim era Alcatraz e, se eu não me comportasse, estaria no próximo barco para lá. Mas, desta vez, havia algo em sua voz, uma nova entonação que me fez pensar que ela poderia realmente fazer isso. Minha mãe tinha mais cabelos grisalhos agora do que qualquer outra pessoa com menos de quarenta anos que eu conhecia, e nós dois sabíamos quem os havia provocado.

— Mãe, nem foi minha culpa. São os idiotas dos professores da escola. Estão sempre tentando fazer a gente se dar mal.

Desde que minha voz ficou mais grossa e pelos começaram a aparecer em meu corpo a contragosto, peguei esse hábito zoado de pensar nuns lances meio pervertidos quando deveria estar concentrado em algo sério.

Então, no momento em que eu deveria estar recebendo uma bronca da minha mãe, uma velha fantasia com Nadia passava na minha cabeça. Aquela em que ela está segurando dois cubos de gelo gigantes e vestindo uma roupa de coelho com orelhas pontudas, óculos de visão noturna e...

— Esso! — Minha mãe parecia ainda mais irritada agora. — Primeiro você tem a audácia de roubar minha correspondência, e agora não está nem prestando atenção quando falo com você?

Quando ela começava a usar palavras difíceis como *audácia*, era sinal de que a chapa ia esquentar.

Minha mãe levou um momento para encontrar o parágrafo onde havia parado. As lentes de seus óculos eram grossas o suficiente para caber em um telescópio, e seu médico implorava havia anos para ela procurar um especialista e cuidar da visão embaçada, mas ele não sabia de nada, não é mesmo?

Ela aproximou o papel do olho direito e começou a listar todos os crimes que faziam os alunos de Penny Hill receberem uma advertência, cerca da metade dos quais eu havia cometido em algum momento daquele semestre, mas não fui pego.

— Esso... — Ela suspirou. — Achei que já tínhamos superado isso.

Ela não estava mentindo. Tivemos exatamente essa mesma discussão no fim do ano passado, quando fui suspenso. E então fiz a ela as mesmas promessas. Ficar longe de problemas. Melhorar as notas. Ser melhor.

Mas toda vez que tentava ficar longe de problemas, toda vez que prometia a minha mãe do fundo da minha alma que seria melhor, os problemas ainda me encontravam, como uma raposa me esperando à porta do meu quarto com um rato entre os dentes. Ainda assim, se minha mãe soubesse metade do que meus amigos faziam na escola, ela estaria me parabenizando. Não era possível ser quem ela queria que eu fosse. E, na selva em que eu entrava todas as manhãs, nenhum conselho era mais inútil ou mais perigoso que o da minha mãe.

A bronca continuou:

— Não recebi a carta da sua primeira advertência. Imagino que você tenha escondido, assim como planejava esconder a que chegou esta manhã.

Minta. Minta na cara dura. Não tinha como ela ter cavado o fundo da caçamba de lixo no térreo para encontrar a carta de segunda-feira. Além disso, cartas se perdem nos correios o tempo todo em Londres. *Se não há prova, não há crime.*

— Mãe, não sei onde está essa carta, de verdade. Posso dar uma olhada na casa para ver se ela caiu entre as...

— Eu não nasci ontem. — Ela deixou a carta de lado. — Você entende que, se for expulso, eles vão te mandar para o Centro com aqueles canalhas do segundo andar? Quer sua foto no *South London Press*? — Ela respirou fundo outra vez. — Só queria que você entendesse o tamanho do sacrifício que fiz para que você pudesse ser melhor que isso. Para que pudesse ter mais do que eu tive. E, ainda assim, você continua desperdiçando sua vida.

Desperdiçando *minha* vida. Aquilo me pegou em cheio. De repente, me perguntei por que ainda estava parado ali, sendo que tinha uma situação de vida ou morte se aproximando pelas minhas costas.

— Não vou perder tempo com isso, mãe, você nunca vai entender, nem mesmo quer entender. Provavelmente vou morrer antes de ganhar uma discussão com você.

Ela cobriu a boca, seus olhos se arregalando ainda mais. Eu sabia que o que eu havia dito tinha ultrapassado algum limite, mas só depois de ver seu rosto desmoronar foi que percebi o quanto eu havia sambado na cara desse limite. Era como se ela olhasse para um fantasma que, só por acaso, estava parado no meu lugar.

— Você está se transformando nele — disse ela, balançando a cabeça, incrédula. — Não acredito que deixei isso acontecer.

Meu coração batia forte.

— Se transformando em quem?

— Você sabe em quem — disse ela com um tom de raiva e pena. — E se você não encontrar uma maneira de quebrar esse ciclo, não posso prometer que as coisas vão melhorar para você.

Ela está mesmo jogando meu pai morto contra mim?

Minha visão ficou embaçada e quase perdi o equilíbrio. Foi golpe baixo, mesmo para ela. Meu pai tinha morrido antes do meu nascimento, e sempre que eu perguntava à minha mãe sobre ele, ela mentia, mudava de assunto ou não respondia nada. E agora ela tinha a *audácia* de usá-lo como um mau exemplo que podia esfregar na minha cara. Ela realmente achava que era isso que eu precisava ouvir? Será que minhas necessidades sequer importavam para ela?

— Que se dane. — As palavras saíram por conta própria, me surpreendendo tanto quanto a ela. Fosse na TV ou nas ruas, eu sempre ria quando via como as crianças brancas xingavam seus pais. E, no entanto, olha eu aqui, falando essas coisas para minha própria mãe.

— O que você acabou de dizer?

Ela não esperou por uma resposta, não precisava. A palma de sua mão subiu e me causou um rubor na bochecha.

O tapa ecoou pelo corredor, provavelmente chegando ao andar de baixo também. Minha mãe ficou ofegante enquanto olhava para o meu queixo liso.

Eu me recusei a olhar para baixo e, quando ela tentou me dar um segundo tapa, eu o bloqueei.

— Não, não vou mais aceitar isso de você — gritei, encarando-a. — Você está sempre na minha cola. Sempre me dizendo o que estou fazendo de errado. Sempre fazendo eu me sentir um lixo. *Nada* do que fiz na droga da minha vida toda foi bom o suficiente para você.

— Esso. — Ela pigarreou, tentando adicionar força à voz. — Esso, não vou deixar você falar comigo como...

— Não quero saber! — retruquei. — Você já se olhou no espelho? O que você fez com a *sua* vida, caramba? Você diz que eu tiro notas ruins e não levo nada a sério, mas foi *você* quem largou a faculdade, *você* que não consegue manter um emprego. Reclama de mim andando com bandidos, mas vivemos neste inferno por culpa *sua*! — As lágrimas escorriam livres pelo meu rosto agora, e não me importava se as meninas da casa ao lado estivessem vendo. — Não conheci meu pai. Não tenho ideia do que ele fez para você odiá-lo tanto, já que nunca me contou. Mas o que sei é que eu *nunca* quero acabar como você.

Ela levou a mão ao peito, piscando rápido. O que quer que estivesse se agitando dentro dela a fez dar um passo para trás, e, assim que se equilibrou, sua mão encontrou o bolso da blusa e tirou um cigarro e um isqueiro transparente. Uma faísca depois e o tubinho em seus lábios agora pegava fogo — ela até soprou a primeira nuvem no corredor. Novidade para mim. Ela nunca tinha fumado na minha frente. Nunca tinha fumado em casa. E nunca pareceu tão decepcionada e magoada como naquele momento.

Tão decepcionada que não conseguia nem me olhar nos olhos. Tão magoada que, pela primeira vez, não se importou em ter a última palavra.

Ela se afastou da porta. Eu não sabia se a motivação dela era me tirar do frio ou abrir espaço para que pudesse terminar seu cigarro em paz. Mas o fato de eu não ter ouvido suas contas de cabelo chacoalhando atrás de mim, nem senti-la carregando outro tapa depois dos meus comentários, significava que não estávamos mais pisando em terras conhecidas. E ambos éramos orgulhosos demais para voltar atrás no que tínhamos dito.

Passei voado pela porta da sala a caminho do meu quarto. Minha mãe devia estar assistindo ao noticiário quando cheguei em casa, porque a TV estava com o volume no talo, do jeito que ela gostava:

— E a previsão do tempo: *menos* cinco graus Celsius amanhã, com previsão de chuva de granizo a partir das oito da noite.

Eu estava muito focado em chegar logo ao meu quarto, onde poderia ficar mal-humorado e com raiva sem afetar minha mãe — para então refletir adequadamente sobre a previsão do tempo. Só depois de me deitar me lembrei de que tivemos o verão mais quente já registrado, além de alertas de enchentes em Londres na semana anterior. E agora outra chuva de granizo? Supondo que Rob estivesse errado e esse lance de aquecimento global fosse real, o alerta dos caras se beneficiaria de uma repaginada. Algo como *Caixinha de surpresas global, otários!* teria sido mais certeiro.

Passei as primeiras horas debaixo das minhas cobertas naquele estado estranho em que não tinha certeza se estava acordado ou dormindo. Se estava dormindo, não havia como meu corpo contar essas horas como descanso. Se estava acordado, não estava acordado o *bastante* para reagir quando a porta do meu quarto se abriu no meio da noite.

Uma silhueta entrou sorrateira e mais escura que o corredor apagado atrás dela.

Mãe, pensei, permanecendo imóvel. Ela deixou algo na minha cama, pesado o suficiente para que o afundar no edredom descobrisse meus tornozelos. Ao sair, girou a maçaneta da porta lentamente para não fazer muito barulho.

Mais desperto agora, estendi a mão para o local onde ela havia deixado a coisa e tateei ao redor com a ponta dos dedos. *Uma Bíblia?*, pensei.

Não — muito fino. Talvez meu caderno de biologia? Prometi ao meu professor a semana toda que me lembraria de levá-lo para a aula, embora tivesse 99% de certeza de tê-lo esquecido no ônibus junto com meus fones de ouvido. O mais provável é que fosse o manual de autoajuda que o pastor Rupert estava forçando goela abaixo da congregação naquele mês. Talvez um com uma mensagem "relevante" para a "juventude de hoje". Claro, é verdade que eu estava meio perdido, mas isso não significava que eu estava pronto para me encher com esse lixo.

Deitado e fechando os olhos, decidi que nenhum livro poderia mudar o que eu teria que enfrentar na escola no dia seguinte. Era apenas um livro. Um livro podia esperar até de manhã.

Capítulo 4
RHIA · 15 ANOS DEPOIS

Foi ideia minha fazer as aulas de reforço no campo dos Dons — assim eu não perderia tempo de treino. Mas claro que eu não tinha pensado na logística direito. A luz na sala de equipamentos no último andar do estádio era de um tom de branco cegante, e o pouco espaço livre que restava para nós — o que não estava ocupado por equipamentos quebrados que cheiravam a meias molhadas — era do tamanho de um confessionário. A mesa improvisada que tínhamos acabado de colocar no lugar era a única coisa que me separava do meu "*sensei* do gueto".

— Mais uma vez, desculpe, mas temos que cumprir a hora inteira — disse o dr. Esso, dando de ombros. — E temos muitas coisas para repassar.

Em vez de remorso, ele parecia quase animado. Mesmo tendo chegado meia hora atrasado e mesmo depois de eu dizer que *precisava* sair no horário. Era irritante.

Eu já podia sentir os olhares das garotas me atacando quando eu inevitavelmente chegasse tarde e sem desculpas plausíveis. Podia imaginar Maria — líder e capitã do time — fingindo não se gabar. Mas eu tinha dado a minha palavra e não ia aceitar perder mais pontos com elas. Mesmo que isso significasse ter que passar por cima do meu novo professor.

Com certeza tinha algo de errado com esse cara. Ele praticamente espanou aquele nervosismo inicial e cresceu no sorriso e na conversa fiada. Mas a visão de seus pés congelando quando nos conhecemos ainda estava viva em minha mente. Talvez fosse um pouco estranho? Ou tímido? Ou talvez estivesse escondendo alguma coisa.

— Então, como foi sua última prova de física? — perguntou, tirando a bolsa do pescoço e pendurando-a no canto da mesa.

Decidi manter minhas respostas breves; em parte porque era assim que eu respondia na aula, mas também porque não queria revelar minhas suspeitas.

— B — respondi.

— E em matemática?

— C menos — disse, dessa vez falando a verdade.

Sempre tive uma compreensão decente sobre a maioria dos tópicos que estudávamos em matemática. Mas, ainda assim, sempre que via uma equação pela primeira vez, eu me transformava na Rhia de seis anos, a que não podia colocar os pés para fora do colchão para não ser puxada para baixo da cama por duendes. Era incrível como rabiscos no papel podiam fazer isso com a pessoa, desencadear tão facilmente esse reflexo humano de primeiro sentir medo e só depois racionalizar.

— Faz sentido — disse ele, mordendo a ponta da caneta. — Pessoas que acham matemática difícil também não gostam de física, já que requer muita matemática. Faz sentido?

— Claro, dr. Esso.

Minha assistente social o havia chamado de "dr. Adenon" em seu e-mail, mas ele era claramente um daqueles professores que achavam que usar o primeiro nome o faria parecer "moderno".

— Particularmente, acho que a *real* razão pela qual as pessoas acham tanto a física quanto a matemática difíceis — ele prendeu a respiração — é que as duas exigem *imaginação*.

Como se tivesse me ouvido zombar dele em minha mente, continuou explicando:

— A física pede para você acreditar que, só de olhar para algumas linhas de cálculos matemáticos em um pedaço de papel, vamos ver uma versão mais completa do mundo... de *outros* mundos até. Coisas que você poderia jurar que não existem. A física pede que você acredite em milagres. — Ele mordeu o lábio inferior por um segundo. — Isso provavelmente parece meio louco, mas, como meu velho costumava dizer, talvez seja uma daquelas coisas que você precisa acreditar para ver.

Tinha certeza de que ele havia falado a frase ao contrário. Esperei apenas o tempo necessário para dar a impressão de que estava absorvendo suas bobagens sobre física, seu pai e outros mundos. Então, na minha voz mais sincera, perguntei:

— Você depila as sobrancelhas?

Ele inclinou a cabeça para trás.

— O quê... O que isso tem a ver com o que acabei de dizer?

— Nada. Senti vontade de dar aos seus arcos o crédito que merecem. Quer dizer, sua atenção aos detalhes é impecável.

Ele estava bastante irritado quando respondeu:

— Não, Rhia. Não depilo as sobrancelhas.

Na verdade, a única coisa que notei nelas foi que tinham mais pelos que minhas axilas no inverno. Esta era a minha maneira de servir a vingança fria e passivo-agressiva. Ele mais do que mereceu, depois de desperdiçar ainda mais do meu tempo com essa aula de filosofia pré-monitoria.

O professor demorou um tempo endireitando a cadeira antes de retomar o assunto.

— Sabe de uma coisa? Acho que nós dois desviamos um pouco do assunto. — Ainda abalado, ele perguntou: — Por que não me conta o que estão aprendendo em física no momento?

— Huummm — respondi, pensando na aula da sra. White naquela manhã. — Eletricidade e magnetismo.

— Massa — disse ele. — Vamos começar com eletricidade, então.

Quem ainda falava "massa", caramba?

Nos vinte minutos seguintes, ele me forçou a ler cada conta matemática que escrevi antes de me fazer resumir *por que* cada equação importava. Como se importassem! A pior parte era que, sempre que dava uma resposta vaga, ele me forçava a reformulá-la em uma frase que um "chimpanzé de dez anos" pudesse entender.

— Quando a eletricidade atravessa um fio — ditei — um campo magnético se forma ao redor dela.

— Bacana — disse ele. — E...?

Considerando que tínhamos passado por isso minutos atrás, eu estava levando um tempo vergonhosamente longo para me lembrar. Eu precisava *mesmo* dessas aulas de reforço. A outra parte ruim de mudar de escola no meio do ano (além de perder meu antigo time de futebol e todos os meus amigos) era ter que me virar para acompanhar as novas matérias e o rendimento de alunos que levavam maçãs para seus professores. Maçãs bem frescas. Inacreditável.

— E o inverso também é verdadeiro — acrescentei, lembrando do clipe a que assistimos na aula naquela semana sobre como funcionavam as usinas de energia. — Quando você passa um ímã por um fio que está enrolado da maneira certa, você gera eletricidade no fio.

— Tudo bem, então eletricidade gera magnetismo e magnetismo gera eletricidade. Qual é a *velocidade* com que uma coisa cria a outra?

— Caramba, como é que eu vou saber? — retruquei.

— Rhia — disse ele, um pouco mais severo do que eu esperava. — Você tem todos os números de que precisa na parte de trás do seu livro, não é? Então, por favor, vá em frente e calcule a velocidade desse efeito eletromagnético. É a mesma velocidade em ambas as direções, então só preciso de uma resposta.

— Ótimo. — Digitei os números na calculadora do meu celular. Saiu a resposta: — Duzentos e noventa...*

— Arredonde.

— Humm... então, *cerca de* trezentos mil quilômetros por segundo.

— Sim, que beleza! — exclamou ele, estranhamente animado. — Agora digite esse número no mecanismo de busca do seu celular.

Eu digitei. Nenhum dos resultados tinha eletricidade ou magnetismo em seus títulos. Em vez disso, todos apresentavam a mesma palavra: *luz*. Parecia errado, como pedir arroz com ervilhas e receber arroz jollof.

— Aqui está me dizendo que essa é a velocidade de deslocamento da *luz* — comentei.

O professor se recostou na cadeira, sorrindo.

— Que coincidência, não?

— Não entendi. Não estávamos aprendendo sobre ímãs um segundo atrás? Qual é a dessa conversa sem sentido sobre a luz?

---

* Consulte a página 363 para mais informações sobre o cálculo da velocidade de indução eletromagnética.

Era uma pergunta inocente, mas o sorriso que apareceu em seu rosto me fez pensar: *Ah, não, o que eu fiz?* Uma contagem regressiva para o fim da aula já estava soando na minha cabeça, minha pergunta era apenas mais um obstáculo entre mim e o último trem que me levaria às meninas a tempo. A matemática que importava *de verdade* para mim se desenrolava na minha cabeça: se eu quisesse chegar à resenha dentro de dez minutos antes do horário de início, trem e ônibus já não dariam conta. Pedir um Zuber era minha única opção restante. Mas meu saldo no cartão de débito era de exatamente dezoito centavos, o que significa que eu teria que torcer para que a) o motorista aceitasse fazer uma corrida em dinheiro fora do aplicativo, e b) as moedas que eu tinha no bolso pudessem me levar pelo menos até a metade do caminho.

Enquanto o professor virava a página do livro, seu telefone começou a vibrar, uma música que não reconheci saindo do alto-falante.

— Desculpa — disse ele, afastando a tela de mim enquanto dava dois toques nela. A música parou e ele retomou a aula.

— Em essência, a física é uma dança simples entre contar histórias e escrever equações. São apenas metáforas mais matemática.

Ele tirou um dispositivo prateado no formato de uma lata de Coca-Cola da bolsa e colocou sobre a mesa. Eu tinha visto anúncios dele no metrô: um Caster-5. Parecia menos estiloso do que no anúncio.

— Nós já padronizamos toda a matemática. — Ele apertou um botão brilhante na lateral do dispositivo. — Então, agora só temos que encontrar a metáfora certa: uma boa *história* para nos ajudar a ver e dar sentido a ela.

— Claro — respondi de imediato, esperando que ele entendesse a dica e falasse mais rápido também. Faltavam dez minutos para as oito. *Mais uns cinco minutos antes de eu ter que sair.*

— Imagine que o Millwall está jogando contra o SE Dons bem aqui no Dangote Stadium — pediu ele. O dispositivo disparou um cone de luz azul que, após alguns segundos, se condensou em uma projeção 3D do estádio em que estávamos sentados. — Agora imagine os dois grupos de torcedores sentados em pequenos blocos alternados ao redor das arquibancadas. Faltam apenas alguns minutos para o jogo e será um daqueles bem difíceis, então um torcedor entediado do Dons começa uma ola. — A projeção se transformava conforme ele descrevia a cena, fornecendo imagens correspondentes ao que o professor falava sem nenhum atraso. — Se meu Caster-5 está fazendo seu trabalho direito, você deve estar vendo um grupo de moleques de pele escura se levantando e se sentando, então, quando a ola chega no outro lado da arquibancada, um bando de fãs brancos do Millwall começa a fazer o mesmo. E a ola continua dando voltas e voltas pelas arquibancadas em perfeita harmonia.

Ele faz uma pausa antes de prosseguir:

— Acontece que é assim que uma onda eletromagnética se parece. — Ele se inclinou para chegar mais perto do dispositivo. — É como a luz se parece.

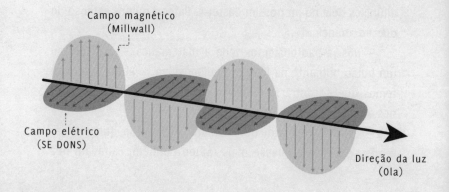

Um holograma final apareceu: um diagrama.

— A luz é apenas uma série de ondas elétricas e magnéticas, cada ondulação criando a próxima, depois a seguinte, e movendo todo o feixe de luz para a frente no processo.

— Simplesmente fascinante — respondi sem rodeios. Para ser justa, a comparação dele não foi tão horrível, nem a pirotecnia de seu dispositivo. Em qualquer outra noite, eu até o teria elogiado. Mas não com apenas dois minutos antes que eu tivesse que vazar ou enfrentar consequências que talvez me afetassem pelo resto da vida.

Como se os deuses estivessem decididos a me ver sofrer lentamente, o celular do professor tocou outra vez.

— Foi mal — disse ele, de frente para mim. — Vou atender bem rápido no corredor. Estarei de volta em dois minutos. Prometo.

Antes que eu pudesse protestar ou renegociar minha saída antecipada, ele já havia saído porta afora. O que quer que estivesse discutindo era secreto o suficiente para ele atender a ligação vinte metros adiante no corredor. Fiquei na sala sozinha, entediada, frustrada. Era a tempestade perfeita de emoções para levar às ideias mais descaradas. Criminosas, na verdade, era a melhor palavra.

Quando me levantei e fui em direção à bolsa do professor, imaginei quais eram as chances de ele ter dinheiro ali. "*Razoáveis*" era a resposta para qualquer um que tivesse nascido tão perto da virada do milênio.

Só umas dez libras, me tranquilizei enquanto deslizava o zíper para baixo, as mãos tremendo levemente. *Vou pagá-lo com juros de 1.000% na próxima semana. Na verdade, se pensarmos bem... ele basicamente me deve esse dinheiro. É culpa dele eu estar atrasada, então faz sentido que pague parte da minha corrida.*

Eu não conseguia me lembrar da última vez que havia roubado algo de alguém, muito menos de um completo estranho. Eu estava errada e sabia disso. Me senti horrível. Uma pilha fresquinha de cocô coberta de moscas. E a única coisa mais desprezível do que inventar a desculpa esfarrapada que usei para justificar minhas ações foi me forçar a acreditar nela.

O primeiro item que vi foi um caderno marrom bem velho. Nunca tinha visto nada parecido antes em qualquer papelaria em que já tinha entrado. Parecia ainda mais velho que o dr. Esso. Um canto estava chamuscado de preto e o outro, rachado pelo tempo, com uma escrita na capa tão manchada que eu mal conseguia entender.

— Blaise Adenon? — murmurei. *Mesmo sobrenome do dr. Esso.* Saber que eu ouviria os passos do professor quando ele estivesse se aproximando me confortava um pouco. Mas o tempo que perdi analisando seu caderno me deixou meio receosa.

Mais além, encontrei uma carteira. E, dobrado na parte principal, um conjunto de notas novinhas.

Peguei a nota de vinte libras e olhei para ela. Era como se o rei George, impresso em roxo na frente, estivesse me encarando. Como se ele estivesse espiando minha alma e me condenando ao inferno.

Esta não é você, Rhia, eu o imaginei dizendo com um aceno de cabeça real. E ele estava certo.

Eu não poderia ir adiante com isso. Me recusava. Quaisquer que fossem as consequências de chegar tarde, eu teria de encará-las.

É apenas uma resenha, pensei enquanto enfiava o dinheiro de volta na carteira. Outra mentira conveniente em que eu estava me forçando a acreditar.

Ouvi as solas dos tênis rangendo no chão polido lá fora. Tinha apenas alguns segundos.

Meus dedos estavam ao redor do zíper, prontos para fechá-lo e correr de volta para o meu lugar.

Então eu vi uma foto — desgastada e enfiada em um bolso lateral — de quatro jovens em uma mesa de almoço. Um era uma versão mais magra e de rosto mais juvenil do dr. Esso, e à sua direita estava sentada uma garota da mesma idade.

Uma garota que reconheci na hora — porque havia uma foto dela escondida na minha gaveta em casa.

— Obrigado pela paciência — disse o dr. Esso, abrindo a porta e voltando para seu lugar meros milissegundos depois que fechei a bolsa.

Que! Droga! É! Essa!, eu queria gritar. Como poderia agir normalmente se meus olhos queimavam pelo que eu tinha acabado de ver? Agarrei minha caneta com tanta força que ela se partiu em duas, e o dr. Esso, sem saber, continuou de onde havíamos parado:

— A parte mais louca é que o cara que descobriu que a luz é uma onda eletromagnética fez isso da mesma forma que acabamos de fazer: com algumas contas rápidas. Aí ele teve que esperar duas décadas até que alguém finalmente fizesse um experimento provando que estava certo o tempo todo. Dá pra imaginar o quanto ele deve ter ficado maluco?

Eu imagino. Caramba, eu mesma estava ficando doida. *Este homem conhecia minha mãe.* E bem o suficiente para que carregasse uma foto dela aonde quer que fosse, apesar de não enxergar. Minhas mãos tremiam ainda mais debaixo da mesa, meus tornozelos balançando na mesma velocidade.

— Acho que você precisa ir agora, não? — disse ele depois de um momento de silêncio. — Já que foi minha culpa termos começado tarde, vou chamar um táxi para que você possa chegar a tempo.

Sim, preciso ir. Eu nem estava mais pensando na resenha. Só precisava sair daquela sala. Acalmar a mente.

Toda a minha vida me perguntei quem era minha mãe biológica, e a Polaroid desbotada sob os sutiãs esportivos na minha gaveta tinha sido tudo que já havia recebido como resposta. Não importa quantas vezes aparecesse em meus sonhos, no mundo real ela só existia como uma impressão de três por três em uma folha desbotada há muito tempo. Me veio uma lembrança antiga: eu devia ter quatro ou cinco anos e estava sentada em um banquinho rosa-chiclete, olhando para a primeira cuidadora de acolhimento de que me lembrava.

— Onde está minha mãe? — eu lhe perguntaria, seguido por:
— Bem, e para onde ela foi?

Enfurnada naquela sala claustrofóbica uma década depois, eu tinha as mesmas perguntas. Só que, naquele momento, uma resposta estava sentada à minha frente, vestida de moletom.

Permaneci na cadeira, estudando os contornos inconstantes de seu rosto e me perguntando, atordoada, quem era aquele cara. Sabia que havia algo de estranho a respeito dele desde o início, mas nunca poderia imaginar que seria *isso*. E ainda não sabia onde, quando ou como ele tinha conseguido uma foto da minha mãe, Nadia Black.

— Sim — respondi, ruidosamente engolindo em seco. — Sem dúvida vou aceitar esse táxi.

Capítulo 5
ESSO · *AGORA*

SEXTA-FEIRA (HOJE)
Quando acordei naquela manhã fatídica, meu primeiro pensamento foi a discussão que tive com minha mãe na noite anterior. Eu ainda me sentia um perfeito babaca. Não conseguia parar de ver seu contorno na porta, puxando um cigarro enquanto a bainha do seu pijama se agitava com o vento lá fora. Também não conseguia esquecer o quanto ela parecia frágil quando a deixei: uma vida inteira de esgotamento em seus olhos fatigados. Com tudo acontecendo com D e Pinga-Sangue, eu me perguntava quando teríamos a chance de consertar as coisas... *Se* teríamos uma chance. A objetividade violenta daquele "se" me causou um arrepio na coluna.

E, para tornar as coisas ainda mais estranhas, aquela era uma *Sexta-feira: noite de peixe, batatas fritas e filme!* Eu ainda estava orgulhoso do meu eu de sete anos por ter inventado aquele slogan. Sempre que dava oito da noite, eu e minha mãe estávamos preparados para duas horas de um programa só nosso.

Mas, naquele dia, seriam duas horas mastigando silenciosamente e evitando contato visual em nosso sofazinho, nada das risadas habituais enquanto gritávamos "Corram, seus idiotas!" para a televisão.

Eu me levantei, e um caderno fino de couro curtido no canto da minha cama trouxe à tona uma lembrança da noite anterior: mamãe entrando e colocando-o ali. O nome, escrito com caneta hidrográfica na capa, fez eu me empertigar ainda mais:

BLAISE M. ADENON

O nome completo do meu pai.

Não consegui evitar me perguntar o que levou minha mãe a me dar aquilo agora: as palavras duras que cuspi na noite anterior ou outra coisa? Algo mais profundo? Se aquele era realmente o caderno do meu pai, significava que ela o estava escondendo de mim durante toda a minha vida. E, ainda assim, eu estava animado demais para me importar com isso.

Na verdade, naquele momento me senti grato. Os únicos outros testemunhos que tínhamos dele eram uma pilha de formulários de impostos que ela guardava no quarto dela e uma meia sem par que eu guardava no meu.

Ver o sobrenome Adenon estampado me deixou mais empolgado. Não era apenas o nome dele, era o *nosso*. Era um portal para o meu passado, minhas raízes escritas em tinta. O homem responsável pela outra metade do meu DNA estava ali, em cima do meu edredom. Estava finalmente ao alcance dos meus braços. Ali estava minha chance de conhecer o tipo de homem que ele era, talvez até mesmo enxergar o homem que eu poderia me tornar.

Estendi o braço para o caderno, sedento. Uma parte de mim acreditava genuinamente que, depois de ler a primeira página, eu entraria de uma vez em uma conexão mágica com meu pai. Se não desse certo, eu pelo menos poderia encerrar essa história antes que um novo dia começasse. E as duas primeiras palavras que li apenas aumentaram minhas expectativas.

Para Esso.

Mas, no final, em vez de magia, tudo o que senti foram os arrepios.

Era uma vez um grupo de prisioneiros que vivia em uma caverna...

Ficou ainda mais estranho conforme continuei a leitura. *"Sombras tremeluzirem e dançarem na parede", "o Mundo Superior", um cara chamado Sócrates sendo executado.*

Nunca, em toda a minha vida, as palavras me deram tanta esperança para depois arrancarem meu chão com tamanha velocidade. Os textos seguintes, todos endereçados a mim, tinham notas sobre tudo, desde viagem no tempo até bombas atômicas e outras dimensões que só seriam possíveis ver através da matemática. Estava tudo lá, e meio que me lembrou das coisas de Pitágoras que eu desenterrara na aula da srta. Purdy na segunda-feira, só que com mais cara de lance cultista. O tipo de coisa que era mais fácil ver nos romances de ficção científica que Nadia devorava nos fins de semana.

"Decepção" era uma palavra muito fraca para descrever como me senti. "Alarmado" estava perto, mas ainda era pouco. O veredicto mais óbvio era que eu tinha acabado de ler os discursos de um lunático de quinta categoria que, se ainda estivesse vivo, estaria pregando sobre o fim dos tempos em um megafone na Trafalgar Square. Suas palavras eram muito sérias, como se ele acreditasse *de verdade* no que estava escrevendo. Talvez meu pai não estivesse bem da cabeça, e foi por isso que minha mãe escondeu o caderno de mim. O que ela havia dito sobre ele na noite anterior — sobre não querer que eu me transformasse nele — ainda ardia como pimenta em um lábio rachado. E eu estava me sentindo muito menos complacente agora sobre isso tudo.

Eu realmente não posso lidar com isso agora, decidi. Minhas dúvidas e perguntas sobre meu pai teriam que esperar até a noite. Para sair dali a tempo para a escola, eu teria que descobrir como fazer o número dois, tomar banho, escovar os dentes e engolir o cereal ao mesmo tempo. Eu teria que aceitar que meu pai provavelmente estava maluco e pensar sobre o dia que eu tinha pela frente.

Antes de sair do meu quarto, deslizei o caderno para debaixo do travesseiro.

Enquanto eu caminhava em direção às escadas, meu primeiro vislumbre da manhã veio frio e com cheiro de arroz jollof. O aroma devia ter escapado daquele apartamento no andar de baixo onde os ganenses viviam. O arroz estava no ponto em que cada grão encharcado de molho tomate no fundo da panela começava a queimar e, depois de pular o café da manhã, eu queria matar o sortudo que ia poder raspá-lo.

Várias mensagens seguidas de Nadia pausaram meus pensamentos calculistas.

> **NADIA**
> Oi, E. Ouvi umas paradas bizarras sobre vc e o irmão do D

> **NADIA**
> Tá td bem?
> Pq vc não me contou?

> **NADIA**
> De qlqr forma me responda, blz? Bjssss

 Fiquei surpreso por ela se preocupar tanto. Meio tocado, na verdade. Meu polegar pairou sobre a tela, esperando as palavras certas chegarem. Esperei. Então, esperei mais um pouco. E, então, desisti.

 "Não, não tá tudo bem" era a resposta óbvia, mas também a que exigia mais explicações. Eu teria que contar a ela sobre como, por acidente, me joguei de paraquedas no meio de uma briga de rua. E como eu estava agora a uma advertência de ser expulso da escola. Pensei em todo o trabalho que tive nos últimos meses para mostrar a ela a combinação perfeita de *misterioso, mas divertido*. Não queria desistir da ilusão de que eu era legal demais para sentir medo. Por mais que estivesse morrendo de vontade de compartilhar meus medos com alguém que se importasse, parecia muito cedo.

 Uma parte de mim se perguntava se eu pararia de pensar que era "cedo demais". Tive uma oportunidade de ouro na semana anterior, quando fomos assistir a outro filme de ficção científica que Nadia tinha insistido em ver. Eu poderia ter sido um perfeito romântico: abrindo portas, pagando por pipoca superfaturada, então confessando que estava obcecado por ela desde que se transferiu para Penny Hill... Ou eu poderia ter seguido o conselho tipicamente inútil de

Rob de "seja você mesmo". Eu nem tinha arriscado perguntar a Kato. No fim das contas, escolhi algo entre as duas opções terríveis que tinha: não fiz nada. Eu realmente desejei não gostar tanto dela. Gostava até das partes que deveria achar feias: aquele ronco quando ela ria muito, a marca de nascença enorme no lado mais escuro de seu punho, o aparelho ortodôntico que emoldurava seu sorriso...

Quando desci para o segundo andar, meu celular estava de volta no bolso e eu resumi meu foco em duas palavras: *sobreviva hoje*. Quando a sexta-feira terminasse, teríamos o fim de semana, depois o feriado: uma semana inteira para ficar quieto em casa e descobrir como suavizar as coisas com D, Pinga-Sangue e quaisquer outros caras de Brixton que me tivessem em sua lista de alvos. Eu só precisava ficar longe da vista deles durante o dia na escola. Era isso.

Geralmente, quanto mais rápido minha mente corria, mais devagar minhas pernas tendiam a se mover. Era como se eu tivesse nascido com uma velocidade limitada que eu devia distribuir entre meu cérebro e membros inferiores. E meu relógio agora me dizia que, por causa dessa distribuição, eu estava prestes a perder o próximo ônibus.

Pulei os últimos lances de escada, saltando do terceiro ao último degrau para ganhar tempo. A cada passo, o cheiro de jollof enfraquecia, e enquanto eu passava correndo pelo Dave Sem-teto, ele ergueu sua garrafa de vidro e uivou "Uhuuuuuuu!". Vinte metros adiante, eu ainda conseguia ouvi-lo tossir e rir como se tivesse cascalho nos pulmões.

Minha rota até o ponto de ônibus era ladeada por conjuntos habitacionais exatamente como o meu. Eram os mesmos que se via em todos os cantos de Londres. Cada prédio estava embrulhado em plástico branco e azul, as laterais de tijolos salpicadas por parabólicas de TV ociosas. Pessoas de todos os cantos do planeta faziam suas orações no interior daqueles blocos, esperando que seus sonhos desabrochassem do concreto assim que a interminável chuva britânica passasse. Aqueles conjuntos habitacionais eram tudo que eu conhecia. O distrito de Peckham, o "Narm", era tudo que eu conhecia.

Um passo desajeitado para o lado foi o que me impediu de esbarrar em uma garotinha meio familiar enquanto eu dobrava a esquina para a rua onde meu ônibus estava programado para parar em menos de um minuto. Ela estava segurando a mão de seu pai, e sua jaqueta cor-de-rosa bufante estava tão fechada que apenas uma pequena fenda oval tinha sido deixada aberta para seus olhos me rastrearem enquanto eu passava. Só de ver como ela estava aquecida, percebi que tinha esquecido minha própria jaqueta em casa. Ao mesmo tempo, notei o cheiro de cebola emanando da minha camisa.

— Droga — murmurei. Tinha me lembrado de borrifar desodorante nas minhas partes íntimas naquela manhã, mas, de alguma forma, esqueci as axilas. Pensei em voltar, mas, em vez disso, agitei minha camisa algumas vezes para deixar aquele fedor sair. O ônibus estava diminuindo a velocidade no outro lado da rua, o que significava que eu tinha dez segundos, no máximo, antes que ele se afastasse novamente.

Logo à frente, uma mulher esbelta com uma jaqueta cinza-claro e saia lápis combinando atravessava a rua de mãos dadas com duas crianças, uma de cada lado seu. Mais uma dezena de crianças em uniforme escolar caminhava logo atrás. Comecei uma corrida diagonal pela rua, na esperança de enganar o espaço-tempo, e, quando olhei para trás para ver os carros que se aproximavam, vi um Range Rover preto fosco com aros com o mesmo acabamento acelerando em direção ao cruzamento. Um cara com uma longa barba fina dirigia com os olhos fixos no celular em seu colo, talvez supondo que os pedestres estivessem vigiando a rua por ele.

Enquanto isso, o último garoto do grupo de crianças, que lembrava o ator Benedict Wong se ele tivesse um corte cuia e estivesse no ensino fundamental, atravessava a rua. Ele avançava pela pista como se não houvesse no mundo lugar mais seguro.

A responsável se virou para o menino.

— Rápido.

Quando ele não respondeu, ela gritou:

— Eu disse *rápido*! Não temos o dia todo.

Mas sua calma me disse que ela não tinha visto o carro e acreditava genuinamente que o maior perigo que a criança corria era o de se atrasar para qualquer que fosse o compromisso.

O barulho da freada veio primeiro, seguido por um grito abafado de dentro do Range Rover. O menino parou no meio da rua e seus olhos se arregalaram, finalmente entendendo a dimensão do problema, o maior que poderia acontecer em sua vidinha.

Um milhão de pensamentos passaram pela minha cabeça, cada um sobrepondo o outro até sobrar apenas um: *Alcance-o antes do carro*.

Não fiz a escolha porque queria ser um herói. Não foi realmente uma escolha; foi mais um reflexo que deixei tomar conta de mim porque o terror que me esperava na escola fazia parecer que nada mais importava.

Pensando melhor agora, eu provavelmente deveria ter continuado correndo para pegar o ônibus.

PARTE II
TEMPO

DO CADERNO DE BLAISE ADENON: CARTA DOIS

Para Esso.

Pouco foi escrito sobre o Mundo Superior — principalmente por causa do pouco que se sabe sobre ele. Não sabemos se todas as pessoas podem acessá-lo ou se existem diferenças entre indivíduos, culturas ou mesmo espécies. Ninguém jamais viu onde o Mundo Superior começa ou termina, se é que termina. A única coisa mais assustadora que pensar em ir até lá sozinho é a tragédia de não saber que ele existe. E, por isso, o pouco que sei, meu filho, vou te contar.

Em primeiro lugar, você tem que falar sobre ele para vê-lo.
A linguagem influencia o que vemos... Em grego, por exemplo, não existe a palavra "azul". Algo pode ser ghalazio (um tom mais claro de azul) ou ble (um tom mais escuro de azul), duas cores vibrantes que em nossa língua se traduzem como uma única palavra: "azul". Qualquer grego que viesse para essa ilha nublada chamada Grã-Bretanha rapidamente veria seu vocabulário de cores cortado pela metade.

Mas, como mostrou um estudo curioso, os gregos que abandonam sua língua materna também deixam de ser capazes de distinguir entre ghalazio e ble. *Eles literalmente veem metade do que costumavam ver — por causa da linguagem.*

Assim como os tons de azul, o próprio tempo é relativo. Passa em um ritmo aqui e em um ritmo mais lento ali, tudo dependendo de onde você está e do que você entende. E, como o tempo, a luz e tudo mais no universo só podem ser descritos adequadamente através da linguagem dos deuses; mesmo algumas lições da matemática mais básica podem fornecer um breve vislumbre do Mundo Superior. Mas, até que você seja fluente na língua sagrada, não espere ver muito.

Por último, você deve olhar através de sua JANELA.

Nossos irmãos e irmãs do Oriente dizem que cada estalar de dedos contém 65 momentos únicos. Usando caneta e papel, os físicos hoje podem provar que o número é ainda maior. Agora imagine a vasta multiplicidade de momentos contidos em uma respiração. Em um sorriso. Em um sonho. Como a mente consegue capturar o número quase infinito de grânulos que compõe uma **vida inteira**?

Não consegue.

Para garantir nossa sobrevivência, a Natureza decidiu há muito tempo restringir nossa visão do tempo a um único momento: uma tela solitária e em constante mudança na qual as preocupações imediatas de abrigo, sustento e procriação poderiam ser projetadas. O Agora. Nossa visão do passado foi, portanto, relegada a um borrão difuso e as distrações existenciais do futuro foram completamente apagadas. E, no entanto, nossa capacidade de explorar a cronestesia (viagem mental no tempo) não foi anulada... apenas desconectada. Trancada dentro de uma fenda de nossas mentes chamada JANELA.

A JANELA é uma memória do passado ou do futuro. Uma memória única para cada indivíduo, muitas vezes tão intensa ou traumática que nossas mentes nos forçam a esquecê-la... Por ser a JANELA a lente através da qual percebemos o tempo real, é comum ouvir as pessoas afirmarem que o tempo "desacelerou" ou mesmo "parou completamente" nessas memórias enterradas. Tem sido sugerido que uma concussão aguda ou repetida possa temporariamente "escancarar" a JANELA. Mas tudo o que sabemos com certeza é que o único caminho seguro para o Mundo Superior é através de um Ancião guiando você até sua JANELA, desde que você domine a linguagem para ver o que está do outro lado.

Em poucos meses você deixará seu mundo e nascerá no nosso, meu filho. Alguns dirão que o que você vê com seus olhos físicos é definitivo e que homens como eu, que afirmam o contrário, são tolos. Mas saiba que, logo além do peso de nossas correntes e do calor desta caverna, um mundo mais claro e aterrorizante nos espera.

Capítulo 6
RHIA · *15 ANOS DEPOIS*

Minha ex-professora de inglês apontou certa vez que tanto a palavra *decidir* quanto a palavra *homicídio* compartilham o *–cidi*.

— Escolher um futuro é matar todo o resto — ela advertiu. — Decidir é um ato impiedoso.

Sentada no carpete entre as pernas de Olivia enquanto pensava sobre o que fazer em relação a minha situação com o dr. Esso, tentando não me encolher cada vez que Olivia puxava uma mecha para uma nova trança, entendi o quanto minha ex-professora de inglês estava certa.

Eu contei a Olivia (praticamente) tudo. Como saí correndo da sala de equipamentos no instante em que o dr. Esso pediu meu Zuber porque pensei que, se ficasse mais tempo ali, entraria em combustão espontânea. Contei a ela como minha mãe parecia mais feliz na foto do professor do que na que eu tinha na minha gaveta, embora ela nem estivesse sorrindo na dele. Também contei sobre a resenha, para a qual cheguei apenas cinco minutos atrasada no fim das contas, graças a uma viagem assustadoramente rápida de carro. Em retrospectiva, era risível como eu estava estressada com aquilo. Com coisas maiores em mente, passei a noite inteira num vaivém de sentimentos: desesperada para me submeter às emoções, mas com medo de ser consumida por elas. Minhas colegas de time deviam estar até agora se perguntando o que havia de errado comigo. E pensar que o plano era restaurar minha reputação...

Olivia também era a única pessoa que sabia sobre meu sonho recorrente (que ela, certeira, chamava de pesadelo). Aquele em que minha mãe tinha os olhos escurecidos e me estendia a mão, chorando. Sinceramente, os sonhos de Olivia eram ainda mais estranhos. Todo jovem de casa de acolhimento que eu conhecia sonhava com os pais biológicos. Mesmo aqueles com pais surtados. *Especialmente* aqueles com pais surtados. Ela entendia muito bem por que eu estava tão obcecada por respostas.

— Simplesmente não consigo acreditar que isso esteja acontecendo comigo — falei, olhando para trás. Em algum lugar dentro de mim ainda existia a criança que sempre acreditou que encontraria o caminho de volta para sua mãe. Era assustador, emocionante e incrível que finalmente pudesse se tornar realidade.

Mas quando tudo que obtive foi um "eu sei" forçado de Olivia, me lembrei de me segurar, parar de parecer tão feliz com tudo isso. Ela passou os últimos quatro dias compartilhando da minha empolgação, revelação por revelação, sorriso por sorriso. Mas ela não conseguia esconder (pelo menos não de mim) os olhares sombrios misturados aos felizes, os momentos em que eu podia ver a tristeza que ela estava segurando. Essa era a parte mais complicada de ter tido uma infância difícil: nossos alegrias tendiam a iluminar também as nossas perdas. As vitórias nunca pareciam plenas. Até considerei não contar a ela, porque sabia que Olivia teria largado tudo para estar na minha pele agora.

Mas tínhamos uma conexão e juramos ser totalmente sinceras uma com a outra. Apenas algumas semanas após nos conhecermos, três anos atrás, juramos nunca guardar uma novidade da outra por mais de 24 horas. E não havia novidade maior do que essa.

O estado do nosso quarto não tornava mais fácil pensar no que eu devia fazer. As roupas que Olivia tinha experimentado no fim de semana estavam jogadas em uma trilha que ia de seu guarda-roupa até a cama de baixo do beliche. Na verdade, as únicas coisas arrumadas ali eram nossas camas, e até isso foi graças aos edredons que não amarrotavam que Poppy comprou pra gente no início do ano.

Eu tinha exatamente três dias até minha próxima aula de reforço, então precisava de um plano rápido. Especificamente, eu precisava descobrir tudo o que o dr. Esso sabia sobre minha mãe, e isso significava primeiro desenterrar informações sobre *ele*.

— Incline um pouco a cabeça para a frente, mana. — Olivia escovou um cachinho antes de juntar a mecha a uma trança que ela deixou cair sobre meu ombro.

Eu estava sentada de pernas cruzadas no mesmo lugar por tanto tempo que minha nádega direita começava a formigar. Já passava da hora de dormir e ainda não tínhamos chegado à parte de trás do meu cabelo, muito menos a uma boa resposta. Ofereci ajuda para trançar o de Olivia também, mas ela já tinha marcado salão para o dia seguinte e se comprometido a raspar seus cabelos com o pente três da máquina.

— Ainda acho que você deveria só confrontá-lo — insistiu ela.

Nenhuma de nós sabia dizer como ou por que o dr. Esso havia me encontrado, mas concordamos que não era coincidência. O comportamento esquisito... A foto... Eu estava disposta a apostar tudo que ele esteve na vida da minha mãe. E agora, de alguma forma, havia se infiltrado na minha.

— E se ele me atacar durante a aula? — respondi. — Puxar uma faca ou algo do tipo?

— É só continuar as aulas no estádio. Há seguranças por todo canto lá, certo?

— É verdade — concordei. Talvez a ideia de que ele tentaria me esfaquear fosse um pouco exagerada. — Mas e se eu o confrontar e ele fugir? Ou apenas mentir descaradamente?

Foi uma surpresa ter encontrado tão pouco sobre o professor on-line. A Open University tinha o perfil dele em seu site desde que ele era um assistente de ensino virtual lá, e sua biografia mencionava que havia obtido seu doutorado em física no mesmo departamento. O que não encontrei foram perfis em redes social, avatares ou artigos sobre ele. Nada nos registros de casamento ou dos pais, nenhuma pista dele socializando com outros seres humanos. Eu ainda não sabia nadica de nada. Mas a foto em sua bolsa provou que ele era capaz de guardar segredos. Um passo descuidado meu e ele poderia sumir mais uma vez, junto com as respostas sobre minha mãe.

— E mesmo que ele me diga a *verdade* — continuei. — Eu não teria como saber se ele estaria mentindo ou não. O cara poderia simplesmente me denunciar à minha assistente social por tentar roubar dinheiro dele e depois...

— Entendi, mana — me interrompeu Olivia, suspirando. Tivemos que descartar a ideia junto com todas as outras porcarias que surgiram, incluindo contar a Tony e Poppy. — De volta à estaca zero, aí vamos nós.

No momento em que o nome do meu pai adotivo passou pela minha cabeça, a porta do nosso quarto se abriu e ele deslizou sua cabeçona por ela.

— Rhia — sussurrou Tony, colocando o rosto um centímetro mais para dentro. Eu costumava brincar com Olivia que dava para usar o queixo dele para saber a hora do dia: branco e liso de manhã, sombreado no almoço, barba por fazer antes do jantar e barbona logo depois dele. — Poderia nos fazer um favor e escolher um presente de Natal para a mamãe neste fim de semana?

Ele tinha feito o mesmo pedido nos últimos três anos, mas nunca tão no início de dezembro. *Bom para ele*, pensei. Para ser justa com Tony, Poppy era de longe a pessoa mais difícil de presentear. E, vindo de mim, isso significava muito. Olivia era ótima nessas coisas de linguagens do amor e estava convencida de que meu dialeto preferido para expressar afeto era dando presentes. E eu gostava mesmo. Mas, mesmo com meu entusiasmo natural, era impossível descobrir o que dar à nossa mãe adotiva. Todos sabíamos o que ela odiava: turnos noturnos, pratos na pia, qualquer ativista com um acordo de marketing. Dentre as coisas que ela (meio que) gostava estavam: barras de chocolate derretidas, ser mãe e Tony (por cerca de seis dias por semana). Mas e quando o assunto era o que ela *amava*? A resposta certamente não era o cartucho de impressora 3D que eu tinha dado para ela no último Natal, que vinha com o modelo de um cachecol de cashmere sintético pré-programado (achei isso muito louco). Tampouco o vaso de flores com estampa tipo caxemira que Olivia havia comprado para ela.

— Eu te transfiro o dinheiro pela manhã — disse Tony. — Lembra que precisa ser bonito e único. E de preferência custar menos de 120 libras. Ah, e também precisamos de uma árvore de Natal, então pode acrescentar mais umas trinta libras no orçamento.

— Só isso? — respondi, secretamente entusiasmada com o desafio de arrasar nas Festas deste ano.

Ele espelhou meu sorriso malandro.

— Obrigado, Rhia. Agora, não vão dormir tarde, vocês duas. Boa noite, Liv.

Quase qualquer som passava pelas paredes finas como papel de nosso apartamento de dois quartos, então, por segurança, Olivia esperou um pouco antes de reavivar a conversa em um sussurro.

— Então — ela deixou o pente sobre a cama —, já pensou no *porquê* de ele ter a foto da sua mãe na carteira?

— Acho que eles provavelmente estudaram juntos — respondi. — Mas não tenho certeza. Ainda tô tentando entender isso tudo.

— Certo, mas você não acha que ele possa ser... — Ela ficou quieta por um segundo. — Seu pai?

Era uma pergunta justa, eu só não tive coragem de fazê-la a mim mesma. Ele parecia ter idade o suficiente para isso, e a foto da minha mãe em sua carteira era uma dica em potencial. Meu pai, quem quer que fosse, nunca fez muito parte da equação. Talvez porque ele não estivesse naquela foto da minha gaveta. E, ignorando o quanto o dr. Esso tinha sido estranho em nosso primeiro encontro, havia algo levemente atraente na ideia. Ele era inteligente e até que divertido, e eu teria me arriscado a chamá-lo de atencioso se não tivesse insistido em dar a hora inteira de aula na pior noite possível. Mas, por enquanto, tive que resistir a criar muitas expectativas. Não tinha certeza de que poderia sobreviver à dupla decepção. Descobrir mais sobre minha mãe, mesmo que fosse uma pista minúscula, seria o suficiente. Eu julgaria qualquer que fosse o resultado da minha busca quando o visse.

— Só acho que tem alguma coisa nesse cara que... — Olivia provavelmente notou como meus ombros estavam encolhidos. E por isso ela se conteve, suspirou e mudou de assunto. — Se incline para a frente de novo, por favor.

— Foi mal — respondi, grata por ela ter mudado o assunto.

Depois de ouvir nossa conversa, o carpete decidiu nos repreender através do alto-falante instalado no chão.

— Você passou sessenta... e... três... minutos... sentada em uma postura inadequada — veio a mensagem automática. — É aconselhável que faça uma pausa para caminhar e, quando voltar, mantenha sua postura...

— Cale a boca, carpete! — exclamei, direcionando minha voz para o meu colo. E então me dei conta. A resposta de como eu poderia obter as informações que queria sobre minha mãe... Eu estava literalmente sentada em cima dela.

"Specs" morava em um apartamento idêntico ao nosso — a mesma porta pintada de marrom, a mesma sala voltada para o corredor —, só que um andar abaixo. Seus pais haviam se mudado para o bairro há um ano e, desde sua chegada, as opiniões no quarteirão estavam divididas sobre se Specs era atraente ou apenas um nerd com voz grave. Por razões que me escapavam, Olivia estava convencida de que ele era perfeito para mim. Ela costumava ter opiniões muito mais fortes sobre minha vida amorosa do que eu, especialmente quando se tratava do meu último e único ex, que ela sem dúvida nenhuma detestava. Eu insistia (mesmo um ano depois) que ele era um cara decente. Estranho, sim. Um gosto adquirido, com certeza. Mas, no geral, era um cara decente.

Specs era uns três centímetros mais alto que eu (devia ter mais ou menos 1,77 m de altura), mas parecia projetar uma sombra sobre Olivia enquanto eles negociavam.

— A propósito, o que aconteceu com seus óculos? — ela perguntou.

Olivia havia lido sobre uma tática de negociação chamada "*snow job*". Para mim, parecia algo pelo qual uma garota de programa nos Alpes poderia se responsabilizar, mas aparentemente significava afogar seu oponente de barganha em perguntas nada a ver para obter vantagem. Em última análise, o que queríamos de Specs eram as chaves para a vida digital do dr. Esso. Precisávamos das respostas sobre como o professor conhecia minha mãe, o que sabia sobre ela e o que ele queria de mim. E, com o acesso certo, não havia muito que não se podia encontrar na dark web, incluindo registros oficiais e quaisquer artigos sobre ele que pudessem ter sido arquivados.

— Não uso mais — respondeu Specs.

— Você colocou lentes holográficas? Células-tronco? — O estalar alto do chiclete estourando devia ser parte da atuação dela também.

— Não, simplesmente não uso mais.

Considerando tudo o que estava em jogo para mim, eu não estava com a menor paciência para esse papo sobre óculos.

— Qual é o seu preço final, cara? — me intrometi.

— Oitenta.

— E assim que trouxermos a varredura da íris dele, quanto tempo vai levar para procurar informações sobre o cara na dark web?

Specs olhou para Olivia, surpreso e irritado em partes iguais.

— Como já disse três vezes pra sua irmã — ele segurou a maçaneta da porta, como se pudesse fechá-la a qualquer momento —, você precisa arranjar outra pessoa para puxar os dados desse cara. O preço que falei é *somente* para o escâner de íris.

Olivia me lançou um olhar tranquilizador antes de revidar.

— Specs, você não vai para Cambridge ou algo assim no ano que vem? Por que está sendo tão careiro assim, filhinho de papai?

— Sim, eu vou para Cambridge — respondeu Specs. — E não, não sou filhinho de papai. E a razão pela qual estou sendo careiro é que aquilo lá custa 23 mil por ano e não vou conseguir ganhar dinheiro suficiente até *depois* de me formar. E ser pego hackeando os dados privados de alguém é um caminho direto para garantir que eu não me forme.

Eu podia sentir meu estômago se revirar como se ele também percebesse o chão desaparecendo rapidamente debaixo de mim. Eu achava que estava tão perto de obter respostas...

Para que serve metade de uma chave?, queria gritar. *O que vou fazer só com a varredura da íris dele?*

Specs deve ter percebido a vida fugindo do meu rosto, porque se virou para mim com um olhar mais suave.

— Sinto muito, Rhia. Realmente gostaria de poder ajudá-la com a extração desses dados. — Ele limpou a garganta. — Para ser sincero, eu apenas calhei de ter esse equipamento ilegal comigo. Mas não sou exatamente um hacker. E com certeza também não sou golpista.

— Suave, cara — falei, disfarçando meus olhos tristes.

— Bom — declarou Olivia —, acho que devemos gastar nosso dinheiro em outro lugar, então. Vamos, mana.

Ela agarrou minha mão e começou a caminhar pelo corredor, me dirigindo uma piscadela assim que saiu do campo de visão de Specs. *Princípio número três*, eu pude imaginá-la recitando em sua cabeça, *esteja sempre pronta para sair andando.*

E esse era exatamente o problema. Eu não estava disposta a deixar para lá. Não conseguiria esquecer o que encontrei na carteira do dr. Esso mesmo que quisesse. E como poderia viver sabendo que tinha desistido no primeiro obstáculo? Talvez metade da chave fosse alguma coisa. Até onde eu sabia, conseguir a varredura de íris talvez fosse a parte mais difícil.

Uma coisa de cada vez, disse a mim mesma. *Consiga o escâner... Em seguida, descubra como fazer a extração de dados... Então, terá suas respostas.*

Soltei minha mão da de Olivia, dei meia-volta e enfiei meu pé na fresta pouco antes de Specs fechar a porta.

— O escâner. Você disse que tenho que segurá-lo perto dos olhos dele? — perguntei, forçando uma expressão corajosa enquanto a dor fazia meus dedos dos pés latejarem.

Felizmente, ele abriu a porta, perguntando uma centena de vezes se eu estava bem.

— Quão perto, Specs? — questionei, ignorando-o.

— Vinte centímetros — respondeu ele. — No máximo. — Specs balançou o dispositivo em forma de disco no ar entre nós. Parecia uma rodela de cenoura. — É só segurar firme na frente do olho direito dele até que esta luz vermelha na parte de trás fique verde.

— Feito! — Estendi quatro notas novinhas.

Antes que Specs pudesse pegar o dinheiro, estiquei o braço até que as notas ficassem acima de sua cabeça.

— Só para você saber: se essa parada não funcionar, vou voltar e cobrar o dobro de você. — Fiz uma pausa. — Por desperdiçar meu tempo.

— Tô ligado — respondeu ele, levantando as mãos para pegar o dinheiro. Sua expressão ficou séria. — Mas toma cuidado, viu? Esse cara é um fantasma on-line. E há muitos motivos para se ter medo de fantasmas.

Pensei nas palavras de Specs enquanto subia as escadas de volta ao nosso apartamento. Também pensei no aviso da minha ex-professora de inglês.

Tomamos decisões todos os dias, mesmo sem saber qual vai acabar com a gente.

Capítulo 7
ESSO · AGORA

Após a colisão, espero me virar e ver um banco cor de abóbora cheio de pessoas esperando por seus ônibus. E, do outro lado da rua, espero ver uma barbearia ao lado de um banco Western Union, que fica ao lado de um pub, que, por sua vez, é perto de uma loja de esquina que vende fufu e faz recarga de cartão de metrô: o mesmo padrão que se repete por todo o Narm, interrompido apenas por uma ou outra lojinha de 1,99 ou uma cafeteria. Espero ver um Range Rover com um amassado na frente e me preparo para cair em cima do motorista, ameaçar processá-lo, socá-lo ou ambos. Espero — não, eu *tenho esperança* de — ver um garotinho sentado em segurança na calçada, mais ou menos nas mesmas boas condições em que o vi pela primeira vez.

Em vez disso, mal consigo enxergar minhas mãos. Foram engolidas pela escuridão. E dentro da escuridão há ecos: gritos meio familiares e vozes abafadas, altas o suficiente para serem ouvidas, mas não nítidas a ponto de eu poder diferenciar as palavras. Minha mente desenha as próprias linhas imaginárias no escuro, preenchendo-o com criaturas demoníacas com dentes e garras irregulares.

Cenário A: acho que isso é um sonho e estou vivo.
Cenário B: estou morto e este é o céu ou o inferno.

Uma gota de suor escorre pela minha testa. Acima dos ecos, consigo ouvir meu coração batendo e minha respiração ficando mais curta. De todas as aulas da escola dominical de que me lembro, nenhuma mencionou que o céu parece um deserto estéril cheio de gritos. Sem falar no calor escaldante. *Por favor, que seja o cenário A.*

Um relâmpago cai cerca de cem metros à minha frente em um clarão tão forte que sou obrigado a me virar. A luz paira no ar por alguns segundos após o trovão, e aproveito a chance para olhar ao redor.

Coloco minha mão no chão cinzento enquanto a luz desaparece lentamente. É mais preto que piche e cheio de rachaduras tão largas quanto uma corda. Olhando para cima, sinto uma agitação frenética no lugar, mesmo que esteja vazio e seja plano em todas as direções. Bem, quase todas as direções. Não olhei para trás. Não queria fazer isso. Porque, desde o momento em que entrei neste lugar, soube que havia algo ali.

Tenso, fecho as mãos em punhos antes de me virar.

Nunca estive nas Cataratas de Vitória ou no Burj Khalifa ou na Grande Muralha da China, mas nenhum desses lugares poderia me encher com a sensação de insignificância que essa... *coisa*... me faz sentir. É diferente de tudo que o homem ou a natureza já criou. Só posso descrevê-lo como uma espécie de fio maciço flutuando acima do solo e se estendendo além do que consigo ver. Ele se contorce para a frente e para trás e em volta de si mesmo, começando no nível do solo e indo tão alto que o topo deve raspar o espaço. E, embora o lampejo de luz já tenha há muito desaparecido, ainda posso enxergar tudo nitidamente, como se o fio emitisse um brilho fraco.

Sou instigado pela mesma curiosidade que nos movimenta nos sonhos. Meu primeiro instinto não é correr ou entrar em pânico, mas caminhar em direção ao fio. Eu me lembro da primeira vez em que colei meus olhos em uma TV e percebi que os Power Rangers que eu tinha passado vinte minutos vendo e babando eram apenas uma linha de pixels mudando de cor na tela. De forma semelhante, esta *coisa* não é um fio maciço de jeito nenhum. De perto, vejo que é feito de objetos pendurados próximos o suficiente para *parecerem* conectados, apesar de não estarem.

As coisas ficam ainda mais estranhas quando percorro alguns metros e percebo que o objeto mais próximo de mim se parece quase com... *uma pessoa?* Seja o que for, veste a mesma cueca xadrez que eu usava quando fui dormir ontem à noite.

Paro, esperando que, quando reabrir meus olhos, estarei de volta à realidade. Mas os próximos três objetos que vejo estão todos vestindo meu casaco cor de carvão favorito. E cada um tem a mesma altura e pele escura: *minha* altura e pele escura.

— Isso. É. Loucura — sussurro enquanto meus olhos se arregalam. — Sou *eu*.

Flutuando acima de mim está outra fileira de objetos, um pendurado baixo o suficiente para que eu talvez pudesse tocar seu calcanhar caso desse um pulo alto. Estreito os olhos para ver melhor os detalhes. O homem tem rugas em volta dos olhos, mas é parecido o suficiente comigo para eu pensar que essa poderia ser minha própria aparência daqui a quinze ou vinte anos: pelo menos, é como eu *imagino* que seja minha aparência nessa época. As orelhas do meu eu mais velho estão envolvidas por um par de fones de ouvido saído direto de *Jornada nas Estrelas*, e o logotipo de um lado parece dizer... *Cantor's*? *Tipo o restaurante de frango*? Isto *tem* que ser um sonho.

De qualquer forma, ficar na linha não vai me tirar daqui. Todo mundo sabe que a única maneira de escapar de um pesadelo é chegar tão perto do bicho-papão que sua mente não tem escolha a não ser acordá-lo.

Outra forma no nível do chão chama minha atenção. A coisa — *Ele? Eu?* — está usando meu blazer da Penny Hill e as mesmas meias de pés diferentes que eu. Está curvado e, por algum motivo, tem uma protuberância que praticamente forma uma tenda próxima ao zíper da calça. Começo a dar uma risadinha, depois caio na gargalhada. Logo as lágrimas escorrem, e seguro meus joelhos para me apoiar.

Estendo um dedo para a virilha do meu clone, devagar o suficiente para que eu possa puxar o braço para trás se algo estranho acontecer. Mas em vez de sentir doze centímetros de pura rigidez, minha mão atravessa o ar. É uma *projeção*: uma projeção doentia de alta definição, autoiluminada. A luz pulsando dentro dele é fraca e granulada, como um holograma com bateria prestes a acabar.

Mas de onde vem a energia? De onde essa *coisa* toda está vindo?

Há apenas uma maneira de descobrir.

Posiciono meu pé exatamente do mesmo jeito que aparece na projeção e imediatamente sinto um formigamento nos dedos dos pés. O que estou fazendo parece arriscado, mas ninguém está aqui para me impedir.

Copio a posição dos braços e pernas e sinto o formigamento ficar mais forte, quase como se a projeção estivesse me engolindo. Finalmente, inclino a cabeça para a frente, me preparando para o que quer que esteja por vir.

Uma luz vermelha cintilante preenche minha visão, então...

Ouço gritaria e risadas por trás das portas da sala de aula. Estou no corredor da escola, que, como sempre, cheira a desinfetante barato.

Não consigo ver se tem mais alguém por perto porque estou muito ocupado olhando para os grandes olhos castanhos de Nadia, um braço segurando suas costas, a mão livre em sua bunda. Como se eu tivesse acabado de agarrá-la.

— Vejo que você está com a mão cheia aí, E — diz ela.

Sorrio de volta para Nadia e...

A projeção me afasta depois de alguns segundos, e me vejo no chão novamente, vento escaldante grudando cinzas em meus olhos e chicoteando minhas costas.

Acho que isso explica a ereção. Outro relâmpago estala no horizonte enquanto estou de pé, sorrindo. Parece muito menos um pesadelo agora. Meu primeiro mergulho foi dos bons, e me pergunto se todas as projeções serão assim.

Há pelo menos mil projeções ao meu redor, e essas são apenas as próximas o suficiente para serem vistas. Corro para uma a alguns metros de distância, esperando que me permita pular para o fim da cena quente da qual acabei de sair.

* * *

É noite. Desta vez o ar vem com um leve aroma de... *frango frito?*

Preenchendo um canto da minha visão está a prancha laranja que fica em cima da Biblioteca de Peckham. Estou em um beco estreito: parece estranhamente familiar, mas não consigo identificá-lo, está muito escuro.

Uma pedra de granizo ricocheteia na minha bochecha e se parte em duas no concreto, e eu olho para um céu repleto delas. As maiores caem, mais rápidas a cada segundo.

Através daquela confusão, vejo um rosto: D.

Ele está com um curativo que cobre seu maxilar. O cara avança. Parece destruído, pronto para destruir. Vejo Pinga-Sangue correndo atrás dele.

Estão me encurralando.

Ao sair deste holograma, caio de costas com tudo. *Beleza, esse definitivamente parecia mais um pesadelo.*

Deitado na terra, luto para encaixar as peças. A moça do tempo da BBC *mencionou* que uma "grande tempestade de granizo" atingiria Londres na sexta-feira. Isso, pelo menos, explica o granizo em meus sonhos. E minha treta em andamento com D e Pinga-Sangue obviamente explica por que apareceram. Mas por que aqui? Por que agora?

Olhando para os Essos flutuantes brilhando ao meu redor, não sei se quero ver mais.

Mas preciso fazer isso. Como alguém poderia resistir? Além disso, enquanto estava mergulhado na última projeção, notei uma coisa: não tinha o filtro leitoso que geralmente me ajuda a distinguir um sonho da realidade. Eu conseguia sentir tudo o que acontecia com todo o meu corpo. Era como se estivesse realmente lá.

Começo a andar para a frente. Por mais estressante que a próxima experiência possa ser, ainda será mais segura e familiar que o deserto desolado e quente em que estou.

Preto.

Estranho. Mas entro em outra projeção logo em seguida e é a mesma coisa.

No fim das contas, tento mais oito projeções, contando quanto tempo a viagem dura nas duas últimas. Ambas dão o mesmo resultado: sete segundos de preto puro. Algumas tinham sons fracos ao fundo, mas não havia nada para ver além da escuridão.

Corro de volta para a projeção com Nadia e noto uma figura antes dela. Sou eu de pé, mas encurvado e com aquela careta feia que faço quando estou em choque.

— O acidente de carro — sussurro, tentando descobrir que papel a ordem dos hologramas pode desempenhar.

Então, eu entro.

Estou olhando para grossas faixas de pedestre no concreto. Então alguém — uma mulher? — que não consigo ver, grita:

— Preston! Não!!!!!

Tendões se rompem, ossos se quebram. Os sons me dão náuseas e minha boca se enche de bile. Quando olho para cima para ver de onde vieram os gritos, vejo a mulher paralisada na beira da estrada — o rosto e a blusa cobertos de manchas de sangue.

Saio dessa projeção tão rápido que tenho que me esquivar da próxima para ter certeza de que não vou cair direto em outro pesadelo. Um arrepio percorre minha coluna. *Achei* que não tinha desviado do carro a tempo e, se a visão que acabei de ver for verdadeira, agora sei que o menino também não.

Não é real, tento me lembrar. *Definitivamente não é real.* Mas não consigo parar de reproduzir os momentos antes do acidente, aquele olhar fantasmagórico no rosto do menino antes do impacto.

De repente, parece estar mais calor, a ponto de eu me perguntar se poderia sufocar no ar quente. Se a morte existe neste lugar, está a caminho. Percebo que estou pensando em todos que deixei para trás. Rob, Kato, Nadia. Minha mãe. Mesmo com toda a situação com D me esperando na escola, isso é suficiente para me fazer sentir falta da familiaridade calorosa de um lugar como Penny Hill.

— É apenas um sonho, tem que ser — grito enquanto corro para o mais longe possível dessa bizarrice.

Minhas pernas lutam para manter o ritmo enquanto imagino um morcego gigante me puxando de volta.

— Lembre-se — digo, ofegante —, é apenas um sonho.

Mas por dentro estou gritando, rezando para acordar logo.

Capítulo 8
RHIA · *15 ANOS DEPOIS*

Repassei as notas que fiz antes da aula de reforço na cabeça. Em primeiro lugar (e ao contrário do que o novo quadrinho do *Demolidor* faria você acreditar), pessoas cegas não têm olfato aprimorado ou superaudição, apenas prestam mais atenção aos seus outros sentidos. Em segundo lugar, pessoas cegas piscam, o que significava que eu teria que cronometrar minha varredura na hora certa. Se possível, tentaria fazer duas. Finalmente, e mais importante, a maioria das pessoas cegas não tem perda *total* da visão. Então, só *depois* de colocar o escâner de íris no globo ocular do dr. Esso é que eu saberia se ele o veria ou não.

Ele entrou usando o modelo de 2033 dos fones de ouvido Kinetic da Cantor's e, com a delicadeza de um mágico, guardou-os no compartimento da frente de sua mochila. Eu não podia sair daquela sala de equipamento sem a biometria dele no bolso. Tinha um plano, mas a parte mais arriscada era manter a calma até que finalmente chegasse a hora de executá-lo.

— Vejo que fez as sobrancelhas de novo. — comentei em um tom extracasual. — Não me entenda mal, eu aparo a minha com bastante frequência. Mas, cara, você é dedicado.

Olivia e eu concordamos que eu não podia ser menos ferina do que fui na primeira aula. Admito que me trouxe algum conforto saber que ele não poderia me insultar com base na minha aparência. Com a espinha do tamanho de uma ervilha em minha testa e as meninas da escola me coroando "presidente do comitê dos peitinhos", eu tinha teto de vidro.

— Obrigado pelo incentivo — respondeu, inexpressivo. — Não deixe de trazer a mesma energia positiva quando estiver no banco torcendo por suas colegas de time neste fim de semana.

Uau, ponto pra ele. Tive que engolir em seco antes de responder:

— Se as nossas meio-campo não fossem tão gananciosas, eu teria feito *muito* mais gols até agora.

— Sei — disse ele. — E se meu banco fosse um pouco mais generoso, eu estaria exibindo um Rolex.

— Sim, mas... Quer dizer... Você sabe...

Depois de esperar que eu quebrasse a barreira de duas palavras sem sucesso, ele apontou para a cadeira vazia em frente à sua e disse:

— Podemos?

Quinze minutos restantes e eu ainda não tinha sido capaz de começar a conversa que eu precisava ter. O rosto do professor estava trinta centímetros mais distante do que eu precisava para me esticar e fazer a leitura da minha cadeira. Eu teria que me aproximar muito mais, o que significava que precisava ser inteligente. *Seja paciente*, eu ficava me lembrando. *Você tem um plano, só seja paciente.*

Minha lição de casa estava aberta e, como sempre, o dr. Esso me fez lê-la em voz alta.

— Não importa o quão lento ou rápido você esteja — li —, a luz sempre estará trezentos mil quilômetros por segundo mais rápida que você. Não importa o que aconteça. POR FAVOR, COMENTE.

Na verdade, passei um tempo razoável nessa questão na noite anterior, mas, depois de uma hora olhando para a folha, ainda não tinha chegado perto de uma resposta satisfatória. Eu também sabia que seria muito menos provável o dr. Esso erguer uma de suas sobrancelhas desgrenhadas se eu mostrasse interesse nos monólogos que ele fazia entre as questões. Valia a pena fazê-lo acreditar que eu me importava o mínimo possível. Mostrar apenas um resquício de curiosidade pelos interesses de um adulto era a maneira mais fácil de fazê-los comer na palma da sua mão.

— E então? — Ele se inclinou, esperando minha resposta.

— E então que não faz sentido.

— Não faz? — instigou ele.

— Eu passei a noite inteira me perguntando por que você me fez passar por essa tortura.

Ele riu baixinho.

— Sei que parece loucura, mas é importante que você entenda isso. — O dr. Esso começou a bater o pé. — Dessa forma, vai entender tudo o que preciso te contar.

Senti meu peito apertar e meu pescoço ficar tão tenso que eu não conseguia movê-lo. *Mãe*, pensei, imaginando se era lá que essa história ia parar. Talvez o dr. Esso tivesse me encontrado de propósito. Talvez ela *fosse* o motivo de ele estar aqui.

Não. Eu tinha que me concentrar. Não podia me dar ao luxo de alimentar essas esperanças ou deixar um comentário dúbio desmantelar a armadilha que eu havia planejado.

Depois de algum tempo vasculhando, ele colocou seu Caster-5 na mesa, sorrindo como um garoto rico no Natal. Eu ainda não conseguia entender por que ele era tão fanático por essas coisas de física, mas sabia que tinha que prestar atenção em tudo o que ele falava, independentemente do assunto.

— Tudo bem. — Respirei em silêncio, lembrando de usar o mesmo tipo de palavras que ele gostava de usar. — Na real, criei meu próprio "experimento mental". Só para provar o quão ridícula é a declaração nesse dever.

— Vamos lá — disse ele com a mesma empolgação que demonstrava desde a primeira aula.

— Tudo bem... Então, imagine que estamos eu, você e minha irmã, Olivia, no Estádio Dangote. Olivia está sentada na arquibancada, enquanto você e eu estamos no meio do campo. Você está com uma lanterna na mão e decide acendê-la e apontá-la para o gol. E, por alguma razão, decido perseguir o feixe de luz que sai dela.

Um holograma apareceu acima da mesa, uma representação quase perfeita da cena que eu estava imaginando.

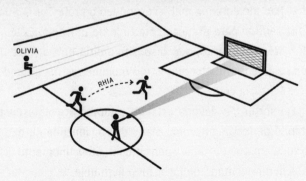

— Massa — ele comentou. — Estou acompanhando.

Se ele disser a palavra "massa" mais uma vez, vou dar um soco na minha própria cara, pensei, mas, em voz alta, continuei:

— Agora, imagine que Olivia tem um dispositivo que pode medir a velocidade da luz que sai de sua lanterna. Não há razão para ela não obter a velocidade padrão da luz quando a mede, certo?

— Certo. Então, cerca de trezentos mil quilômetros por segundo.

— Exatamente — confirmei. — Ótimo! Agora, digamos que eu também esteja carregando meu próprio dispositivo de medição de velocidade da luz. Sei que é estupidamente absurdo, mas vamos apenas dizer que, por algum milagre, talvez com um *jetpack* ou algo assim, eu seja capaz de atingir uma velocidade super-rápida enquanto estou correndo atrás do feixe de luz... *Quase* tão rápida quanto a velocidade da luz, então, tipo, 298 mil quilômetros por segundo, em vez de trezentos mil.

— Tô te sacando — confirmou ele. — Continue.

— Bem, é aqui que tudo vai para o buraco: se estou correndo rápido o suficiente para *quase* alcançar o feixe de luz, eu deveria ser capaz de medir a velocidade do feixe de luz como apenas um *pouquinho* mais rápida em relação a mim, certo? Tipo, dois mil quilômetros por hora mais rápido?

— Não me entenda mal — respondeu o professor. — Sua lógica faz sentido para praticamente tudo no universo. Exceto para a luz. Nessa situação, seu dispositivo diria que o feixe de luz *ainda* está correndo trezentos mil quilômetros mais rápido que você. E estaria certo.

Ele sorriu. Eu deveria estar feliz também, pois estava executando perfeitamente meu plano de convencê-lo de que física era tudo em que eu estava pensando naquele momento. Mas eu ainda sentia vontade de jogar meu livro nele.

— Então, deixa eu ver se entendi — pedi. — Por um lado, Olivia está sentada completamente imóvel e mede a velocidade do feixe de luz como trezentos mil quilômetros por segundo mais rápido do que ela em direção à rede. Por outro lado, se estou correndo a uma velocidade enorme de *298 mil* quilômetros por segundo, meu aparelho diz a mesma coisa? Que o feixe de luz é trezentos mil quilômetros mais rápido do que eu também?

— Correto.

— Mas isso não faz sentido!

— É como correr atrás do pôr do sol, né não? — acrescentou o dr. Esso, sorrindo. — Como tentar encher um balde furado. E quanto mais rápido você joga água nele, mais rápido ela vaza. — Ele se impediu de fazer uma terceira comparação quando percebeu que eu não estava rindo.

— Não sei dizer se você está apenas mentindo ou se obteve seu doutorado em uma loja de penhores e não sabe do que está falando.

— Bem, faremos mais um experimento mental para descobrir. — Ele estava esfregando a barba, provavelmente pensando que o que tinha a dizer em seguida era *muito* profundo. — Imagine que avançamos dez anos no futuro e que, por um golpe do destino, você está no *talk show* do Henry Kyle, aquele em que as pessoas vão para discutir problemas familiares e só rola barraco.

Já era, pensei, percebendo que só nos restavam cinco minutos de aula. Eu só precisava encontrar uma maneira sutil de encerrar aquela história e redirecionar a conversa para uma que me justificasse ficar ao lado dele e enfiar um dispositivo em sua cara.

— Desculpe, parceiro, mas passo. Já tenho problemas suficientes na minha vida sem você me azarar com uma história dessas. Mas tenho uma pergunta da escola que precisava fazer...

— Por que você odeia tanto a diversão? — Seus ombros caíram, seus olhos perderam o brilho. — Eu estou tentando de verdade... mas nada funciona.

Talvez eu tivesse levado essa encenação de garota má um pouco longe demais.

— Sinto muito, parceiro. — Só quando as palavras saíram é que percebi que eram quase sinceras. — Estava só brincando.

— É câncer? — perguntou ele, parecendo ainda mais sério e preocupado.

— Quê?

— Câncer das glândulas da diversão?

— Caramba — respondi, balançando a cabeça. — Essa piada foi terrível.

— Ou é diversãozite?

— Sim, é isso aí, doutor. Você me pegou.

— Ou talvez você tenha rompido seu tendão do bom-humor. Ouvi dizer que essa lesão não é brincadeira.

— Ok, ok, entendi... Pode continuar com sua história sobre o Henry Kyle. Qualquer coisa para acabar com essas piadas de pai de meia-idade. — Uma sensação estranha e incômoda surgiu com a menção da palavra "pai", mas consegui afastar isso. — Só se apresse, *por favor*.

Ele não perdeu tempo em aceitar minha espinhosa bandeira da paz.

— Tudo bem, deixa o cara aqui preparar a cena — disse ele, contorcendo o corpo para entrar no personagem. — Daqui a uma década... você estará sentada em um daqueles sofás vermelhos no centro do palco. Então, do nada, *bam!*, sua antiga capitã de time, Maria, sai de trás das cortinas. Ela está sorrindo e gritando sobre como o *seu* marido, seu marido forte, amoroso e fiel, com quem você está casada há quatro anos, é na verdade o pai do menino recém-nascido *dela*.

— Eu não acredito que você esteja realmente me contando essa história.

— Lembre-se, você teve três filhos com ele, decidiu desistir de sua carreira no futebol e tudo o mais. Enquanto isso, ele está de joelhos, apontando para o anel no seu dedo para lembrá-la de que *jamais* trairia você. A câmera dá um zoom no seu rosto, e o público de casa se pergunta: *Ela vai aceitar o que ele está dizendo sem pestanejar? Ela vai engolir isso?*

— Você tá doido? — respondi, ajeitando a postura. — Primeiro, eu esfolaria a cara da Maria com as minhas unhas. Depois, obrigaria o Henry a bancar um teste de DNA e, mesmo que desse negativo, eu faria questão de *fisicamente* espremer toda a verdade daquele lixo.

Não sei dizer quem quebrou o silêncio primeiro. Mas, depois de um minuto imaginando o momento mais emocionante da história da televisão, nós dois caímos na risada.

— Sua resposta prova perfeitamente meu ponto de vista — disse o dr. Esso, ainda risonho. Então, assumiu um tom firme, quase cauteloso. — Tudo o que vemos é graças à luz. Confiamos tanto nela que tudo o que ela nos mostra parece ser verdade. E, ainda assim, você não sabe nada sobre esse seu parceiro. Nunca pensou que valeria a pena rolar por umas mensagens de texto dele quando deixasse o celular na mesa? Nunca se perguntou para quantas outras garotas ele dizia "eu te amo"?

— Tudo bem — cedi, coçando o pescoço. — Não precisa ficar se repetindo. Saquei: a luz é sacana.

— Bem sacana.

— E acho que o que você está querendo me dizer é que um dos segredinhos sacanas da luz é que, não importa o quão rápido você se mova, ela *sempre* vai estar trezentos mil quilômetros por segundo na sua frente.

— Não. Importa. O. Que. Aconteça. — Ele bateu o dedo na mesa a cada palavra. — Não inventei isso para te irritar. É apenas a dura verdade. Pessoas fizeram centenas de experimentos para comprová-la. O experimento de Michelson-Morley, os testes de Kennedy-Thorndike, Ives-Stillwell. Procure-os mais tarde.

Ele fez uma pausa, mordeu o lábio. Debaixo da mesa, vi as pontas dos seus tênis apontadas para cima, como se ele estivesse se preparando para se lançar pelo teto depois que concluísse o que tinha a dizer.

— Que haja luz. A luz estava lá desde o início, mas foi só quando Einstein apareceu que nos preocupamos em prestar atenção nela. Ele usou a matemática para provar como a luz é sacana, mas, ainda hoje, seguimos descobrindo mais, seguimos coçando a cabeça e nos perguntando *por que* ela faz as coisas que faz...

— Isso é aquele troço de física quântica, não é? — Era só um palpite, mas também a principal explicação para tudo que acontece nos filmes hoje em dia.

— Não, na verdade é a teoria da relatividade de Einstein — corrigiu ele, usando o tom gentil para que eu não me sentisse uma burra. — Tudo tem a ver com espaço e tempo, com como eles se comportam de maneira diferente a partir de diferentes perspectivas. Tem a ver com o fato de que tudo é relativo.

Amy, a faxineira, enfiou a cabeça pela porta.

— Desculpe interromper vocês. — Faltando apenas dois minutos para acabar a aula, este era o *pior* momento possível. — Sei que você mora em Peckham, Rhia... Só queria te avisar para ter um cuidado extra ao voltar para casa. Deu no rádio que teve tiroteio por lá. Treze mortos. Os caras do Pinga-Sangue, pelo visto.

— De novo. — Suspirei assim que ela fechou a porta.

— Você o conhece? — Dr. Esso perguntou, os olhos ansiosos.

— Pinga-Sangue?

— Claro — respondi, perplexa com a dúvida e me perguntando por que ele se importava. Todos no país conheciam Pinga-Sangue e sua gangue. O rosto dele havia aparecido no *Opp-Watch* tantas vezes que ele estava nos créditos de abertura. Percebendo que poderia ser mal-entendida, expliquei: — Quero dizer, não o conheço *pessoalmente*. Você conhece?

— Sim — respondeu o dr. Esso, o pé todo no chão novamente. — Eu o conheci quando éramos moleques. Ele já estava na ativa naquela época, para ser sincero. Mas não era assim. Nada parecido com isso. Mas enfim. Você é da quebrada, não é? Sabe que não posso falar muito mais que isso.

Outro comentário interessante que eu teria que ignorar. Pelo menos por enquanto. Eu estava segurando as laterais da minha cadeira, temendo o quanto minha cabeça estava dando um nó. O mesmo homem cujos pés ficaram tortos quando nos conhecemos, que carregava uma foto da minha mãe em sua bolsa, também era colega de infância de Xavier "Pinga-Sangue" Teno?

E aparentemente era obcecado por física. Ele falava sobre equações do jeito como a maioria das pessoas falava sobre a família, gesticulando muito enquanto discursava, como se estivesse pronto para defendê-las com as próprias mãos.

— De qualquer forma, acho que é isso por hoje — disse ele.

Vai para cima, Rhia, gritei na minha cabeça. Eu o tinha amaciado mais que o suficiente: era agora ou nunca.

— Antes que eu me esqueça. — Pigarreei e limpei as palmas das mãos nas minhas calças de moletom. — Durante nossa aula de gerenciamento de marca de hoje, nosso professor mencionou que, lá nos anos 2020, os adolescentes costumavam fazer um negócio nas redes sociais. Acho que chamavam de *selfie*? Era basicamente esticar o braço e tirar uma foto estranha de si mesmo de uma forma completamente não irônica.

— Isso. — O dr. Esso estava sorrindo e sacudindo a cabeça.
— Uma selfie.
— Bem, para minha lição de casa preciso de uma selfie com alguém que conheço que tenha nascido antes de 2008.
— Legal — disse ele, demorando um pouco para entender.
— Ah, caramba... Você quer uma comigo, não é? Desculpe, eu realmente não sei como usar a câmera do meu celular...

Antes que ele pudesse terminar, corri para o seu lado da mesa com o celular na mão.

— Vamos usar o meu. É só segurar e pressionar qualquer botão quando estiver pronto. — Eu não conseguia acreditar que estava fazendo parte desse movimento bizarro, mas sabia que era por uma causa maior. — Vou fazer o sinal da paz. Fica à vontade pra fazer o que quer que você fazia antigamente.

Alguns segundos de olhos abertos eram tudo que eu precisava. Puxei o escâner do bolso e o segurei bem na frente do rosto do professor enquanto ele ajeitava a câmera. *Um*, contei silenciosamente, *dois...*

— Qual botão era mesmo? — Os olhos dele se desviaram assim que a luz estava para ficar verde.

— Qualquer botão! — respondi, esquecendo de me controlar.
— Tudo bem... Minha nossa. — Desta vez ele fez a contagem regressiva: — Vamos os dois dizer xis em um...

Por favor, funcione, eu gritava por dentro.

— Dois...

Por favor!

— Xis!

Mal registrei o flash. Assim que a luz do escâner ficou verde, rapidamente enfiei o dispositivo no bolso e senti meu corpo inteiro suspirar de alívio. Ainda tinha que encontrar alguém que pudesse recuperar os registros com a varredura, mas tinha cumprido a primeira parte do trabalho. Agora precisava dar o fora dali.

— Antes de você ir, Rhia. — A voz do professor me fez pular quando eu já estava girando a maçaneta. — Eu também tinha uma pergunta um tanto aleatória, um tanto teórica para você.

Esperei em silêncio, ficando mais ansiosa a cada segundo que passava.

— Conversamos um pouco sobre o futuro hoje — continuou ele. — Mas e o passado?

— O passado? — Fiquei pensando, imaginando aonde isso poderia estar indo.

— Acho que minha verdadeira pergunta é: se pudesse voltar no tempo... sabe, para o passado... e mudar as coisas, você mudaria?

A pergunta me atingiu com uma força maior do que a soma de suas palavras. Talvez fosse o fato de ter vindo do nada. Talvez fosse seu tom completamente sério. Ou talvez fosse a pergunta em si.

Em que universo eu *não* gostaria de ter minha mãe viva e comigo em vez de morta e esquecida? Meu coração queria gritar SIM! em resposta. Mas no meu íntimo, que tinha pesado no momento em que ele fez a pergunta, eu sabia que não era tão simples assim. Eu não tinha ideia de como seria uma vida familiar feliz com minha mãe. E, o mais importante, ainda não conhecia ou confiava naquele homem.

— Não vou mentir — menti. — Nunca pensei sobre isso. — Mas ele havia exposto um fio solto de curiosidade que agora estava pendurado entre nós, esperando para ser puxado. — Mas como exatamente isso está relacionado à velocidade da luz?

— Bem... — O professor lançou um de seus silêncios constrangedores, e foi quando notei que ele estava com a mesma expressão de quando o conheci, a vez em que olhei para seus pés e os vi balançar. — Porque a luz é a chave para a viagem no tempo — continuou ele. — E viagem no tempo é...

Ele parou antes que pudesse terminar, antes que eu pudesse processar o que estava sentindo, mas bem a tempo de sua guarda voltar a subir.

— Conversaremos sobre isso na próxima aula — disse ele, fechando o zíper do casaco.

E, ainda assim, eu tinha a sensação de que sabia exatamente o que ele queria dizer. Talvez eu estivesse vendo coisas, mas a mensagem — em toda a sua lógica distorcida e delirante — estava escrita no coração dele o tempo todo. Ele havia me encontrado de propósito. Ele estava *ali* de propósito. E a razão por que me conduzia através dessas lições, me forçando a entender cada equação matemática, era para que eu acreditasse no que ele via como fato.

Que viagens no tempo podiam ser reais.

Capítulo 9
ESSO · AGORA

— Meu Deus! Graças aos céus que você está bem!

Eu que o diga.

A voz veio de um borrão oval pairando acima de mim. Cruzei os dedos, torcendo para que o ar que eu respirava fosse feito de oxigênio de verdade. Assim que minha visão ficou mais nítida, minhas preces foram atendidas: era a cuidadora das crianças, ajoelhada sobre mim e sorrindo. Cada uma de suas características individuais estava um pouquinho estranha: seus olhos pareciam quase redondos *demais*, a base de seu nariz era fina como um palito e seus lábios, embora bonitos e cheios, estavam rachados nos cantos. Mas, de alguma forma, tudo se juntava em uma unidade bonita.

Tinha sido apenas um sonho.

À medida que mais detalhes surgiam, vi corpos de todas as formas em cima de mim. Deitado de costas na rua e jogado no chão, senti como se estivesse assistindo ao meu próprio velório: paralisado em um caixão aberto enquanto estranhos olhavam para baixo, lamentavam e depois se afastavam.

— Vi seus olhos ficando em um tom escuro de cinza... Eu estava a *segundos* de fazer respiração boca a boca em você! — disse a cuidadora, rindo, com os dedos pintados apoiados no pescoço.

— Você ia? — respondi.

Vendo suas bochechas corarem, desejei poder voltar no tempo e escolher duas palavras um pouco menos hormonais para serem as primeiras que eu dirigiria a ela.

Foco, Esso. Minha camisa da escola estava encharcada de suor, um lembrete de como estava escaldante naquele mundo dos sonhos. Apesar de estar abaixo de zero na rua, a energia mágica daquele lugar de alguma forma me seguiu e o grito de "Preston! Não!" ainda soava em meus ouvidos. Balancei minha cabeça e procurei pelas lembranças de pouco antes do acidente. Uma vez que a primeira chegou, o restante me inundou rapidamente, junto com um minuto de batimentos cardíacos acelerados. Tinha sido apenas um sonho. Com certeza tinha sido apenas um sonho.

— Onde está Preston? — perguntei à cuidadora.

Ela fez uma cara confusa.

— Quem?

Não tinha certeza do que dizer em seguida, como explicar. Então, em vez de tentar e falhar, eu mesmo examinei a multidão para ver se havia alguém que parecesse remotamente asiático: idealmente um menino com menos de um metro e meio. Um grupo de crianças estava parado na entrada de um beco cerca de vinte metros adiante. Estreitei os olhos, procurando pelo garoto, e o encontrei.

Ele estava no centro da multidão, com o mesmo corte de cuia e calças de veludo cotelê, embora o nó da gravata tivesse se soltado. O mesmo garoto que quase me matou estava agora pulando, reencenando a cena do acidente de carro, começando com uma corrida em câmera lenta no local, depois um mergulho com os braços abertos como um goleiro.

Eu o salvei, percebi. *Realmente o salvei!* E mais: *eu* estava vivo. Considerando o quanto as coisas poderiam ter dado ruim, ninguém poderia me culpar por me sentir tão balançado.

Mas minha empolgação desapareceu no segundo em que reconheci onde ele estava. Agora, na clara luz do dia, eu conseguia ver que era o mesmo beco estreito daquele sonho com D e Pinga-Sangue vindo na minha direção em uma tempestade de granizo.

Mas se a visão de Preston sendo esmagado por uma SUV não virou realidade, por que isso aconteceria? Certamente aquele pesadelo com D e Pinga-Sangue era apenas meu subconsciente tentando me dizer que eu ainda tinha sérios perigos no mundo real para encontrar. No mundo real, havia acabado de ser atropelado por uma Range Rover, e a viagem até o Guy's Hospital — a uma caminhada rápida da maior área de domínio do P.D.A. — podia ser a minha última. O mundo real precisava que eu levantasse a bunda do chão. E rápido.

A cuidadora acenava as mãos na frente dos meus olhos para chamar minha atenção.

— Só tenho que dizer uma coisa: o que você fez foi incrivelmente corajoso. Você salvou a vida dele. — Ela olhou ao redor para ver se tinha alguém por perto, então disse: — Provavelmente salvou meu emprego também.

— Pode me ajudar a levantar, por favor? — perguntei a ela.

— Claro. Claro.

Agarrei seu braço estendido, e ela encaixou o braço livre em volta dos meus ombros. Eu consegui ouvir minha camisa de poliéster desgrudando do asfalto molhado e minhas costas estalando enquanto minha coluna se esforçava para me colocar de pé. Um homem na multidão, vendo que eu estava com dificuldades para me levantar, se aproximou arrastando os pés. Ele era careca, animado e enorme, com jeans desbotados e uma jaqueta combinando que ele usava como se a rua em que estávamos fosse sua passarela.

— Por que está cuidando desse cara? Vamos querer levantar aí, meu amigo — disse ele, me puxando para ficar em pé. Sem dúvida era ganense ou nigeriano. Tinha aquela combinação de ombros e cabeça quadrados que era característica dos ganenses, mas, por outro lado, seu sotaque me lembrava a de um garoto nigeriano novo na escola. Era de longe o garoto mais inteligente da nossa classe, mas a turma toda rachava o bico quando ele dizia frases carregadas na letra S.

Nuvens gigantes de vapor se condensaram ao redor dos lábios do homem quando ele falou:

— Como está se sentindo? O corpo está doendo? Sua coxa? Sua perna?

Ele e a cuidadora se inclinaram para me analisar mais de perto.

— Estou bem, sabe? — Minha mente já estava na terceira e última advertência que eu estava prestes a receber por chegar atrasado na escola. — Meu quadril está um pouco dolorido, a cabeça meio leve. Mas nada sério.

O sorriso mais inglês possível apareceu no rosto da cuidadora. Um sorriso que era aparentemente educado e carinhoso, mas que dizia: "A sua opinião não conta, você é um idiota."

— Uma ambulância está a caminho. — Ela manteve o

sorriso. — Assim que chegar, ligaremos para os seus pais, para que saibam para qual hospital você está indo.

— Massa — respondi, e enquanto procurava uma saída fácil, por acaso notei um traíra na multidão à frente. Sua jaqueta de couro estava fechada até o nariz, então apenas o topo de seu rosto estava visível. Mas era um rosto que eu jamais esqueceria. Olhar para ele desencadeou um flashback de antes do acidente: ele no telefone enquanto eu e o moleque corríamos para salvar nossas vidinhas. A princípio, o homem congelou, parte dele claramente querendo dar no pé. Mas, depois de um longo suspiro, ele atravessou a massa de espectadores em minha direção.

— Brou, foi mal mesmo... Eu estava tentando desacelerar, mas só vi você no último segundo. — Ele espantou o pombo que estava bicando seus pés, mas o bicho voltou pulando. Era um daqueles pombos intimidantes que você só encontra em lugares como Peckham ou Paquistão. Pombos que fazem você desviar deles como se tivessem direito de passagem.

Ele continuou falando comigo no mesmo tom astuto e surpreendentemente agudo:

— Sinceramente, cara, estou feliz que esteja bem. Ir para o hospital seria um chá de cadeira. — Ele olhou para o amassado no capô, depois de volta para minha perna, como se comparasse os danos. — Da próxima vez, olhe para os dois lados antes de atravessar, viu?

Eu sabia — pela forma como todo mundo olhou com atenção para a minha testa ao mesmo tempo — que a veia que corria ali estava latejando. Se eu estava quente antes, agora estava mergulhado em chamas.

Diga alguma coisa, Esso. Qualquer coisa. Você não pode

deixar esse idiota falar com você desse jeito, pensei. *Não deixa ele jogar a culpa pra cima de você.*

A multidão tinha crescido para quinze, talvez vinte pessoas, os mais próximos aguardando minha resposta. Mas, como de costume, eu estava muito abalado para me defender — todas as minhas melhores respostas tendiam a aparecer na minha cabeça uma semana depois do necessário. Fechei a boca e fiquei quieto enquanto minha raiva justificada se transformava em vergonha. E, quando a multidão decepcionada começou a se dispersar, senti um puxão na manga que não poderia ter vindo em melhor hora.

— Obrigado — disse quem me puxou. Olhei para baixo e era ele: o menino que salvei. Ele falou baixinho, fofo o bastante para acalmar um assassino em série. Até mesmo seu corte de cuia, que ficaria ridículo em qualquer outro ser humano, parecia apenas aumentar seu brilho.

— Tudo bem, cara — respondi, me abaixando. — Sorte que nenhum de nós ficou muito machucado, certo?

Outro pensamento paranoico surgiu em minha cabeça. E, uma vez instalado, se recusava a dar espaço para qualquer outra coisa. Tive que perguntar para ele. Eu já tinha certeza, só precisava estar *extra* certo.

— A propósito, seu nome não é Preston, é?

O grandalhão de jeans que me ajudou a me levantar — ainda de pé entre mim e a cuidadora — caiu na gargalhada e se intrometeu antes que o garoto tivesse a chance de responder.

— Que tipo de nome absurdo é Preston? — perguntou ele, pessoalmente insultado pelo menino. — Meu amigo, olha só pra cara dele. Nós dois sabemos que não fazem essas bobagens na China.

A cuidadora interveio, colocando-se na frente do garoto.

— Ele mal tem nove anos. Acha aceitável fazer comentários tão descaradamente racistas? Deveria ter vergonha.

— Racista? — Ele arrastou a palavra enquanto jogava a cabeça para trás como se tivesse levado um soco. — Eu? Racista?!? Não foi você que levou todas as crianças brancas em segurança para a calçada, onde poderiam até cantar e dançar? E, então, deixou o menino chinês pra morrer na rua?

— Na verdade, meu nome é Tom — disse o menino calmamente. — E eu sou vietnamita.

— Tá, tá, que seja — respondeu o grandalhão. — Mas meu argumento ainda é válido.

A boca da cuidadora ficou aberta. Sua reserva de réplicas devia estar esgotada, porque ela não tinha nada a acrescentar.

Que confusão dos infernos, pensei. Claro que o nome do menino não era Preston. Claro que ele estava vivo. Claro que tinha sido apenas um maldito sonho. O grandalhão podia estar errado em todos os outros aspectos, mas estava certo em me chamar de idiota.

Enquanto discutíamos o nome do menino e o que exatamente se qualifica como racismo na Grã-Bretanha moderna, o motorista cambaleou para trás, quase tropeçando na calçada.

— Como diachos você sabe esse nome? — Seus olhos arregalados me traçaram de cima a baixo como se eu fosse um alienígena. *Bem* quando eu estava prestes a deixar para lá a parada assustadora que tinha acontecido comigo naquela manhã.

— Então o *seu* nome é Preston? — perguntei, por precaução.

Ele negou com a cabeça antes de voltar para seu Range Rover.

— Pra mim já deu. Estou fora.

— Que bom — o grandalhão gritou atrás dele. — Volta praquele lixo de carro de 2018. — Ele olhou para mim e deu uma piscadela, e eu não consegui deixar de rir por dentro.

O motor do carrão preto rugiu de volta à vida, e, antes que a janela do motorista pudesse subir totalmente, um cão terrier fofo pulou para fora.

Bem quando um caminhão de dezoito rodas passava.

— Jesus!! — gritou o grandalhão.

Todos correram por segurança para a calçada, todos menos o cachorro.

Virei-me, encolhendo meu corpo como uma bola, a menor possível. Mas isso não me impediu de *ouvir* tudo o que aconteceu — a começar com o homem na Range Rover gritando as duas palavras que soavam em meus ouvidos desde que deixei aquele sonho bizarro.

— Preston! Não!!!!!

Capítulo 10
RHIA • *15 ANOS DEPOIS*

Mesmo nas noites de semana, as partidas do SE Dons pareciam festas de rua. Olivia e eu estávamos nas arquibancadas, engolindo nossos dois últimos nuggets, quando o árbitro apitou o início do segundo tempo, inspirando um novo coro da multidão. A fumaça e a neblina podiam estar vagando pelas ruas do lado de fora, mas a compra do clube pelo megamilionário Dangote trouxe uma camada de luxo para tudo dentro do estádio: cadeiras de couro, dois atacantes chineses de oito dígitos, o mais novo Bugatti de Don Strapzy e um treinador de cabelos grisalhos que parecia um vilão de James Bond. Com mais de cinquenta mil fãs trocando calor corporal, não era o local ideal para nossa reunião semanal. Mas os jogadores ganhavam ingressos grátis, e Olivia me deixou escolher nossos lugares pela primeira vez — então achei que não fazia mal gastar nosso tempo torcendo pelo time.

Finalmente, encontrei alguém para extrair os dados da varredura de íris do dr. Esso. Mas não estava exatamente com pressa de contar a Olivia, porque sabia como ela reagiria quando soubesse quem estava me ajudando.

Cinco dias se haviam se passado desde que o dr. Esso fez aquele comentário sobre a luz ser a chave para a viagem no tempo. Eu não conseguia parar de pensar nisso, e estava mais convencida do que nunca de que, quando ele mencionou voltar no tempo para *mudar* as coisas, estava falando sobre minha mãe.

Eu não tinha provas de nada ainda. Na verdade, a única coisa sólida e tangível que eu possuía era o guardanapo sujo no bolso do meu casaco, que rabisquei com equações dos dois lados. Assim que comecei minha mais recente atribuição de créditos extras, não consegui tirar a conversa da cabeça. Foi estranho quanto tempo gastei nisso, era estranho que importasse para mim. Eu tinha passado de me recusar a ver o sentido das perguntas do dr. Esso para ver as respostas pulando da página. Eu sabia o que Olivia diria se eu contasse a ela sobre minha nova obsessão por dever de casa: o dr. Esso estava me convencendo a entrar em uma seita metida a científica e eu tinha que vazar logo. E eu deveria concordar com ela.

Enquanto ela compartilhava os detalhes mais escandalosos de seu último encontro, empurrei o guardanapo ainda mais fundo no boldo do meu casaco. *Não havia necessidade de falar disso naquela noite.*

— Eu estava com o espartilho Alonuko que você me deu, aquele com a malha de aerografeno. E você sabe como fico animada nos meus aniversários. — Ela encostou no meu braço. — Minhas expectativas provavelmente eram um pouco altas demais.

Me ajeitei no meu lugar, sabendo que a história mudaria a qualquer segundo.

— Na verdade — Olivia continuou —, saí de casa pensando: *Nada pode estragar este dia.*

— Espera — interrompi. — Cadê os preságios do desastre? Tem que começar com os maus preságios que você ignorou, mana. Conhece as regras.

— Não, você vai rir.

— Vou nada. — Era mentira, mas isso fazia parte da nossa dinâmica.

— O nome dele... — Ela fez uma pausa, fazendo uma careta como se o corpo todo estivesse doendo. — O nome dele era Ricky Natal.

O que quer que eu estivesse mantendo sob controle até aquele ponto se despedaçou, e me virei para que ela não visse que eu estava morrendo de rir. Ouvir o sobrenome dele também me lembrou da árvore de plástico que deveríamos montar na sala de estar naquele fim de semana.

— Pois é. — Para se acalmar, ela deu um tapinha nas ondas cheias de gel do seu penteado *finger waves*. — Então, Ricky Natal me buscou em nosso apartamento. E, literalmente trinta segundos depois de sair, já estava procurando estacionamento. A gente sabe que não há bons restaurantes entre a nossa área e a Estação Queens Road. Mas eu estava tentando manter a mente aberta, dizendo a mim mesma: *Para de julgar tanto, dá uma chance pro menino.*

Não me passou despercebido que a voz que ela usava para imitar sua consciência era a mesma que usava quando estava me imitando.

— Então Natal me leva até a estação de trem, Rhia. E passamos direto pelas catracas, lojas, tudo isso, até chegarmos a uma parte que eu nunca tinha visto antes.

— Não vou mentir — falei, só para provocá-la. — Esse cara está tirando dez de dez pela originalidade até agora.

Ela ignorou o comentário.

— Então entramos em um restaurante escuro de aparência abandonada... basicamente um cemitério cheirando a carne de porco. E ninguém mais está lá, é *realmente* só a gente, e o cara tem a coragem de dizer ao garçom, saca só essa, Rhia — ela fez uma pausa para recuperar a compostura —, ele diz ao garçom: "Mesa para dois, no nome do Papai Noel Sexy", e então pisca para mim.

Eu estava escorregando pela minha cadeira de tanto rir.

— Ah, você acha *isso* engraçado? — Olivia disse com uma risadinha. — Espera pra ouvir a parte em que o gostosão me mostra uma tatuagem de pinheiro no bíceps.

Meu celular tocou no bolso enquanto ela falava. Peguei o aparelho. É ele.

Ele havia me prometido que conseguiria puxar tudo já documentado sobre o dr. Esso — redes sociais, passagens pela polícia, registros hospitalares e municipais, impostos —, e de graça. O que significava que eu teria minhas respostas. *As* respostas. Sobre quem eu sou. De onde venho. Para onde vou. Respostas que a maioria dos jovens tem e nem se importa.

— Esse é... — Olivia arrancou o celular da minha mão quando o peguei para atender.

— Devolva! — Estendi o braço, muito pronta para lutar pelo aparelho.

Olivia sorriu enquanto se afastava de mim. O cara ao lado dela não ficou muito satisfeito com o esbarrão que levou.

— Não até você me contar por que raios está conversando com *ele* às oito da noite.

O "ele" a que ela se referia era meu ex-namorado, Linford. A mãe dele trabalhava no alto escalão da CantorCorp, que abrigava todos os dados civis mantidos pelo governo e, segundo ele, havia uma maneira de acessá-los.

— Me fala por que ele está ligando. Ou vou atender e dizer que você odeia motinhas italianas — insistiu ela.

Só depois que terminei com Linford que descobri o quanto ele irritava Olivia. Era possível vê-la segurando o vômito cada vez que ele mencionava a Vespa de dezesseis mil libras com a qual ele ia para a escola todos os dias. Não que isso o detivesse. Mas a maior parte da antipatia de Olivia vinha de ver o quanto ele tinha sido esquisito e pouco confiável durante o nosso relacionamento de três meses no ano passado. Ela vivia me dizendo que eu merecia muito mais.

Enquanto meu telefone continuava tocando, imaginei a frustração de Linford do outro lado, o que só ampliou a minha. E se ele desse para trás e mudasse de ideia? Ele só tinha aceitado ajudar porque compartilhamos saliva no passado e concordamos em "continuar amigos" depois. Mas o que eu tinha pedido para ele fazer era tecnicamente ilegal. Teria sido esperto em desistir, especialmente se pensasse que eu estava ignorando sua ligação.

Ser sincera com Olivia o mais rápido possível era a única maneira de resgatar a situação.

— Linford concordou em fazer a extração de dados para mim — gritei, ainda tentando recuperar meu celular. — Vou à casa dele amanhã para pegar as informações. Não é nada.

— E eu — ela colocou meu celular atrás das costas, afastando-o ainda mais de mim — vou com você.

Eu parei e me sentei para encará-la. Esperava um sermão longo e fervoroso, em que ela me repreenderia por ter tido a ideia, depois por não tê-la descartado e, finalmente, por colocá-la em ação sem contar a ela.

— Manas antes dos manos, certo? — Ela pôs o celular no ouvido.

Seu comentário me deixou um pouco menos nervosa, mas eu ainda estava segurando a respiração quando ela atendeu.

— Oi, aqui é Olivia — ela resmungou ao telefone. — Sim, mas ela não está aqui agora.

Mordi minha unha até descascar o esmalte cor-de-rosa esperando por sua resposta, rezando para que ela não o assustasse.

— Amanhã às oito da noite, isso. — Ela desligou e me devolveu meu celular.

— Obrigada. — Suspirei. Não conseguia me lembrar de nenhuma outra vez em que estivesse de fato tão grata.

— Em vez de me agradecer, por que não me diz o que mais está acontecendo?

Talvez ela tenha percebido ao me ver roendo as unhas. Ou talvez fosse apenas um palpite. De qualquer forma, Olivia era esperta demais para eu bancar a sonsa, e eu estava guardando esses segredos já tinha quase uma semana.

Além disso, no fundo, eu estava morrendo de vontade de contar a ela. Eu *queria* que ela aceitasse minha obsessão por dever de casa de física da mesma forma que havia apoiado meu plano com Linford. Sua carranca ficava maior quanto mais eu demorava para responder. Então, enfiei a mão no bolso do casaco para pegar o segredo final.

— Uau — disse Olivia depois de segurar o guardanapo. Ela passou um minuto tentando entender as anotações. — Vou precisar que explique por que diabos você tem um guardanapo do *Cantor's* com equações escritas. E, mais importante, por que está agindo de forma tão estranha.

— Não tô sendo estranha — respondi, esperando que, quanto menos incomodada eu parecesse, menos Olivia me perturbaria. — É só uma lição de casa que eu estava fazendo antes de você chegar aqui, já que não tinha papel comigo. Tem a ver com uma bizarrice de viagem no tempo chamada dilatação do tempo.

— Você realmente entende essas coisas? — perguntou ela, devolvendo o guardanapo.

— Entendo. — Parei para pensar mais sobre minha resposta. — Bem... talvez oitenta por cento.

— Me explica, então.

Eu me virei para analisá-la bem e garantir que ela não estava doente.

— O que foi? Acha que não percebi o tempo que você está dedicando ao seu dever de casa? Olha, eu entendo... Você não quer que suas provas finais sejam a razão de não conseguir seu contrato com os Dons.

Ufa. Ela ainda acreditava que tinha a ver com futebol, o que era um alívio, já que minha verdadeira razão para ser tão nerd teria sido muito mais difícil de explicar.

— Além disso, não me subestime — ela acrescentou, provavelmente percebendo a dúvida ainda no meu rosto. — Só porque sou gostosa e gente fina não significa que não possa curtir um pouco de matemática e viagem no tempo.

— Você usou essa frase com o Natal, não foi? — Mudei de assunto casualmente. — Para ser sincera, é muito mais elegante do que aquela sua última piada.

— Tanto faz — ela respondeu. — Tudo bem. Viagem no tempo. Matemática. Explica. Agora.

— Você pediu. — Peguei um guardanapo limpo de Olivia, parando por apenas alguns segundos para pensar na minha explicação. Então, acionei minha caneta em gel. — Imagine que a tinta aqui é uma fonte de luz. Portanto, qualquer linha que eu desenhe neste guardanapo representa o caminho que um feixe de luz pode percorrer.

Pedi a ela para abrir o cronômetro em seu celular.

— Quero que você aperte "iniciar" assim que eu começar a desenhar. Em seguida, pressione "parar" quando eu chegar ao topo do guardanapo. Beleza?

Depois que terminei de desenhar, ela leu o resultado do cronômetro.

— Cerca de quatro segundos.

— Ótimo. Agora vou desenhar uma segunda linha, começando do mesmo lugar de antes, mas desta vez estou fazendo a luz viajar *verticalmente* para cima, em vez de diagonalmente, como a última.

— Dois segundos — disse ela pela segunda vez, vendo eu rabiscar os números no guardanapo.

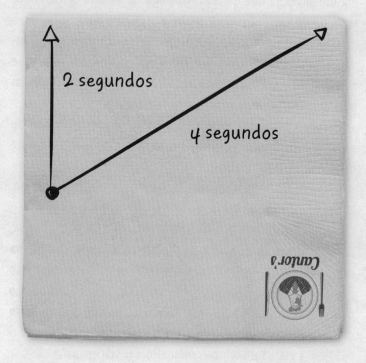

— Como você pode ver, levei duas vezes mais tempo para desenhar o feixe de luz diagonal. Por quê?

— Porque ele tem o dobro do tamanho, não é? — Ela não parecia impressionada. — A luz tinha o dobro de distância a percorrer.

— Sim! E porque mantive minha velocidade de escrita, ou seja, a velocidade da luz, igual nas duas vezes.

Ela abriu a boca para falar, mas, antes que pudesse mostrar qualquer reação, eu a lembrei:

— Você que me pediu para explicar. Vai me deixar terminar ou não?

— Relaxa, garota. Eu tava só pensando — respondeu ela, inclinando-se para a frente novamente. — Credo.

— Esta parte final vai levar apenas um minuto mesmo. — Roubei o guardanapo restante do colo dela. — Tudo bem, beleza. Agora, quero que você imagine Tony dirigindo seu velho Tesla à noite com Poppy no banco do passageiro.

— Então tudo o que tenho que fazer é imaginar um mundo onde Tony teria sua carteira de motorista de volta — disse ela, rindo. — E não beberia meia garrafa de uísque antes de entrar no carro.

Passou pela minha cabeça que talvez Tony curtisse uma bebida porque também gostava de viajar no tempo. Meia garrafa de destilado permitia que ele pegasse todos os problemas de hoje e os jogasse no amanhã. E, com apenas mais alguns goles, conseguia roubar toda a energia de amanhã e desperdiçá-la hoje.

Mesmo que nunca desse para saber exatamente *quando* ele estaria, pelo menos ele estava lá. Ele e Poppy eram os únicos que se importavam o suficiente com gente como Olivia e eu para nos aguentar. Tony também foi quem mexeu os pauzinhos com Gibbsy — uma velha companheira de quando estavam na escola em Devon — e conseguiu meu teste para o Dons. Por isso tínhamos que agradecê-lo pelas cadeiras aquecidas em que estávamos sentadas e, supondo que eu continuasse impressionando a treinadora principal, em breve pelo meu contrato em tempo integral.

— De qualquer forma — sussurrei, tentando lembrar em que parte ela havia me interrompido. — Então, sim... Tony está correndo. Poppy está no banco do passageiro e, por engano, aciona a lanterna do seu celular, fazendo com que a luz branca brilhante atinja o olho dela. Agora... imagine que *você* — levantei minha caneta para ela — está parada na calçada quando o Tesla passa. Como o carro está passando por você da esquerda para a direita ao mesmo tempo em que a luz da lanterna de Poppy está apontando verticalmente para o olho dela de dentro do carro, você basicamente vê o feixe de luz tomando um caminho *diagonal*. Mais ou menos assim.

perspectiva de Tony, ou seja, se está assistindo a esta cena se desenrolar do *banco do motorista*, a imagem é bem diferente. Como tudo dentro do carro está se movendo na mesma velocidade que o próprio carro, o celular no colo de Poppy parece parado para Tony. Para ele, o telefone não está se movendo para trás ou para a frente, está parado no mesmo lugar, no colo de Poppy, ao lado dele o tempo todo. Então, quando Tony se vira para ela, apenas vê o feixe de luz disparar direto para os olhos de sua esposa: ele vê a luz viajar verticalmente. — Esbocei a parte final do diagrama para ela.

— Entende aonde isso vai dar?

Ela ficou quieta. O cara ao lado dela balançou a cabeça pela enésima vez, provavelmente se perguntando por que nossa análise não podia esperar até depois da partida.

— Vou resumir. Você e Tony viram exatamente o mesmo evento: um feixe de luz saindo do celular de Poppy até os olhos dela. Mas o caminho que você viu a luz percorrer era diagonal, e, portanto, *duas vezes* o caminho que Tony viu de seu assento.*

Sobrepus o segundo guardanapo ao primeiro para que ela pudesse perceber a semelhança.

— Então, se Tony afirmasse que a luz levou dois segundos para chegar aos olhos dela, você diria que levou...

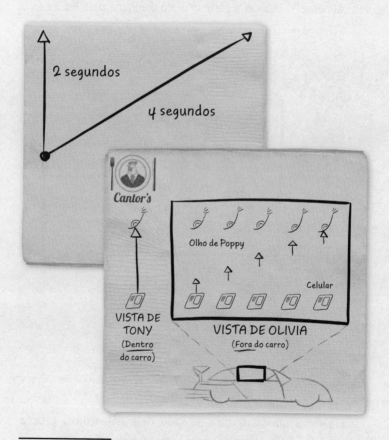

---

* Consulte a página 365 para mais informações sobre a fórmula usada por Rhia.

Ela levantou a mão para poder responder:

— Eu diria que levou quatro segundos. Duas vezes mais.

— Isso, Olivia! — Estendi meu punho direito, mas ela estava muito ocupada encarando o guardanapo para notar.

— Então, o tempo que o feixe de luz leva para ir do celular até os olhos dela é diferente, dependendo de para quem você pergunta... — Um escanteio mais tarde e ela ainda parecia assustada com a própria resposta. — *Caceeete.*

— Pois é — respondi, feliz por ver que Olivia estava tendo a mesma reação que tive quando percebi.

— Mas quem está certo? — Ela ainda estava absorta no diagrama. — O feixe de luz levou dois segundos para atingir os olhos de Poppy? Ou quatro segundos?

— Essa é a parte doida: *as duas* estão certas! — Peguei-a pelos ombros, virando-a para me encarar. — Crescemos achando que há algum relógio de pêndulo invisível e silencioso por aí que dita o ritmo com que as coisas acontecem no universo. — Eu podia sentir minha pulsação acelerando, mas escondi a maior parte da minha empolgação. — Mas isso está *completamente* errado. Na verdade, todos nós temos nossos relógios: alguns marcando passo aqui, outros mais lentos ali. E acontece que, quanto mais rápido você se move, mais lento seu relógio avança em comparação com o de todo mundo. — Apontei de volta para o guardanapo. — Então, como Tony estava em um carro em alta velocidade, ele viu o mesmo evento levar metade do seu tempo. — Fiz uma pausa para deixar a frase seguinte mais impactante. — Menos segundos se passaram naquele carro, o que significa que o tempo *realmente* ficou mais lento para ele e Poppy.

Fiz uma pausa antes de continuar:

— Quando o tempo se estende assim, isso é chamado de *dilatação do tempo*. Acontece o tempo todo na vida real, e o efeito é muito pequeno para percebermos. Mas, se você chegasse perto da velocidade da luz, você notaria. Veria o tempo desacelerar até virar nada.

— Você mudou, Rhia — disse Olivia em tom de brincadeira. Pelo olhar em seu rosto, ela passou de curiosa para desconfiada, e eu perdi essa virada.

— Que nada — respondi, me virando para o campo antes que ela percebesse minha ansiedade. — Apenas mostrei o que você pediu.

Ela tinha aceitado muito bem a coisa com Linford e tinha sacado o dever de física de boa, mas era melhor parar por aí. Pedir a ela para acreditar que o guardanapo no meu colo tinha alguma conexão com minha mãe parecia um passo longo demais. Eu ainda estava criando coragem para dizer isso para *mim mesma* em voz alta. Sabia o quanto soaria ridículo. E sabia que qualquer possibilidade poderia morrer se a divulgasse cedo demais.

Eu podia senti-la olhando para mim, me analisando, me julgando. Mas mantive a calma.

— Essas tarefas também foram muito úteis para conquistar a confiança do dr. Esso.

E ela manteve a dela.

— Faz sentido. — Depois de uma longa pausa, ela acrescentou: — Mas quando ele tentar te atrair pra uma seita, lembra que não foi por falta de aviso meu.

O árbitro deu o apito final. Três a zero. Uma multidão feliz de torcedores do Dons celebrou nas arquibancadas, enquanto Olivia e eu nos levantávamos para chegar ao corredor.

Enquanto serpenteávamos entre as massas e em direção à saída do estádio, ela se virou para mim.

— Uma última pergunta, mana.

Fiquei tensa, esperando que ela não notasse a gota de suor dançando na minha testa.

— Aquela coisa de retardar o tempo... Dilatação do tempo, acho que você chamou assim.

Assenti, mentalmente deixando escapar um suspiro enorme agora que o interrogatório pessoal havia acabado. Com esse tipo de pergunta eu podia lidar.

— Bem, você mencionou que a dilatação do tempo só é perceptível quando se está quase na velocidade da luz. Então o que acontece quando você realmente atinge a velocidade da luz? — perguntou ela. — O que acontece com o tempo, então?

A única coisa que viaja na velocidade da luz é a própria luz, que, de acordo com meu livro, leva oito minutos para ir do sol à Terra. Mas, se o tempo demora mais para passar em velocidades mais altas, quanto tempo essa jornada levaria da perspectiva da luz?

— Eu acho... — A primeira resposta que me veio pareceu muito estranha, muito extrema. *Não. Não pode ser.*

Mas quanto mais eu lutava contra ela, mais brilhante a verdade parecia: para a luz, aquela jornada de quase 150 milhões de quilômetros pelo espaço acontecia em um único momento. Para a luz, nenhum segundo passava.

— Acho que ele para, né? — respondi a Olivia, com medo das palavras que escapavam da minha boca. — Acho que o tempo para.

Capítulo 11
ESSO · AGORA

Sempre escolha a última ou a penúltima privada. Essa regra me serviu bem desde que me lembro. Infelizmente, as duas cabines no banheiro térreo de Penny Hill estavam uma nojeira total. Mesmo que eu tivesse me incomodado em limpar os assentos, ainda havia uma chance de 50% de que, uma vez que me sentasse e olhasse para cima, um arsenal de bombas de papel higiênico molhado viesse voando em direção ao meu rosto. E assim que eu levantasse as calças e abrisse a porta para ver quem as havia jogado... nada. Os mais malandros já teriam vazado.

Por causa do pequeno inconveniente causado pelo atropelamento por uma Range Rover, cheguei vinte minutos atrasado para a escola. Mas, felizmente, a srta. Purdy, ao me ver meio atordoado e acabado, me deixou entrar. Eu ainda tinha duas horas até o almoço, então tive que negociar com meu professor de geografia um intervalo, que agora eu planejava gastar no banheiro, colocando a cabeça no lugar. Pensar em como precisariam remover o pobre cachorro esmagado do asfalto tinha projetado uma longa e peluda sombra em minha manhã. E ainda havia aquela visão de D e Pinga-Sangue me encurralando, e minha preocupação era que agora a cena pudesse se tornar realidade também. Embora os detalhes mais sutis da visão já tivessem começado a desvanecer, ela não parava de passar em minha mente: eu ainda conseguia senti-los se aproximando, ainda ouvia as pedras de granizo caindo ao redor de nós três, a Biblioteca de Peckham a distância.

Não era a primeira vez naquela manhã que eu sentia como se estivesse enlouquecendo. Talvez eu e meu pai tivéssemos muito em comum, no fim das contas. Era uma ideia não muito concreta, mas me fez parar para pensar. Aquele lugar com que sonhei depois do acidente tinha coisas em comum com o que meu pai rabiscara em seu caderno. O Mundo Superior, era assim que ele o chamava. Ele também não havia escrito alguma coisa sobre ver o tempo de forma diferente lá? Eu tinha certeza de que ele até usou as palavras "energia oculta", o que me lembrou daquele calor escaldante que senti de repente durante todo o sonho. E se o impacto do acidente tivesse de alguma forma me tirado daquela "caverna" que ele descreveu na primeira página?

Dei um tapinha no lado dolorido da minha cabeça. Meu cérebro claramente me fez imaginar coisas, vendo as palavras do meu pai onde elas não deveriam estar.

Mas, por outro lado, uma mente confusa não explicava aquela coisa do "Preston! Não!". Não tinha como. Uma vez que aquela premonição se tornou realidade, todo o resto não tinha escolha a não ser se tornar real também.

Pode ser, pensei, sorrindo enquanto inspecionava a próxima cabine, *que meu pai não estivesse tão maluco assim no fim das contas*. Talvez soubesse muito tempo antes que algo assim poderia acontecer e se importasse o suficiente para me dizer.

Mesmo que eu estivesse errado, ainda fazia sentido estar me cagando de medo de D e Pinga-Sangue. Na verdade, na viagem de ônibus, enviei uma mensagem de "vai que essa parada é real" para Spark, e suspirei de alívio quando ele respondeu alguns segundos depois:

> **SPARK**
> Manos de Brixton em Narm hj a noite?
> Falo nada

"Falo nada." Duas palavras tão pequenas. Mas, se olhar com atenção, dá para ver um multiverso de ódio no curto espaço entre elas. Era engraçado — sempre que eu dizia a alguém que Spark era meu *brother*, a pessoa respondia com algo como: "Você quer dizer Spark… o *gângster* Spark…?" E, depois de uma pausa, cuidadosa: "Sério mesmo?" Lembro uma noite na casa dele, quando me confessou que sua anemia falciforme fazia ele passar de seis a 24 horas por dia com dores excruciantes. Eu me perguntava se isso era parte do que o tornava tão implacável — estava tão acostumado a sentir dor que fazer outra pessoa sentir também era o de menos. O fato de eu ter enviado outra mensagem para Spark esclarecendo que minha primeira mensagem "não valia a pena contar a ninguém" e que "era apenas um boato" não teria efeito algum — antes do pôr do sol, ele teria um círculo de atiradores esperando pela ordem de disparo.

Acabei indo para o mictório mais distante da porta — mais por lealdade que por lógica. *"Danny B ♡ bundões"* estava rabiscado na parede, e, alguns centímetros à direita, com a mesma caligrafia e tinta, havia um número de telefone.

Sempre me perguntei se um dos amigos de Danny B tinha escrito aquilo pra zoar com a cara dele. Ou se era obra do próprio Danny.

Corey Marciel entrou, sorrindo para seu celular. Aos quinze anos, o cara estava chegando a 1,95 m. Não era apenas o garoto mais popular com as meninas da escola, mas também era, sem dúvida, o meio-campista mais talentoso do sul de Londres. As garotas ficavam todas meio perdidas quando estavam perto dele. Até os caras ficavam meio bestas e amigáveis quando ele estava por perto. Bem-arrumado, Corey foi para o mictório ao meu lado, fingindo que eu não estava lá enquanto nós dois abríamos os zíperes e esvaziávamos as bexigas.

— Queeããaaaa...! — Eu não me decidia entre as palavras *quê!*, hããã! e *ahhh!* e acabei falando tudo misturado.

Em vez do amarelo habitual, minha urina saiu cheia de listras vermelhas.

Na minha confusão, perdi o controle do fluxo e ele raspou na borda do mictório antes que eu conseguisse mirar no centro de volta. Felizmente, nada espirrou em Corey. Ele devia estar se perguntando que droga era aquela que estava acontecendo, porque seu olhar vagou para onde eu estava mirando e eu o vi se endireitar como se tivesse levado um choque de *taser*.

— Eu...

Aquela palavra solitária e patética foi tudo o que consegui soltar. Mas que palavras eu poderia acrescentar para tornar a situação menos embaraçosa sem também piorá-la? "Prometo, Corey, que da próxima vez que você olhar para o meu mictório, nós dois estaremos mais bem preparados?" Ou talvez eu pudesse reconhecer a situação com maturidade: "Sei exatamente com que isso se parece, Corey. Mas, acredite, estou tão preocupado com a cor do meu mijo quanto você."

Verifiquei meu corpo inteiro depois que fui atingido pela Range e não havia sangue em lugar nenhum. Além disso, não estava com nenhuma dor séria, definitivamente não perto da virilha. Era assim que acontecia uma hemorragia interna? Talvez fossem meus pulmões ou meu fígado, ou algo assim? *Caramba*, pensei. *Realmente preciso prestar mais atenção em biologia.*

Enquanto eu considerava o que estava acontecendo, Corey olhava para a frente como se sua vida dependesse disso. O que eu mais queria naquele momento era parar meu mijo, fechar o zíper e vazar dali. Mas não consegui. Não fui capaz. Ainda me lembrava de quando eu tinha seis ou sete anos e o cunhado de minha mãe apareceu lá em casa. Em determinado momento, ele se cansou de me ver molhar o vaso sanitário como se fosse uma planta e, sabendo que meu pai não estava vivo para me orientar, decidiu intervir. Ele ficava atrás de mim, segurando meus ombros, me dizendo em sua voz mais gentil que fazer xixi era como pilotar um avião: "A parte mais difícil é decolar e pousar, o resto é navegação suave, *viu*?" Infelizmente, meu tio voltou para Benim antes que eu recebesse a lição de como parar um avião no meio do voo.

Bati meu pé direito algumas vezes, Corey fez o mesmo, mas nós dois paramos quando ficou óbvio que estávamos imitando um ao outro por nervosismo.

Balancei para a esquerda exatamente ao mesmo tempo que ele balançou para a direita, e nossos cotovelos se tocaram. Saltamos em direções opostas, desesperados para aumentar o espaço entre nós.

Ele se virou e olhou para a porta da frente — era como se estivesse tentando usar sua mente para abri-la ou *hipnotizando* alguém para entrar. Mas ninguém veio, e ele olhou para a parede à sua frente, derrotado. Foi provavelmente a mijada mais longa de nossas vidas. Eu me lembrei de mais coisas acontecendo naquele minuto ao lado de Corey do que na maioria das semanas.

Corey parou seu fluxo abruptamente e fechou o zíper. *Ele devia ter um tio presente.* Então, sem sequer olhar para a pia ou saboneteira ao seu lado, saiu correndo porta afora.

Felizmente, no fim das contas a minha urina foi voltando a ficar amarela. Meus ombros relaxaram e, depois de jogar meu pânico pelo ralo, puxei a descarga para baixo mais algumas vezes só para ter certeza de que a evidência havia sido destruída.

Depois, lavei as mãos.

Quando saí para o corredor, notei que a placa de CUIDADO: PISO MOLHADO havia sido retirada, apesar de haver uma poça novinha em folha abaixo do ladrilho rachado do teto. *Interessante*, pensei. Mas nem tanto. Segundos depois, meu celular estava na minha mão: a visita à clínica teria que esperar até o fim de semana, mas eu precisava saber o mais rápido possível o que estava acontecendo com minhas entranhas. Tempo para uma pesquisa rápida: *o que causa sangue na urina?*

— Vamos lá, rápido — murmurei enquanto a página carregava.

— Oi, Esso. — A voz atrás de mim era tão luxuriosa quanto uma doninha vestindo seda.

Nadia, percebi. *Droga!*

Enquanto a paixão da minha vida se aproximava de mim, tentei tocar no botão de fechar na janela de busca. Mas meus dedos normalmente ágeis se transformaram em blocos de queijo, cutucando todo o canto da tela sem bater em nada útil. Desisti e tentei colocar o celular no bolso de trás, mas ele caiu, e nós dois o vimos saltar e cair ao lado de seu calcanhar.

Virado para cima.

Pulei em cima dele, tapando-o com o corpo como se fosse uma granada prestes a atingi-la com estilhaços.

— Que que é isso... — Ela parecia quase nauseada enquanto olhava para mim em confusão. — O que está tentando esconder aí?

— Ahhh... nada — respondi. Mas, enquanto me levantava, percebi que havia um passe-livre escondido em sua pergunta. — É que tinha peitos na tela, e é estranho ficar olhando peitos no celular às onze da manhã no corredor da escola.

— Hummm. — Ela esticou o rosto, surpresa, e depois de alguns segundos... — Faz sentido, acho.

Verifiquei duas vezes se meu quadril ainda estava encaixado e, com o celular seguro dentro do bolso, consegui até abrir um sorriso falso.

— De qualquer forma, estou atrasada para a aula. — Ela riu. — Talvez você possa responder à mensagem que enviei esta manhã depois de terminar *sua pesquisa*? — Ela levantou uma sobrancelha atrevida.

Sabia que devia ter respondido mais cedo, pensei, relutante. Há três anos nos conhecemos. Há três anos ela passeava pelas minhas aulas de matemática e fantasias mais estranhas. *Três anos!* E bastava um movimento errado para que essas fundações bem estabelecidas desmoronassem.

Minha boca se abriu, pronta para enchê-la de desculpas, inventar alguma mentira sobre minhas mensagens não chegarem o dia todo ou eu não ter tido tempo de ler o que ela mandou. Mas já havia percorrido esse caminho antes: a estrada fria e sinuosa que apenas me levaria ao lugar solitário em que eu já estava.

Nadia, enquanto isso, cansada de receber apenas bobagens da minha parte, anunciou antes de vazar:

— Até mais, E.

As aulas avançadas de história aconteciam no fim do corredor, então ela precisava percorrer uma distância ainda. Eu estaria mentindo se dissesse que não a observei por todo o percurso. *Caramba*, pensei comigo, *como ela consegue ser tão bonita até de uniforme?*

Enquanto refletia sobre isso, as mais estranhas coincidências se desenrolaram: um cheiro forte de desinfetante barato abaixo de mim; uma gargalhada vinda da sala 4A — as duas sensações exatas que tive depois de entrar naquela primeira visão no mundo dos sonhos.

Déjà vu, pensei.

Observando Nadia acelerar o passo, percebi que ela provavelmente não tinha visto a poça nem a placa que tinham retirado minutos antes. E, assim como eu temia — assim como eu basicamente tinha *previsto* —, ela pisou na borda da poça e escorregou, a cabeça traçando uma linha reta até o chão.

E eu estava lá para segurá-la.

Meu braço esquerdo embalou a parte de cima de suas costas, o outro braço foi um pouco mais baixo.

Ela ficou ofegante, atordoada. Provavelmente tinha visto a vida inteira passar diante de seus olhos, então piscou e me notou.

Depois de alguns segundos para recuperar o fôlego, ela sorriu.

— Vejo que você está com a mão cheia aí, E — ela falou com todas as sílabas.

Aquele. Sonho. Maluco. Era. Real. Eu havia previsto o futuro não uma, mas duas vezes com perfeita precisão. Se não estivesse aguentando o peso de Nadia, provavelmente teria desmaiado ali mesmo.

Ela sorriu para mim, e eu encarei seus olhos penetrantes. Não só tinha sonhado com esse exato momento após o acidente de carro, como também o assisti em praticamente todas as comédias românticas já feitas. É o momento em que a garota se apaixona pelo cara, o momento em que ele se arrisca. Mesmo que eu tivesse problemas no mundo dos sonhos para entender, também tinha oportunidades no mundo real para agarrar.

Mas minha perna dolorida estava a segundos de ceder com o peso. Eu poderia tocar os lábios dela com os meus, mas cairia logo depois. Além disso, o cheiro que escapava da minha axila fazia parecer que um gremlin havia cagado ali. Lembrava um saco cheio de espinafre velho, e a pior parte era que, quanto mais eu fedia, mais eu suava — um ciclo horrível e podre. Eu esperava manter distância de toda e qualquer garota até o fim do dia, mas ali estava eu.

— Esso... — ela disse, parecendo um pouco menos confortável agora. — Me ajuda a levantar, por favor?

— Sim, tá tranquilo — respondi, então gastei tudo que eu tinha de força para nos endireitarmos. *Se eu ao menos tivesse começado a fazer academia como Kato*, pensei com pesar, *estaríamos nos beijando agora.*

— Ei — ela disse, me fazendo voltar ao mundo real —, acho que já dá pra você largar minha bunda agora.

— Ah, foi mal. — Escondi minha mão culpada para trás das costas. — Estava com a mão ali para sua segurança, certo?

Seu sorriso cheio de dentes amorteceu um pouco o golpe. Eu fantasiava vê-la pelada, isso eu sempre soube. Mas agora *ela* também sabia, sem dúvida. Pior: sabia que *eu* sabia que ela sabia.

Nós nos abraçamos, e ela me agradeceu mais vezes do que pude contar. Todo o tempo fingi que não havia nada de estranho em eu ter corrido para pegá-la três segundos antes de ela cair. Encaramos a poça ao nosso lado, observando a próxima gota cair do teto.

— Realmente não esperava que isso acontecesse — disse ela.

— Não — concordei. — Acho que eu também não.

Por um momento, quase acreditei em minhas próprias palavras. Depois de adivinhar que ela poderia escorregar, eu *decidi* salvá-la. Tinha toda a intenção de olhar naqueles olhos lindos. *Tinha tomado* essas decisões. Mas a verdadeira questão era: *quando* eu havia decidido isso? Agora? Ou quando estava naquele mundo dos sonhos? Quanto mais eu pensava sobre a questão, menos sentido fazia. E menos certeza eu tinha sobre como as coisas com D e Pinga-Sangue poderiam terminar... ou se eu conseguiria fazer qualquer coisa para mudar isso.

Um pensamento final me pegou no caminho de volta para a sala 4C, trazendo um sorriso irônico ao meu rosto: descobri como olhar através do tempo e, no entanto, lá estava eu, indo para o fundão da turma de história. Que coisa louca.

Capítulo 12
RHIA · 15 ANOS DEPOIS

Tudo na casa de Linford era tão *branco*. As escadas em espiral, as paredes e pé direito altos, os azulejos na *maldita* piscina do subsolo. Até Linford, andando descalço em jeans marfim que combinavam com a decoração. Não tinha ideia de que casas como essa existiam em Londres, quem dirá a menos de um quilômetro da minha. Ele nunca havia me convidado para ir até lá quando namorávamos, e agora me perguntava se era por isso.

A área em que ele morava era tecnicamente East Dulwich, mas tinha ganhado o apelido de "Peckerly Hills", já que era a rua preferida dos profissionais negros mais burgueses da Europa Ocidental. Seus pais não estavam em casa e seu irmão mais velho ficava enfurnado no porão, então ele, eu e Olivia estávamos sozinhos no andar de cima esperando o download terminar. A maioria dos arquivos estava formatada em notação Q, o que significava que estavam demorando muito para descompactar. Mas, enterrada em algum lugar no fundo desse tesouro de dados, estava minha mãe. Eu sabia.

— Sabe toda aquela história de dilatação do tempo que estava explicando ontem à noite? — disse Olivia enquanto nós três estávamos sentados em frente ao enorme portal de dados no escritório da mãe de Linford. — Acho que está acontecendo comigo agora. Tipo, um segundo atrás, eu realmente pensei que estávamos olhando para essa coisa por duas horas.

— Olha que curioso, foram *exatamente* duas horas — respondeu Linford, nem mesmo tentando esconder o sorriso.

Justo quando pensei que Olivia estava ficando sóbria. Maldita torta Bakewell...

No caminho para o escritório, passamos pela cozinha de Linford e demos de cara com uma torta Bakewell já meio comida no balcão. Infelizmente, foi só *depois* que Olivia enfiou goela abaixo uma fatia inteira que Linford decidiu avisar que seu irmão mais velho havia misturado *néon* na farinha e que estava tão forte que nem mesmo dez dos colegas zé-droguinha dele tinham conseguido terminá-la. De acordo com a internet, o néon era praticamente inofensivo: seu principal efeito era desligar temporariamente a parte do cérebro que distinguia os pensamentos geniais dos ruins.

A noite já estava de cabeça para baixo. Era para Olivia ajudar a aliviar a tensão entre mim e Linford e garantir que sairíamos de lá com os dados precisos. No fim das contas, eu e Linford é que tivemos que cuidar de Olivia, e eu ainda não tinha os registros do dr. Esso em mãos. Eu me torturei a semana toda por esconder segredos dela. Mas agora — enquanto eu a observava rolar pelo tapete de Linford — sentia um pouco menos de culpa.

Eu me virei para Linford com um olhar exausto.

— Devemos nos preocupar?

— Não — disse ele. — Vai passar quando vocês chegarem em casa. Então... — Linford fez uma pausa antes de continuar, girando um pirulito na boca. — Você está conversando com alguém no momento?

— Não — respondi. — Já faz um tempo. Tenho andado bem ocupada e...

— Eu tô! — ele me cortou.

Em seguida, contou uma história detalhada de como ele conheceu o novo amor de sua vida. Contive um suspiro durante toda a narrativa.

Aquele era o Linford de quem eu me lembrava. Mesquinho. Fútil. A arrogância era o único remédio para sua insegurança. Tudo voltou à tona, me fazendo perceber o quanto nosso relacionamento parecia mais cor-de-rosa quando olhado pelo espelho retrovisor em vez de pelo banco do passageiro.

Mas eu fiquei ali sentada escutando educadamente. Não tinha plano B para conseguir os dados do dr. Esso. Ainda estava pedindo um favor a Linford, e esse favor ainda era ilegal. O fato de eu não ter mais nenhum sentimento remanescente por ele ajudava. Também suspeitava que a única razão pela qual ele estava se exibindo e flertando comigo era porque não conhecia nenhuma outra maneira de falar com as garotas. Não fazia mal.

— Quinze minutos até o download terminar — declarou Linford. Seu rosto se iluminou quando outra ideia chegou. — Tempo suficiente para terminar o tour pela casa!

Começamos pela parte da frente, onde Linford fez um relato passo a passo do dia em que negociou um desconto de 15% por sua Vespa preta fosca. Quinze por cento de dezesseis pilas era muito, para ser sincera. Mas ainda significava que ele tinha uma scooter de catorze mil estacionada na frente de casa. Doideira. Não me admira que ele sempre falasse sobre ela como se fosse sua filha.

Faltando cinco minutos para terminar o download, voltamos para o andar de cima por algumas escadas que se abriam para um corredor cheio de obras de arte do outro lado da casa. Os holofotes do teto nos acompanharam por toda a caminhada pelo corredor, salpicando cada um dos meus passos em mármore cintilante.

— Amo esse tom de rosa — falei, apontando para a parede de destaque à nossa esquerda.

— Muito louco, né? — Linford concordou. — Esqueci o nome da tinta. Vai me incomodar a noite toda se eu não me lembrar. Mas temos algumas latas sobressalentes na garagem. Vou descobrir mais tarde.

Ele nos conduziu até a primeira pintura.

— Quer saber? — disse, pegando o pirulito por um segundo para lamber os lábios, do jeito que estava fazendo a noite toda. Podia ser inverno, mas nada justificava tanta hidratação labial.

— Mesmo com as pinturas de Damien Hirst e Modupeola que compramos, esta peça de Zita aqui ainda é minha favorita.

Tinha a sensação de que, se eu vendesse meus rins, ainda assim não poderia pagar pela obra que ele estava apontando. Realmente vivíamos em mundos e comprimentos de onda completamente diferentes.

— Olha, o que descobri sobre arte — ele acrescentou — é que tudo gira em torno de metáforas. O trabalho do artista é encontrar as cores e padrões exatos necessários para *arrancar* as emoções certas de quem observa. Quando bem-feita, uma peça pode transportar a pessoa para os momentos mais vívidos da vida e vice-versa. E essa garota aqui? Ela está por cima da carne seca. E, mais que isso, ela é da quebrada, como nós.

Olivia revirou os olhos por tempo suficiente para Linford perceber.

— Sabia que meu pai veio do pior bairro desta cidade? — ele a lembrou. — Também nasci na quebrada, mana. É por isso que nunca vou esquecer de onde vim...

Enquanto ele mostrava sua carteirinha de pobre, um dálmata, com uma coleira cheia de pontas e com veias visíveis através do pelo salpicado, entrou em disparada no corredor. O cachorro pulou em Linford, descansando as patas em seu cinto.

— Tudo bem, tome aqui, Daisy. — Ele se abaixou e enfiou o pirulito na boca da cadela, deixando-a ensaboá-lo com sua língua espumosa, antes de puxá-lo de volta para dentro de sua *própria* boca.

Estremeci ao pensar que costumava beijar esse cara. Olivia, por outro lado, estava se mijando de tanto rir, como vinha fazendo a maior parte da noite.

Linford deu uma última lambida no pirulito (agora coberto de baba de cachorro), então caminhou até o topo da escada e o jogou no tapete do térreo, observando Daisy correr atrás dele.

— Tudo é uma brincadeira de "vai pegar" com essa menina — disse ele, sorrindo. Seu relógio apitou. — Pronto. O download está feito.

Realmente salva pelo gongo.

— Sabe de uma coisa? — Olivia se virou para mim, embalando sua barriga. — Podem ir na frente pegar esse negócio. Vou ao banheiro.

Ela devia ter percebido que eu estava pronta para acompanhá-la.

— Está tudo bem, mana — disse ela, já no meio do corredor e andando em uma linha impressionantemente reta. — Esse pen-drive é mais importante que minha vontade de ir ao banheiro. Vou demorar uns cinco minutos. No máximo.

— Dois minutos — gritei atrás dela. Certamente nada mais poderia dar errado.

***

— Olivia? — gritei talvez pela vigésima vez. Apertei o pen-drive com a mão suada enquanto Linford e eu continuávamos nossa busca por minha irmã em sua casa gigante. Tínhamos chegado à garagem: o último lugar que restava para procurar.

— Estranho — disse Linford. Ele estava olhando para um armário gigante com todos os tipos de ferramentas e materiais de bricolagem. Parecia que alguém tinha decidido brincar com o equipamento. Metade das coisas estava no chão. — Podia jurar que tranquei este armário.

Então, veio o som de risadinhas lá fora. Ele e eu trocamos olhares aliviados ao mesmo tempo. Olivia.

Mas enquanto seguíamos as risadas pela porta da frente, o rosto feliz de Linford se transformou em puro horror. Quase comecei a rir quando vi o que Olivia tinha feito, mas segurei bem a tempo; devia isso a Linford.

— Está lindo, não? — Olivia estava ocupada aplicando uma última camada de tinta rosa-choque no guidão do bem mais precioso de Linford: sua Vespa. — Os grandes redemoinhos cor-de-rosa na lataria são uma metáfora para o caos da vida.

Linford se engasgou. Por um segundo, fiquei convencida de que ele ia vomitar ali mesmo, no tapete de entrada. Em vez disso, ele apenas encarou a Vespa, os músculos do pescoço tensos. Então, soltou um grito tão agudo que Olivia e eu tivemos que cobrir nossos ouvidos.

O que se seguiu foi uma reação em cadeia. Primeiro, Daisy começou a latir dentro da casa. Alguns segundos depois, uma luz da casa ao lado se acendeu. Depois, na casa seguinte. Logo todo o bairro se iluminou como uma árvore de Natal.

Meu estômago se apertou, e troquei um olhar silencioso com Olivia. Nós duas sabíamos o que acontecia em um bairro como aquele quando um sensor captava um grito. Especialmente um grito que soava tão frágil e mimado quanto o de Linford.

Assim como eu temia, as sirenes da vizinhança começaram a rugir. E meu coração ficou tão acelerado que pensei que pudesse explodir para fora do peito.

— Festa de drones! — gritou Olivia. Ela largou o pincel no cascalho e começou a dançar a uma batida que, aparentemente, só ela podia ouvir. — Festa de drones: pega, pega. Festa de drones: pega, pega.

Minha visão virou um túnel estreito quando um tanque cheio de adrenalina e alerta se derramou dentro de mim de uma só vez. Eu estava na posse de dados ilegais. Olivia tinha acabado de vandalizar a propriedade de um residente. Nenhuma de nós era dali. Enfiei o pen-drive no bolso e, quando estava prestes a verificar se não o havia enfiado no que estava furado, ouvi um zumbido.

Começou como um som que não sabíamos de onde vinha. Mas, segundos depois, um disco preto de metal apareceu acima de nós. Parecia uma tarântula correndo pela noite com seis braços, porém com lâminas giratórias em vez de dedos dos pés.

— Pare de rebolar! — Sacudi Olivia até ela me encarar. — Esse é um drone da *polícia metropolitana*. Temos que ir. Agora!

Antes de decidir um destino, puxei nós duas em uma corrida a toda velocidade, enquanto Linford ficava para trás abraçando sua motinha.

O drone tinha iniciado uma longa descida em arco até o nível da rua. Já estava mais perto do que eu esperava; movendo-se mais rápido também. Eu temia mais por Olivia. Ela usava botas de cano curto e não estava sendo forçada a treinar *sprint* duas vezes por semana como eu. Um prédio alto ficava a menos de um quilômetro e meio da rua. Se chegássemos lá, poderíamos encontrar proteção, talvez até um apartamento para nos esconder.

Olivia ofegava. Sua pele tinha um brilho pálido, mas suado. Corri um pouco à frente, mantendo a distância curta o suficiente para dar a ela esperança de me alcançar, mas grande o bastante para que ela soubesse que precisava muito (muito *mesmo*) correr mais rápido.

Mas o drone estava apenas vinte metros atrás de nós agora, e o medo se instalava rapidamente em meus ossos. Ouvi histórias sobre essas coisas, li sobre os "acidentes" que aconteciam durante as prisões. Ele soltou um gemido, quase como uma porta se abrindo, que foi seguido pelo *bam* de peças de metal travando no lugar. Quando virei para trás, o drone havia se reorganizado em uma nova forma: os rotores agora agrupados no topo para abrir caminho para dois canhões de laser. Uma atualização.

Como as coisas tinham evoluído para *isso*?! Dez minutos antes, estávamos perambulando no corredor de Linford olhando para a arte. Agora nossa liberdade estava em jogo. Talvez até nossas vidas. Tudo por causa de uma fatia de torta Bakewell e alguns redemoinhos cor-de-rosa em uma motocicleta?

— Você está resistindo a uma ordem de prisão — anunciou o drone com voz impostada. — Sua recusa em obedecer não me deixa escolha a não ser intervir.

Nunca pensei que terminaria assim: queimada por uma aranha flutuante em Peckerly Hills.

— Vocês têm três segundos.

Eu conseguia ouvir os gritos distantes de Linford atrás de nós.

— Pare de persegui-las! — ele gritou para o drone, como se tivesse autoridade sobre ele. — A garota da frente não fez nada! — Sua voz ficou mais baixa. — E acho que ainda gosto dela.

Quase tropecei quando ouvi, mas em milissegundos minha atenção estava de volta ao predador acima.

Desacelerei para ficar atrás de Olivia. Não tínhamos esperança de nos safarmos com os dados, mas, de onde me encontrava, eu poderia pelo menos protegê-la dos disparos com o corpo. Afinal, a culpa foi minha. Minha ideia de vir aqui e me envolver nessa loucura pra começo de conversa.

— Dois — declarou o drone, engatilhando um canhão, depois o outro.

Desculpe, mãe, rezei em silêncio. *Fiz o que pude.* Nós nos preparamos, correndo com os olhos fechados, esperando aflitas a chegada do "um" robótico.

Mas não aconteceu. Em vez disso, tudo que Olivia e eu ouvimos foram... *latidos?*

Finalmente abrimos os olhos e nos viramos para ver Daisy arranhando a parte inferior de plástico do drone, os dois canhões já mastigados e espalhados pela pista ao lado dela.

Linford alcançou a cadela, socando o ar em comemoração.

— Boa menina — gritou ele, enquanto a cachorra corria de volta para o dono com o plugue de parada de emergência do drone na boca. *Deus abençoe essa cadela*, pensei.

Olivia e eu continuamos correndo. Na verdade, só diminuímos a velocidade quase um quilômetro depois, quando vimos um ônibus que passava pela casa de Tony e Poppy.

Quando subimos ao terceiro andar do ônibus, estávamos as duas encharcadas de suor. Olivia desabou no assento ao meu lado e, enquanto recuperávamos o fôlego, pensei no coitado do Linford.

Na coitada da moto. No...

Droga! O pen-drive!

Não estava no meu bolso. Puxei as pernas da minha calça e não tinha caído lá também. Não estava preso em meus tênis ou meias.

— Não, não, não, não — falei em desespero sufocado.

Olivia bateu no meu ombro. Sabia por que eu estava desmoronando, mas tinha um olhar irritantemente calmo em seu rosto. Ela abriu a palma da mão. O pen-drive estava lá. Eu não sabia se ela o havia pegado do lado de fora da casa de Linford ou em algum momento da nossa corrida. Mas não importava.

Nenhuma palavra foi dita. Sem troca de abraços. Mas ela recebeu um aceno de profunda gratidão que veio direto da minha alma.

Nenhuma de nós teve paciência para fazer nada além de abrir os documentos imediatamente. Tínhamos arriscado muito para nos conter agora. Quem sabia o que poderia acontecer no trajeto até nossa casa?

Coloquei o pen-drive ao lado do meu celular para estabelecer uma conexão sem fio, então vi a tela acender. Percorremos centenas de arquivos até que finalmente chegamos a um vídeo intitulado CCTV_01MD/9124-PROVA.MP4.

Levou quase dois minutos para descompactar o arquivo único, mas, quando abriu, vimos uma dezena de jovens parados no mesmo beco de Peckham por onde eu passava na maioria das manhãs. Um deles era minha mãe. Outro, o dr. Esso. Não reconheci os demais. Estavam todos ali parados em um silêncio tão estático que poderia ter sido uma foto.

Depois, vieram os tiros.

Capítulo 13
ESSO • *AGORA*

Kato e eu fazíamos parte da primeira turma liberada para o almoço. O segundo e o terceiro grupos tinham acabado de entrar na fila, que se estendia tanto pelo corredor que o final se confundia com a fila dos banheiros femininos.

Rob deslizou a bandeja no lugar à frente de Kato.

— O que tá rolando? — perguntou.

— Tá suave, mano — respondi, sem me incomodar em encará-lo. Passei todo o almoço olhando para a entrada, esperando D entrar. E, até aquele momento, não havia sinal dele ou de seus parças. Havia rumores de que eles também haviam perdido todas as aulas naquela manhã. Enquanto isso, quatro versões do futuro estavam se desenrolando na minha cabeça, sempre começando com a menos provável.

1. Pinga-Sangue e D deixaram para lá. Mudaram de ideia e deixaram para lá...
2. Contanto que aceitasse minha surra como um

homem, eu cairia sem parecer um fracote. Talvez até obtivesse algum respeito da galera... o que poderia significar mais amor das garotas de Penny Hill também. Talvez até o de Nadia?
3. Eu sou capaz de encará-lo. Vou surpreender o cara com aquele chute deslizante que o Ken dá em *Street Fighter* — tenho certeza de que vi um cara fazendo isso no Burgess Park uma vez. Acho.
4. Enlouqueci completamente. Com todas as coisas estranhas que tinham acontecido comigo, a única que com certeza rolou mesmo foi estar com a gangue quando a galera lascou o Pinga-Sangue. O que significa que *vou* tomar umas porradas. Vou ser socado. Ou esfaqueado. Ou pior. Na verdade, acho que essa foi a cena que vi no Mundo Superior.

Comecei a chamá-lo assim na minha cabeça. "Mundo Superior" fluía melhor que "Mundo dos Sonhos Distorcidos no Tempo Mergulhado em Calor e Relâmpagos". Parecia mais descolado também. Eu ainda não estava 100% convencido de todas as coisas que meu pai tinha escrito em seu caderno, mas acreditava muito mais nelas do que quando li pela primeira vez. E eu estava bolado comigo mesmo por não ter levado o caderno para a escola, ficava imaginando se ele havia deixado alguma outra dica. Imaginando se um dia como hoje era algo que tínhamos em comum.

A luz fluorescente piscou, fazendo-nos olhar para cima. As outras lâmpadas do nosso lado do corredor já haviam apagado semanas antes, então aquela era nossa última esperança.

Kato penteava seu topete com um pente de cabo preto enquanto retomava a conversa:

— Ei, Esso, conta pro Rob todas aquelas besteiras de viagem no tempo que você acabou de me contar.

— Você é um grande idiota, sabia? — respondi. — É por isso que não te conto nada.

Kato bateu a mão na mesa e deu aquela risada que fazia suas bochechas e olhos se franzirem, mas nenhum som saiu. Acho que fui ingênuo de pensar que ele poderia ajudar, quem dirá acreditar em mim. Já tinha começado a chorar de rir quando contei a ele sobre os fones de ouvido da marca Cantor que tinha visto lá em cima, mas, no ritmo em que a lembrança estava se apagando, eu precisava contar para *alguém* antes de tudo desaparecer completamente. Kato passou a me fazer um monte de perguntas meticulosamente detalhadas, apenas para dizer:

— Chefia, você foi atropelado hoje. Quanto mais cedo você puder esfregar um pouco de Vick nesses machucados e tomar um Red Bull, mais cedo vai parar de falar bobagem.

Ele poderia muito bem ter me dado um tapinha na cabeça.

Quando o trio #minaspretasmágicas — Nadia e suas duas melhores amigas, Janeen e Kemi — se aproximaram de nossa mesa, agradeci a Deus por não ter contado a Kato sobre o que rolou no corredor com Nadia. Tínhamos uma maneira especial de nos consolarmos, que geralmente envolvia transformar o sofrimento do próximo em um fluxo interminável de piadas. E Kato era o melhor nisso.

Nadia, que parecia pronta para passar por mim fingindo que eu não existia, parou e posicionou sua bandeja ao lado da minha.

Ploc! Ploc! As bolas de chiclete na boca de suas colegas estouraram uma após a outra. Kemi suspirou alto o bastante para que todos na nossa mesa soubessem o que ela pensava de nós. Eu não suportava aquela garota. Qualquer que fosse o preço da popularidade, ela estava sempre disposta a pagar — e sempre pronta para julgar qualquer um que não apostasse tudo como ela.

— Vejo vocês mais tarde, tá? — disse Nadia.

A dupla pareceu chocada com as palavras da amiga, então, uma vez que perceberam que pudemos ver isso, se recompuseram para mostrar aquela expressão de indiferença.

Eu, enquanto isso, me concentrei em dar uma mordida rápida na salsicha que estava empurrando no meu prato desde o início do almoço. Depois que Nadia se sentou, Janeen balançou a cabeça uma última vez, então pegou o telefone para tirar uma foto de nós quatro na mesa. A foto ia parar nas redes sociais, provavelmente ao lado de sua colagem de poses curvadas com citações inspiradoras completamente irrelevantes embaixo. E, sem dúvida, uma rápida rolagem do post mostraria alguns emojis de risada e zoeiras de outras garotas do nosso ano. Não havia nada tão escandaloso em Nadia estar sentada ao meu lado. Mas era a primeira vez que isso acontecia. Representava a mudança. E, em Penny Hill, a própria mudança era escandalosa.

— Você não está guardando esse lugar para mais ninguém, está? — Nadia perguntou. Ao contrário dos pratos de Janeen e Kemi, o dela ainda tinha comida.

Enquanto suas amigas se afastavam, flagrei o sr. Sweeney — o pervertido mais esquisitão da história do ensino médio — olhando Kemi de cima a baixo de sua cadeira de supervisão. Ela soprou um beijo enquanto passava por ele, fazendo Sweeney ficar vermelho e rapidamente desviar o olhar, seu cabelo dourado caindo para trás.

Nadia balançou a cabeça durante toda a cena — lendo nas entrelinhas, também vi muito claramente —, então dirigiu sua atenção de volta para a nossa mesa.

O MUNDO SUPERIOR 151

— Qual é a boa, galera?

— Tem certeza de que queria se sentar aqui? — perguntou Rob, estendendo os braços pálidos e finos como videiras para apontar para a bandeja de Nadia.

— Achei que, como o E está no corredor da morte, não ia querer fazer sua última refeição só com dois idiotas — respondeu ela.

Rob encolheu os braços antes que ela pudesse estapeá-los, e, quando Nadia se aproximou até ficar do meu lado, grudei os braços na lateral do corpo, criando uma vedação tão apertada contra fedor quanto possível.

— Corredor da morte? — Kato perguntou a ela, ainda penteando o cabelo. — Não entendi.

— É, nem eu — Rob disse antes que Nadia pudesse explicar. — Isso tem a ver com a discussão sobre viagem no tempo que vocês estavam tendo quando cheguei? Por que sempre sou o último a saber das coisas? — Como sempre, ele encontrou uma desculpa para reclamar.

— *Viagem no tempo?* — perguntou Nadia.

Resumindo: Rob e Nadia sabiam da minha treta com D; Kato sabia da minha loucura de viagem no tempo, mas ninguém (exceto eu) tinha todas as peças, e todos pareciam igualmente irritados com isso. No entanto, discutir o assunto com outras três pessoas tomaria muito tempo. Três vezes mais julgamento, três vezes mais perguntas fatais para as quais eu ainda não tinha respostas.

— Qual foi, qual foi... Se tô realmente no corredor da morte e essa é realmente minha última refeição, meu último e único pedido é que a gente mude de assunto. Por favor.

— Pera lá, chefia — respondeu Kato. — Ainda tô nesse lance de corredor da morte. Tu se meteu em encrenca, Esso?

— Deixa o cara, mano — pediu Rob. Nadia felizmente concordou com a cabeça e, quando me virei para Kato, ele estava perdido em seu telefone.

— Como vocês estão se sentindo com os simulados chegando? — Não era o quebra-gelo mais suave de Nadia, mas era menos besta do que falar do clima, que tinha sido meu plano. — Estudei nas últimas duas semanas, mas sinto como se não tivesse passado do básico ainda.

Isso poderia significar qualquer coisa vindo com ela. Nadia era capaz de estudar madrugadas adentro por noites e mais noites antes de uma prova importante, só para, na semana seguinte, mal estar interessada na escola de novo. Se submeter? Ou se rebelar? Eram as duas ilhas entre as quais Nadia Black nadava todos os dias. Sua mãe, que gostava de lembrar a Nadia que a teve muito jovem, estava determinada a garantir que a vida da filha fosse o contrário da dela. Por um lado, Nadia detestava o rótulo de superação no qual sua mãe tentava enfiá-la; por outro, não conseguia ser a rainha das selfies que Penny Hill esperava que fosse. Era definitivamente uma atitude meio preguiçosa da parte dela estudar por apenas duas semanas para a segunda avaliação mais importante do ano, e não pude deixar de me perguntar se ela acabaria se juntando a nós, desperdiçadores de tempo na ilha rebelde, para sempre.

— Não estou muito preocupado com esses simulados, sabe? — respondi. Na verdade, não seria capaz nem de apontar o que era básico ou não. — Mas sei que vou me sair até que bem.

— Do que você tá falando, Esso? Você tá se ferrando em todos os testes.

Rob não perdeu tempo, assinando embaixo do comentário de Kato com uma risada.

— Cai fora, Kato. — Minha mão direita estava segurando a bandeja, a outra esfregando meu quadril dolorido debaixo da mesa.

Nadia, imperturbável com nossa conversa, balançou a cabeça e me disse:

— Então, como você se saiu nos testes práticos do mês passado? Sempre considerei você um daqueles malandros calados: finge que não está estudando, depois chega do nada e arrasa.

— Bem, eu fiquei entre os melhores alunos da turma em artes. Também não fui muito ruim em escrita criativa... O professor acha que eu poderia fazer inglês avançado se me esforçasse.

— Boa. E as outras matérias? — Nadia pressionou, sorrindo.

— Nem fale nisso, que grosseria — respondi, esperando que minha esquiva confiante a impedisse de buscar mais detalhes.

— Vocês são um bando de manés, sabiam? — ela respondeu.

— Justo — respondeu Kato, concordando genuinamente com ela enquanto o restante de nós ria. — Falando em escrita criativa, Nadia... Esso, Rob e eu vamos para o clube em Camberwell hoje à noite para escrever nossas histórias de lição de casa. Você também pode ir com a gente pra curtir.

— Bem, e como vai ser? — Nadia perguntou. — Vão estudar ou curtir?

— Depende de quando você chegar — interrompi. — Vão rolar alguns "refrescos" no começo. — Fiz as aspas com os dedos para causar efeito. — Mas, depois disso, vamos realmente passar duas horas escrevendo.

Kato falou do jeito como só ele conseguia:

— E só para não haver confusão, Nadia... por "refrescos" queremos dizer metanfetamina. O tema da sessão de estudos desta noite é metanfetamina e metáforas.

— Nossa, que zoado — disse ela.

— Talvez pira e personagem funcionem melhor para você? — respondeu ele.

Ficou claro pela forma como ela franzia os lábios que Nadia estava segurando o riso. Ela sussurrou para mim:

— Por favor, me diga que vocês estão falando sobre maconha.

— Estamos — respondi. — Rob roubou um baseado do pai dele. Eu não fumo, mas esses caras juram que uma tragada é suficiente para transformar qualquer um no Shakespeare do gueto.

— Nesse caso — disse Nadia —, o tema não deveria ser enredo e enrolado?

— Bem pensado, Nadia — reconheci. — Muito bem *prensado*.

Ela sorriu, então botou uma garfada do purê de batatas para dentro. Sua inteligência multiplicava todas as suas demais qualidades. Desviei o olhar para que ela não me pegasse encarando.

— Tragos e tramas? — foi a próxima sugestão de Kato. Inclinamos nossas cabeças, refletindo se poderíamos aceitar, mas Kato atirou novamente antes que pudéssemos tomar a decisão: — Tudo bem... perigos e perífrases.

— Que negócio é esse de perífrase? — Rob parecia enojado; não, desrespeitado. Ironicamente, foi a mesma cara que fiz no almoço do dia anterior quando Rob nos disse que, com base em uma foto on-line, Nines não era realmente um rapper, mas um superagente enviado a tempo pelas forças especiais da África Oriental.

— Não, perífrase é uma palavra bem literária! — insistiu Kato.

Todos nós balançamos a cabeça.

— Pelo amor de Deus — disparou Kato de volta. — Lembram de *A Guerra dos Tronos*, que todos chamavam Khaleesi de "Mãe dos Dragões"? Bem, "Mãe dos Dragões" é uma perífrase. É um lance das antigas, em que você basicamente pega uma palavra e a substitui por outras palavras combinadas para torná-la mais loucona. Pegue o irmãozinho de D, Pinga-Sangue, por exemplo... Se meu camarada tivesse nascido nos tempos medievais, sua perífrase teria sido "Matador de Padrastos" ou algo assim. Sacou?

Seu comentário provocou um arrepio na minha coluna e tive que me sacudir um pouco para fazer meu sistema funcionar. Toda criança ao sul do Tâmisa conhecia a história de como Pinga-Sangue ganhou seu apelido: esfaqueando a barriga do segundo marido de sua mãe. A manchete do dia seguinte tinha publicado: "Cheiro de sangue no distrito de Brixton", ou algo assim. Como ele tinha apenas treze anos quando isso aconteceu, e porque seu padrasto meio que merecia, Pinga-Sangue acabou sendo inocentado. Mas, dois anos depois, o apelido permanecia... Algo que D odiava de verdade, pois, de acordo com rumores, ele estava com uma garota quando tudo aconteceu.

— Não sei disso, não — disse Rob, ainda franzindo a testa. — Tu tá forçando com essa história de perífrase. Acho que você tá inventando.

Nadia esticou os braços para o alto e soltou um bocejo exagerado, que, estávamos prestes a descobrir, era uma advertência.

— Skanks e símiles — disse ela. — Tapas e temas. Zolpidem e zeugma. — Ela continuou. E continuou. E continuou.

A cada disparo à queima-roupa, Kato fingia estremecer, protegendo o corpo do ataque. Foi só quando chegou a "opioides e oxímoros" que Nadia parou para admirar a pilha de corpos mutilados ao seu redor.

Não fica aí sentado, Esso. Pensa em algo, fala alguma coisa. As palmas que se seguiram à metralhada de Nadia me deram o tempo necessário para apresentar minha única contribuição até agora.

— Ácido e alegoria?

— Droga — disse Nadia. — Estava *caçando* uma que combinasse com ácido.

De nariz empinado e me sentindo à prova de balas, fitei os olhos dela, e ela, os meus.

— Bem, vocês sabem o que dizem: o casal que alitera junto oblitera junto — falei.

— Ratatá-ratatá-ratatá — gritou Kato, disparando tiros imaginários no ar. Rob se recusou a lhe dar a satisfação de rir dessa vez.

Nadia jogou a cabeça para trás.

— *Casal?* Um pouco ousado, não acha? Talvez devesse estudar sozinho esta noite, E. Você pode chamar a sessão de "ervas e exibicionismo", já que a fumaça dessa maconha de segunda claramente subiu à sua cabeça.

— Deeeeeeeeee-us é Pai! — gritou Kato, seu sotaque exagerado emprestado de todos os países africanos em que um passaporte britânico não conseguia entrar. — Temos uma vencedora, senhoras e senhores, temos uma vencedora! Nadia, Nadia, por favor, imploro... por favor, venha e pegue seu prêmio!

Nadia arrancou seu troféu imaginário das mãos de Kato.

— Sou muito grata. E estou muito honrada também. — Ela fez sua voz mais elegante, colocando a mão em concha para um aceno real entre as frases. — Em primeiro lugar, gostaria de agradecer ao sistema educacional britânico, bem como aos meus vizinhos em Manchester... Sem eles, eu não teria aprendido nenhuma dessas piadas terrivelmente inteligentes e não saberia nada sobre essas drogas maravilhosamente nocivas.

No final de seu discurso, estávamos segurando os ombros uns dos outros para nos apoiar de tanto rir. Nadia quase tombou na cadeira, agarrando a mesa com uma das mãos e esfregando a barriga com a outra.

Mas as minhas risadas eram mais forçadas do que as dos outros. Ainda estava me recuperando da zoada com a minha cara. Digo, "ousado"? Mas e todas aquelas mensagens que trocamos... todas as vezes em que paramos para conversar no corredor, mesmo que não tivéssemos nada para falar... E aquela minha visão tão vívida dela depois do acidente, e eu literalmente salvando sua vida no corredor? Não era possível que essas coisas não significassem *nada*. O meu lado paranoico e rancoroso se perguntava se as piadas mais engraçadas de Kato talvez tivessem garantido para ele alguma vantagem sobre mim durante esses últimos quinze minutos de almoço. Ou se aquele agarrão acidental no corredor tinha sido uma mãozada um pouco cheia demais de ousadia (trocadilho intencional).

Enquanto isso, Rob estava de saco cheio. Era hora de ele reclamar de algo novamente.

— Esta não é apenas a conversa mais besta da qual já participei, como também é *problemática* pra cacete.

— Quê? — perguntou Nadia. Todos ficamos com expressões confusas idênticas.

— Precisamos elevar o papo, valeu? Por nós, pelo nosso povo. Acha que a galera de Westminster está agora sentada em volta da mesa no almoço conversando sobre drogas pesadas?

Nadia não perdeu tempo em responder:

— Em primeiro lugar, a resposta é sim. Essa galera adora uma droga pesada. Em segundo lugar — ela abriu seu comentário para o restante do grupo desta vez —, eu ouvi ele dizer *nosso* povo? Você não é russo, polonês ou uma coisa assim?

Todos nós caímos na risada. Rob, enquanto isso, estava balançando a cabeça como se fôssemos um bando de crianças, muito jovens para entender a pira dele.

Kato, ainda rindo, deu seu pitaco:

— Além disso, você não caiu de paraquedas nesta escola? Aqueles que nunca tiveram que fazer nenhuma escolha difícil são sempre os que pregam mais alto.

— Muito obrigado — eu disse a Kato, e depois a Rob: — Não me diga para ficar acordado quando não durmo há três dias.

Nadia levou as mãos ao peito, como se minhas palavras tivessem acabado de arrancar a tampa de sua alma.

— Pera lá, chefia — interrompeu Kato, colocando seu pente afro na bandeja. — Você acabou de roubar uma fala do Wretch 32 e fingiu que era sua?

— Não, de jeito nenhum — respondi. — Nem sei de que música você tá falando. — Meu pomo-de-adão começou a inchar. Afrouxei o colarinho, cocei a lateral do meu pescoço.

— Sim, essa frase é com certeza de um *freestyle* do velho 32 — Rob confirmou. — Tu deu uma de vacilão agora, Esso.

Nadia desviou o olhar. A tampa estava de volta.

Depois de mais alguns momentos de silêncio constrangedor, Rob se virou para Kato.

— Mas falando sério: tu forçou demais a barra com aquela história de perífrase, mano.

Kato continuou defendendo as perífrases. Ele se orgulhava de ter o dom da palavra: a habilidade de "vender tangas para uma freira", como disse uma vez. Rob, por outro lado, nasceu com todas as suas visões de mundo pré-concebidas e não tinha planos de mudá-las. Isso significava que todas as discussões terminavam da mesma maneira: atrás da linha de partida. Felizmente, naquela tarde, suas brigas criaram uma abertura para que eu e Nadia conversássemos um com o outro.

— Era para essa ser minha noite de folga dos estudos, mas eu poderia ir para esse seu esquema de revisão. — Nadia girou o garfo, misturando o feijão e o purê em uma pilha pesada cor de bronze. Sua vibe estava um pouco mais carinhosa que antes.

— Massa. Vai ser divertido — respondi, e estava sendo sincero. — E educativo, óbvio.

— Óbvio — repetiu ela. — A propósito, por que não vamos à Biblioteca de Peckham?

— É, por que nã... — Parei no meio da frase. Sabia exatamente *por que não*. E, por mais insano que fosse planejar minha noite em torno do que eu tinha visto no Mundo Superior, se Nadia pressionasse novamente, teria que encontrar uma maneira de deixá-la saber que precisávamos ficar tão longe daquele prédio quanto possível.

— Além disso, aquele restaurante de frango fica lá do lado, não é? — Nadia perguntou. — Conhecem? Como se chama mesmo?

— Está falando do Morley's?

— Não, dele eu teria me lembrado.

— Ah! — Tive que parar e rir. — Você está falando do Katie's, não é? Claro. Todo mundo conhece o Katie's.

— Esse mesmo! É uma doideira. Quando meu pai conseguiu o primeiro emprego dele em Londres, morou em um estúdio perto da biblioteca. Eu peguei o ônibus lá em Manny um fim de semana para visitá-lo, e o primeiro lugar que ele me levou para comer foi no Katie's. Esse frango foi a primeira coisa que comi em Londres.

— Uau, tenho que elogiar seu velho. Ele realmente sabe como mimar uma garota.

— Cai fora, E. — Ela fingiu jogar um pouco de purê de batatas em mim com o garfo e seu blazer se abriu, me dando um vislumbre do sutiã cor-de-rosa que usava sob a camisa da escola.

— Vamos descobrir o local mais tarde, mas não chegue muito tarde para a resenha de hoje à noite. Na verdade, tenho que ir para casa pouco antes das oito. Noite de filme com minha mãe. — Apressei as últimas palavras em um murmúrio. Por mais envergonhado que estivesse sobre as pessoas saberem que eu passava todas as noites de sexta-feira desde os seis anos em casa comendo *fast-food* com a minha mãe, não ficava constrangido o suficiente para cancelar ou mentir sobre o programa.

— Ora, filhinho da mamãe... Fico feliz em ver que você está tão tranquilo com tudo. — Ela deixou os talheres de lado, então desviou o olhar antes de passar para a próxima frase. — Sinceramente, pensei que você estaria se descabelando por causa desse lance com o D.

Eu suspirei.

— Pra ser sincero, Nadia, o que me preocupa ainda mais do que o próprio D é todo o pacote que vem com ele.

— Como assim?

— Sabe como esses manos são: a briga nunca termina. Mesmo se eu conseguisse bater no D, e isso é um grandessíssimo "se", a treta continuaria. Provavelmente até que alguém se machucasse de verdade. Ou pior.

Spark me contou todos os tipos de histórias sobre o que os caras do P.D.A. faziam. Mas o olhar chocado no rosto de Nadia me disse que ela não tinha a menor ideia. Acho que todos viam D com tanta frequência na escola que cometeram o erro de achar que ele era como o restante de nós.

Meus pensamentos voltaram para o cenário número quatro: aquele em que eu me lascava, era esmurrado, esfaqueado ou pior. O único cenário que combinava com o que eu tinha visto no Mundo Superior.

Nadia deve ter percebido meu humor, porque pousou a mão no meu antebraço. O peso de cada um de seus dedos me fez entender. Depois de semanas de comunicação enigmática — *bem-me-quer, mal-me-quer* —, eu estava morrendo de vontade de conseguir respostas. Seu gesto parecia uma, mesmo que fosse apenas o primeiro sussurro. E, considerando como minha manhã tinha começado, nunca teria imaginado quanto terreno eu teria percorrido até a hora do almoço. Kato e Rob também viram, então voltaram a fingir que não estavam escutando nossa conversa.

— Desculpe ter que ir embora. Tenho uma sessão de estudo com a sra. Mwenza e já estou atrasada. — Ela se levantou. — Mas te vejo hoje à noite, certo? Por favor, se cuida enquanto isso.

— Valeu. Obrigado. Valeu. Valeu. Valeu. — *Pare de dizer valeu*, quis gritar para mim mesmo.

Enquanto Nadia se afastava, Kato manteve os olhos fixos na sua saia balançando e nos quadris rebolativos e brincou:

— Aí, bem que eu queria abrir uma garrafa de molho Worcester e espalhar todinho naquela...

— Cai fora, Kato! — exclamei, já me arrependendo de deixá-lo me ver tão afetado.

Ele riu, alto o suficiente para a mesa ao lado ouvir.

— É brincadeira, cara. — Ele ficou sério. — E você conhece a minha política pessoal: *só as clarinhas*.

Não respondi. Precisava que a conversa morresse de forma rápida e silenciosa. Odiava quando Kato fazia comentários assim, especialmente na frente de Rob. Era como se ele estivesse compartilhando segredos de família, levantando o capô de um motor que todos sabíamos que estava estragado, mas que nem por isso ele parava de colocar para uso. O que me deixou ainda mais irritado foi que ele estava mentindo. Mal se passava um dia sem que Kato inventasse uma desculpa para colocar o nome de Nadia na conversa, embora, como sempre, ele só tivesse se interessado por ela depois de mim. Se havia uma exceção à sua regra de clarinhas, era Nadia. Mas eu também não tinha declarado abertamente meus sentimentos por ela, então quem era eu para julgar? *Mas devo estar mais próximo que ele,* era minha esperança. Ela não estava saindo com mais ninguém em Penny Hill, e eu não podia ignorar como ela havia colocado a mão na minha quando mencionei a treta com D. Além disso, a mensagem que ela enviou naquela manhã terminava com "bjssss". Olha só quanto "s", pelo amor de Deus!

Rob parecia indiferente enquanto pegava sua bandeja e se levantava.

— Também tô indo, mano. Tenho que botar as crianças para nadar antes da aula começar. — Rob não tinha vergonha quando se tratava dos seus movimentos intestinais. Ele deve ter percebido o brilho de preocupação em meu olhar, porque, antes de sair, acrescentou: — Desculpa, cara... prometo que tô contigo depois da escola. Mas, neste momento, estou lidando com uma situação muito delicada de charuto no beiço.

Balancei minha cabeça, Kato riu e nós dois vimos Rob caminhar até a saída dando um passo cuidadoso de cada vez, seguindo atrás de Nadia. Fiquei feliz por ela não ter ouvido o comentário de Kato sobre as clarinhas. Pelo bem de Kato mais do que de Nadia: toda a linha defensiva do Liverpool não poderia salvá-lo do ataque dela.

Mas a maior razão pela qual eu estava feliz por ela ter saído do refeitório? Eu tinha acabado de ver D entrar.

Capítulo 14
RHIA · *15 ANOS DEPOIS*

Indo para a minha aula de reforço com o dr. Esso, eu estava tão irritada e perturbada que mal conseguia falar.

O treino de terça tinha sido cancelado, com Gibbsy decidindo que nossas coxas e os campos enlameados deveriam ser poupados para o jogo do fim de semana, o que significava que não havia uma única alma no prédio além de mim e do dr. Esso. Até mesmo as lâmpadas fluorescentes do corredor, que geralmente emitiam um pouco de luz para a sala de equipamentos, tinham sido desligadas — me deixando apenas com uma bagunça de futebol, uma janela embaçada e um homem guardando um milhão de segredos.

Passei a noite inteira debruçada sobre os registros dele depois de assistir àquele vídeo. *Aquela droga de vídeo.* O vídeo a que Olivia e eu assistimos no ônibus com as mãos na boca. O vídeo pelo qual arriscamos nossas vidas. Cada vez que eu o revia, ficava furiosa de novo. Por que o dr. Esso não me contou antes? Por que continuava me enrolando, apesar de tudo o que claramente sabia? Mas pelo menos agora eu entendia por que ele estava tão obcecado com a ideia ridícula de voltar no tempo. Quem não precisaria acreditar nesse tipo de coisa, com todo aquele sangue nas mãos?

Quase tão preocupante foi o que eu *não havia* encontrado em seus arquivos. Ele não tinha nenhum álbum de família, nenhum perfil de rede social e nenhum registro de professor, o que significava que ele havia mentido para conseguir o atual trabalho, assim como havia mentido sobre todo o resto. Seus registros mostravam que ele também não tinha muito dinheiro. Comprara algumas ações da Cantor's em 2023, muito antes da empresa entrar para o mercado de frangos impressos em 3D e da cibernética, e ganhou milhões. Então, fez a coisa mais louca: doou tudo. Principalmente para as escolas do bairro, incluindo uma chamada Penny Hill, que estava no topo das paradas da Secretaria de Educação do Reino Unido desde então.

— Ok... Apenas relaxe, Rhia — murmurei baixinho. — Ele vai se explicar.

— Sabe que posso te ouvir, né? — disse o professor. — Tipo, eu tô bem aqui. — Ele estava olhando para mim como se eu fosse uma tonta, como se *ele* não estivesse prestes a ficar com cara de bobo quando eu o confrontasse. — Você ficaria surpresa com a frequência com que isso acontece comigo, sabe? As pessoas pensam que só porque não consigo ver seus lábios se movendo, o som também desvia dos meus ouvidos.

Ele estendeu a mão sobre a mesa para me entregar meu dever de casa.

— Nota máxima — disse. Como se agora isso importasse. — Eu falei que você ia curtir viagem no tempo de...

— Só continue com a lição — rosnei.

Sua cabeça saltou para trás, quase se soltando do pescoço. Depois de uma pausa, ele recuperou algum equilíbrio.

— U-hum... beleza.

Quando voltou a falar, eu já estava com o celular na mão e tocando no ícone de vídeo. Era um dos muitos arquivos criptografados que fizeram o download na casa de Linford demorar tanto. De acordo com a informação que apareceu, o download desse único vídeo levaria 84 segundos. Uma espera que seria ainda mais insuportável que a primeira vez que a enfrentamos no ônibus.

— Antes de continuarmos, só queria dizer que estou orgulhoso de você. Sei que está tendo mais tempo de jogo, o que é maneiríssimo. E, em termos da escola, sei que você vai arrasar nessas matérias quando as provas de verão chegarem.

Suas palavras não significavam nada para mim. Eu estava muito ocupada me lembrando de que a trave quebrada no chão *não* deveria ser usada como arma contra o dr. Esso. Depois do que assistimos juntas, Olivia não queria que eu fosse até o clube para as aulas noturnas de jeito nenhum, mas ela temia pela segurança do dr. Esso quase tanto quanto pela minha.

— Não vou mentir, Rhia, os resultados das provas são importantes. Sem boas notas nos exames finais de matemática e ciências, você pode dar adeus para metade das matérias na universidade, assim como a muitas opções de carreira.

Enquanto meio que ouvia, observei como ele escondeu as mãos sob a mesa antes de continuar no mesmo tom cuidadoso.

— Mas o buraco vai ainda mais embaixo que isso. Se você não souber lidar com números, não poderá enxergar além das mentiras que estão vomitando nas redes sociais. E os caras continuarão alimentando você com estatísticas furadas, te convencendo de que sua comunidade está perdida e não tem conserto e que, sem a ajuda deles, nós nos autodestruiríamos. Cresci com mais medo dos policiais do meu bairro do que dos traíras engravatados que nos amontoavam lá e depois nos mandavam ir embora. Eu ainda tinha muito o que aprender.

O que quer que ele estivesse dizendo, estava vindo do fundo do coração agora.

— Olha, tem coisas que estou tentando te ensinar... — Ele apontou o dedo para a janela que estalava ao som da chuva. — Coisas que ninguém lá fora entende. Coisas que eu gostaria de explicar desde que nos conhecemos.

Meus ouvidos ficaram atentos.

— Rhia, já parou para pensar sobre do que se *trata* a matemática?

Bem quando pensei que ele estava prestes a confessar sobre minha mãe, o dr. Esso voltou ao seu absurdo padrão. Sessenta segundos restantes no download. Sessenta segundos inteiros ouvindo esse discursinho.

Ele se inclinou para a frente, a barriga apertada contra a mesa. Eu me inclinei para trás.

— Em certo sentido, a matemática é apenas uma linguagem estranha que inventamos em nossas cabeças para nos ajudar a fazer coisas úteis. Alguns escavadores, não muito tempo atrás, encontraram um osso de 43 mil anos com 29 cortes enterrado em uma montanha em Essuatíni. Acontece que os primeiros humanos a usar matemática foram algumas senhoras africanas tentando rastrear a lua, só Deus sabe por qual razão.

Ele era tão inteligente. E, ainda assim, às vezes... tão, tão burro.

Senti uma linha de suor escorrer na lateral do meu corpo. De alguma forma, as ideias malucas e as esperanças que ele havia plantado em minha mente ainda tinham alguma influência sobre mim.

Quarenta e cinco segundos restantes.

— E aí tem também as equações que os antigos egípcios usavam para construir as pirâmides — continuou. — O mesmo teorema que Pitágoras tornou famoso séculos depois. Veja os profetas de Fa, que se comunicavam com códigos binários de 256 bits, séculos antes da invenção dos computadores. — As palavras saíam quase sem controle. — Ou veja o matemático muçulmano que inventou os números de um a nove para que os comerciantes tivessem uma maneira de falar sobre dinheiro, então transformou tudo o que aprendeu em um assunto que ele nomeou *al-jabr*. Inventamos a matemática como ferramenta para facilitar nossas vidas, mas então aconteceu uma coisa: nossa criação começou a andar e falar sozinha. Começou a fazer coisas irracionais e não naturais.

Ergui o olhar do meu celular para vê-lo quase levitando na cadeira, sua voz ficando mais trêmula a cada palavra.

— Pense por um segundo sobre como isso é doido! Um cara como Albert Einstein anota algumas equações aleatórias sobre luz e tempo, as mesmas que estamos estudando, enquanto trabalha em seu escritório. Então, alguns caras que precisavam de armas maiores pegam seus rabiscos e criam uma arma atômica que matou mais de 146 mil pessoas. Mais de cem mil pessoas — repetiu ele, estalando os dedos. — Desapareceram num piscar de olhos. A física tem essa potência *divina*. Pode explicar o passado, prever o futuro. Pode dar vida. E pode acabar com ela.

Faltavam cinco segundos. Meu coração palpitava contra minhas costelas.

— Você tem esse tipo de poder em você, Rhia. E, uma vez que perceber isso, há...

— Você conheceu minha mãe, não conheceu? — Deixei o celular virado para cima na mesa. E, depois de esperar muito tempo para que seu queixo subisse, continuei: — Vocês dois estavam juntos na cena do crime, naquela noite, quinze anos atrás.

— Caramba, como você...

— Responda à pergunta — interrompi. — E não se atreva a mentir.

Apertei o play no vídeo de treze segundos das câmeras de segurança e o deixei ouvir os tiros. Os gritos. Só Deus sabia como alguém poderia ter sobrevivido àquela cena. E, no entanto, ali estava ele.

— Desligue isso. — O professor não conseguia ver o lampejo de luz vermelha que inundava a tela no meio do vídeo, mas estava segurando as têmporas como se pudesse sentir. — Por favor.

Mas não levantei um dedo. Tive que sofrer com isso até o fim. Ele também sofreria.

Um último olhar para seus pés foi tudo de que eu precisava para a confissão. Esperei que o silêncio enchesse a sala antes de falar novamente.

— Quero uma explicação. E quero agora.

Ele se sentou.

— Quinze anos... Esse é o tempo que passei esperando por isso. E *ainda* gostaria de ter tido mais uma semana para me preparar.

Preparar para quê?!, eu teria gritado se já não estivesse paralisada de raiva.

Mas, apesar de seu desejo de mais tempo, sentado na minha frente estava um homem que agora parecia assustadoramente preparado. Não. Mais do que preparado — ele parecia... ansioso.

— Acho que está na hora de falar sobre o motivo de eu estar aqui — anunciou. — E sobre o que aconteceu com Nadia.

Ele tirou um caderno de sua mochila enquanto falava: o mesmo caderno esfarrapado que eu tinha visto em sua bolsa na noite em que o conheci.

— Eu nem sabia se você estava viva. Estava prestes a desistir. De você. De tudo. — Ele exalou enquanto levantava o livro. — Dia sim, dia não, eu fantasiava em queimar essa coisa. Até acendi meu isqueiro perto dele algumas vezes. Mas então, uma noite, ouvi a TV do apartamento ao lado ligar e a mulher do noticiário de Liverpool falando do outro lado da parede do meu quarto. Ela mencionou uma jovem prodígio do esporte de Peckham. Aparentemente, essa "futura lenda do futebol", palavras dela, não minhas, nunca havia jogado futebol em um clube antes, mas marcara dois gols em sua estreia. A apresentadora descreveu como a menina esteve em acolhimento por praticamente todos os quinze anos de sua vida. E que o sobrenome dela era Black. Imediatamente, eu soube que era você.

Ele ficou encarando o tampo da mesa.

— Então, rastreei você e imaginei que algumas horas de aulas por semana seriam a melhor maneira de conhecê-la, de ter certeza de que você era ela. Mas, desde o primeiro momento em que nos encontramos lá fora, quando ouvi sua voz, meu coração quase explodiu.

Foi quando os pés dele ficaram esquisitos naquela primeira noite. Eu estava certa o tempo todo. Mas isso só aumentou o medo que já me paralisava.

Eu sabia que não seria fácil, me lembrei. Estava ali para obter respostas.

— E minha mãe?

Ele engoliu em seco.

— Sua mãe e eu estudamos juntos. Estávamos no mesmo ano na Penny Hill Secondary antes de a escola se transformar em uma academia de ciências. Nadia foi a primeira pessoa com quem conversei de verdade sobre esse negócio de viagem no tempo. — Ele fez uma pausa, um sorriso sombrio surgindo em seu rosto. — Ela amava você, Rhia. Te amava mais do que amava filmes de ficção científica ou desafios de dança do TikTok ou as reprises de *Moesha*. E, acredite em mim, esse último ainda era muito importante para ela. Ela era durona. Inteligente. Às vezes até gentil.

Ele não podia ver as lágrimas rolando pelo meu rosto, mas uma fungada foi o suficiente para que virasse a cabeça para mim. Em algum momento entre suas palavras, deixei de ser alguém que apenas sabia que havia tido uma mãe para alguém que realmente a *conhecia*. Aparentemente, ela era obcecada por programas de TV antigos e bregas. Ela me amava. Minha mãe estava explodindo em dimensões e, pela primeira vez, ela parecia real.

— Então, o que aconteceu com ela naquela noite? — perguntei, meu estômago nesse momento afundando até a mesa. Haveria tempo para organizar minhas emoções quando chegasse em casa. Agora eu tinha que me concentrar nos fatos. Nos detalhes. — Minha mãe foi internada no Sanatório St. Jude no dia 25 de outubro — verifiquei outra vez a data no vídeo —, que foi a segunda-feira seguinte à gravação desse vídeo.

Os pés dele não vacilaram nem um pouco.

— Você viu um flash de luz no vídeo, não viu? — o professor perguntou. — Logo após o primeiro tiro?

— Sim, iluminou a tela inteira.

— Bem, algo aconteceu comigo e com Nadia naquele momento. Não sei o que... Apaguei e só tenho vislumbres nebulosos do lugar para onde minha mente foi. Mas me lembro de acordar e saber que tudo tinha *mudado*.

— Mudado como? — A chuva batia na janela, martelando no silêncio entre suas respostas.

— Ainda há tanta coisa sobre aquela noite que não consigo me lembrar. No final, estavam me empurrando para uma ambulância e eu consegui ouvi-la gritando atrás de mim. Perdi a visão naquela noite, Nadia enlouqueceu. — Ele balançou a cabeça. — Gostaria de ser capaz de explicar melhor.

Eu tinha o mesmo desejo. Estava prestando atenção a cada palavra dele, dissecando-as em busca de significado e não encontrando nada.

Novamente, ele respirou fundo.

— A partir de então, foi como se Nadia estivesse apenas *parcialmente* entre nós. Quero dizer, dava pra notar que ela sabia exatamente o que estava acontecendo ao seu redor, mas sua mente estava perdida em algo grande demais para o restante de nós entender.

Eu sabia como era não ser compreendida. Gostaria de poder voltar no tempo para estar ao lado dela. Queria que ela estivesse agora ao meu.

— Apenas 2% do Reino Unido morreu da cepa do vírus mutante naquele ano. Mas quase um terço dos pacientes em Dulwich faleceu. Ela teve você por algum milagre. Mas, não muito tempo depois, ela...

— Ela morreu — terminei, arrancando dele um aceno de cabeça hesitante.

— Eu a vi uma semana antes disso. Ela estava escrevendo tranquilamente em sua mesa, mas dava pra notar que não estava bem... tipo, nada bem. Ela disse que queria tirar uma foto em algum lugar legal.

Minha mente foi direto para o retrato que estava guardado em minha gaveta.

— Eu não conseguia enxergar, então ela alinhou a câmera para mim, se sentou no banco e passou um minuto inteiro se preparando. — Ele estava fungando. — Disse que queria tirar uma foto para você. Não sei onde foi parar, mas sei que esse foi seu último presente para este mundo, Rhia. E ela deu essa foto para você.

Eu me sentei em choque quando os pontos se conectaram: tudo o que ele estava dizendo era verdade.

— Desculpe por não ter te contado imediatamente. Sei que o jeito como tenho feito tudo isso foi bastante desonesto. Eu temia que, se eu aparecesse do nada com essa história toda sem planejar o passo a passo de antemão, você sairia correndo.

Mesmo no ritmo que ele as estava preenchendo, ainda havia muitas lacunas. Tanta coisa para processar.

— Eu deveria ter estado lá quando a internaram. Dito a eles que a dor que ela estava sentindo era real... assim como o mundo estranho para o qual sua mente continuava vagando. — Ele balançou a cabeça, parecendo mais angustiado do que em qualquer momento até agora. — Mas, quando saí do hospital, eles estavam mais interessados em me trancafiar por concordar com ela do que em ouvir minhas razões. — Ele se engasgou novamente. — Depois de um tempo, como ela, parei de falar sobre o assunto com qualquer pessoa. Mas sabia que tinha que te encontrar para poder te contar o que sei. Sei que o mundo sobre o qual meu pai escreveu neste caderno é o mesmo que vi naquela noite, Rhia. O mesmo que sua mãe, Nadia, viu. E sei que a única chance que tinha de convencê-la era fazendo você acreditar na física.

Talvez seja uma daquelas coisas que você precisa acreditar para ver — as palavras exatas que ele usou em nossa primeira aula.

Então, ele decidiu que era hora de me contar sobre um lugar que ele chamava de Mundo Superior. Foi quando parei de chorar e me sentei.

***

Ele o descreveu como se fosse um lugar que ainda existia. O Mundo Superior — segundo o dr. Esso — era um lugar onde o fio da consciência humana costurava o tecido do espaço e do tempo. Um mundo onde a compreensão da matemática da realidade podia permitir que você a visse. Tudo: toda a sua vida exposta na sua frente do início ao fim. Era de onde vinham o espaço, o tempo, a energia e toda a física que ele me ensinou em nossas aulas.

— Minhas memórias lá de cima ainda são entrecortadas. Então, em parte, estou partindo deste caderno, que escaneei para poder ouvir — confessou ele. — Mas nunca vou esquecer o calor que senti, como se uma nuvem de energia oculta estivesse me seguindo.

— Por que está me contando isso? — perguntei, empurrando minha cadeira para trás uns três centímetros. Era demais para assimilar antes mesmo de ele ter começado esta nova abordagem. — Nada disso faz sentido.

— E, mesmo assim, faz. Não é? — respondeu ele, firme como pedra. — Rhia, você já teve um déjà vu tão forte que poderia jurar que realmente vivenciou em algum momento passado? O tipo de déjà vu que faz você se perguntar se há mais na realidade, no tempo, do que você pensa?

— Não tenho certeza — falei, reprimindo as lembranças das muitas ocasiões em que senti exatamente o que ele descrevia.

— Então, estou supondo que você nunca questionou *por que* o déjà vu pode parecer tão real para nós.

Na verdade, eu já tinha feito esse questionamento. E a única meia resposta que recebi foi de Olivia. Ela disse uma vez que a razão de termos déjà vu é porque, quando nascemos, vemos toda a nossa vida passar em nossos olhos. E que isso acontece uma última vez quando morremos.

— Eu já tive essa sensação, Rhia. — Ele estava abraçando o próprio corpo, como se tivesse que impedir que sua verdade explodisse para fora dele. — Vem de um lugar logo além do nosso alcance. Um lugar que fica do outro lado. Fica *acima* de nós.

Não foi assim que imaginei os rumos dessa conversa, fiquei pensando. Minha bússola estava apontando cada vez para mais longe do familiar. Eu ainda deveria estar com raiva. E ele deveria estar me dando respostas diretas. Mas agora eu estava muito envolvida para voltar.

— Eletromagnetismo, velocidade fixa da luz, dilatação do tempo... tudo que ensinei é física real. Você pode confirmar isso em qualquer livro didático ou em qualquer videoaula de ciência. Mas o que estou te dizendo agora, sobre ver o mundo da maneira como a física o descreve, sobre *lidar* com isso, você não aprenderá em nenhum outro lugar.

O celular do professor tocou, sacudindo-o como se ele tivesse sido espetado com uma agulha. Ele bateu os pés enquanto enfiava a mão no bolso e, quando o barulho parou, ele continuou pregando:

— Em sua última lição, você usou um Tesla especial para descrever como viajamos no tempo.

Conhecia a metáfora a que ele se referia. Inventei isso usando o que rabisquei no guardanapo durante minha conversa com Olivia no estádio. Mas por que ele estava mencionando isso agora?

— Você disse que, em velocidades normais, o Tesla tem bateria mais do que suficiente para alimentar o motor e o relógio no painel. — Ele estava recitando as palavras que eu tinha usado em minha lição de casa de memória. — Mas quando o carro chega perto da velocidade da luz, sua velocidade máxima, a bateria se esgota e não há energia suficiente para o relógio. E assim o relógio desacelera, o que, para este Tesla de faz de conta, significa que o tempo *em si* também desacelera. Dilatação do tempo, basicamente.

— Sim — murmurei. Mas também estava me perguntando: como eu ainda estava acompanhando isso, caramba? Por que estava ouvindo o mesmo homem que passou o mês mentindo descaradamente na minha cara?

— E, finalmente, você disse que, se conseguisse atingir a velocidade da luz nesse Tesla especial, o tempo pararia completamente. Que o início, o meio e o fim de sua viagem de carro seriam espremidos em zero segundos: um único momento.

Pulei quando uma bola caiu da mesa ao nosso lado. Até o kit esportivo estava ficando bugado.

Mas dr. Esso não vacilou. E cada página que ele virava do caderno era como uma guilhotina caindo, minha sanidade se quebrando pedaço por pedaço. O homem estava desmantelando minha mente porque queria reformulá-la.

— Normalmente vemos a vida em três dimensões — continuou ele, finalmente parando em uma página dobrada. — Mas, na velocidade da luz, toda a sua vida é espremida em uma única imagem, permitindo que você veja as duas extremidades da quarta dimensão: o *tempo*.

Ele flexionou a lombada do caderno para garantir que as páginas abertas ficassem planas sobre a mesa. E quanto mais eu olhava para a paisagem horrível esboçada a lápis na página, mais os arrepios se intensificavam em meus braços.

— Bem, quinze anos atrás — disse ele —, consegui olhar pela janela do seu Tesla especial, e foi isso o que vi — ele colocou os dedos na base do desenho —, o Mundo Superior. O único lugar de onde posso impedir que sua mãe seja enviada para um sanatório e tenha uma morte evitável. O único lugar de onde posso impedir que essas balas atinjam seus alvos e que pessoas morram naquela noite. E preciso da sua ajuda para chegar lá.

Capítulo 15
ESSO · *AGORA*

Os professores sabiam que barracos e comportamentos "típicos" do gueto em geral tendiam a acontecer na hora do almoço. É por isso que o sr. Sweeney e a sra. Russel ficavam sentados em cadeiras altas em lados opostos do refeitório, farejando o mínimo cheiro de confusão.

Com o canto do olho, observei D entrar no refeitório. Ele estava com seu parça Marcus, um cara que se parecia com a versão fugitiva de Dushane na terceira temporada da série *Top Boy* (para mim, mas para mais ninguém). Marcus era um daqueles caras muito rigorosos: um aluno nota dez que só se divertia com pessoas que não davam a mínima.

Ele se separou de D e caminhou até o final do refeitório, onde o sr. Sweeney estava agora patrulhando. Depois de olhar de um lado para o outro com um sorriso diabólico, Marcus enfiou a mão no bolso e gritou a plenos pulmões:

— Montiiiiiiiiiiiiiii-nhoooooooooo!

Para os não iniciados, o montinho era um jogo de escola estúpido, muito estúpido. Começa com o cara do montinho — e qualquer um poderia ser esse cara — jogando uma moeda de uma libra no chão e gritando "montinho!" tão alto quanto podia. Então, uma horda de alunos mergulhava de cabeça atrás da moeda — usando punhos, cotovelos, pernas, tudo o que tinham para pegá-la. Em um dia ruim, era possível esmagar o nariz ou prender o dedo embaixo do pé de alguém. Em um bom dia, o jogo terminava com alguns pequenos arranhões, muitas piadas e uma modesta transferência de riqueza.

Mas a zoeira do Marcus foi jogar uma moeda de *duas* libras. Era como passar com um caminhão cheio de cabras vivas por leões em jejum. A galera se empilhou na frente de Marcus enquanto o restante do refeitório pulava de seus assentos para ver quem surgiria no topo com o dinheiro na mão. Até a sra. Russel e o sr. Sweeney fizeram parte da debandada.

O centro de gravidade da sala se deslocou para o outro lado e, na comoção, perdi D de vista. Olhei para meus braços ásperos e vi os pelos em pé, algo que sempre achei que só acontecia em filmes. Alguma coisa claramente estava acontecendo comigo. E, embora estivesse sentado a trinta metros do perigo, ainda sentia como se estivesse caindo em uma armadilha.

Antes que pudesse pensar em chamá-lo de volta, Kato já estava no outro extremo do refeitório, correndo como todo mundo para ver a ação antes que a montanha desmoronasse.

— Babaca — murmurei baixinho. Claro, Kato não podia ver o quanto meu coração estava acelerado ou como meus joelhos batiam embaixo da mesa, mas ele sabia da minha situação com Pinga-Sangue e o quanto eu estava assustado. E, ainda assim, me largou para ver alguns garotos brigando por uma moeda de duas libras. Exatamente da mesma forma como ele tinha me deixado na mão todas as vezes em que cometi o erro de confiar nele.

Peguei minha bandeja e uma sombra escura se espalhou sobre ela.

Era D, seu dente de ouro brilhando como o colar pendurado sobre o suéter da escola. Seus olhos me encararam de cima a baixo — começando com o suor na minha testa e terminando em meus cadarços desamarrados. *Melhor aqui e agora*, pensei, lembrando minha premonição de arrepiar os ossos, *em vez de num beco escuro esta noite*.

— Qual é a tua desculpa? Você estava com os caras de Peckham que atacaram meu irmão. — Sua voz sempre tinha sido baixa e rouca como se ele misturasse cacos de vidro com seu cereal matinal. Ele me encarou, as sobrancelhas arqueadas acima dos grandes olhos injetados. — Mano, eu acabaria com você aqui mesmo se não estivéssemos na escola.

Ele disse tudo calmamente, como se fosse tão óbvio quanto a raiz quadrada de nove. Ainda não fazia sentido para mim como tínhamos passado de amigos de infância para inimigos fatais em menos de uma semana.

Troquei o choque em meu rosto por olhos de cachorrinho perdido.

— Não é bem assim, sabe. Pergunte a Pinga-Sangue, fui eu quem disse a todos para deixar para lá...

— Não chama ele assim — rebateu, levantando a voz, depois abaixando de novo para que pudesse seguir sua linha de pensamento original. — Vocês desrespeitaram meu irmãozinho. *Em* West End. *E* na frente das minas. Tu sabe que isso é uma violação, mano, não sabe? Achou mesmo que o cara aqui deixaria isso passar?

Ele pegou a caixa de suco de groselha da minha bandeja e fez um buraco nela com o canudo. *Esse cara realmente vai me fazer vê-lo terminar meu suco antes de me atacar?*

Mas em vez de colocar o canudo na boca, D apenas olhou para ele, depois de volta para mim, então de volta para a caixa. E, após uma pausa final, virou a caixa sobre minha cabeça e espremeu seu conteúdo no meu couro cabeludo.

Estremeci quando o líquido frio e violeta escorreu pela minha camisa e caiu no meu colo. E, à medida que pingava em meus olhos, a risada de D ficou cada vez mais alta.

Sem pensar, me levantei da cadeira e me virei para ficar cara a cara com ele.

— Briga! Briga! Briga! — Os gritos começaram a alguns metros de distância, depois ecoaram pelo recinto.

— D e Esso vão tretar! — alguém na mesa atrás da nossa gritou.

Eu conseguia ouvir os celulares saindo dos bolsos, todos prontos para postar a briga nas redes. Mais pessoas se juntaram à multidão, e a intensidade crescente resultou em uma revelação quase divina: *Essa é minha hora.* Resolvendo as coisas agora, poderia evitar o futuro que tinha visto naquela visão — a visão da qual eu já não ousava mais zombar e na qual agora acreditava quase totalmente. E eu também teria o elemento surpresa do meu lado: D nunca esperaria que eu atacasse primeiro.

Cravei meu calcanhar no chão, senti a borracha encolhendo sob meus pés. Antes que pudesse me convencer a desistir, me virei, atingindo a bochecha de D com tanta força que quase rachei meu punho em dois. Ele demorou muito para desviar, e todo o seu corpo seguiu sua cabeça para o lado.

Nem cinco segundos se passaram antes que ele estivesse de pé de novo, com certeza atordoado, mas perfeitamente vivo e, infelizmente, de pé.

Ele passou dois dedos pela boca e, quando os tirou, estavam cobertos por uma película vermelha brilhante.

— Seu bostinha burro — disse ele, dirigindo o insulto tanto a si mesmo quanto a mim.

Bem, esse soco não ajudou muito, pensei. Comecei a planejar meu próximo passo, comecei a tentar adivinhar o dele. Eu sabia que ele não era estúpido o suficiente para levar uma faca para a escola. Ou era? Mesmo sem uma faca, me perguntava até onde D estava disposto a levar a luta. Ele era rápido, forte, implacável.

Dei um passo para trás, procurando um terreno mais seguro. *Mantenha as mãos para cima, fique agachado, fique esperto*, eu me lembrei, me preparando quando uma onda de raiva inundou seu rosto.

Ele avançou, seu punho fechado na altura do quadril. Assisti a lutas do UFC o suficiente para ser capaz de ler uma postura, e, assim como eu esperava, o punho que ele mantinha perto do bolso saiu traçando uma linha apontada para o meu queixo. Tive tempo suficiente para encolher os braços e proteger meu rosto. Mas, assim que ele chegou ao meu alcance, usou o corpo todo de impulso para o golpe, alojando o punho tão fundo no meu estômago que ouvi meu intestino se espremer.

Perdi o fôlego e me curvei para a frente com as costas tão retas que daria para apoiar um copo nelas, encarando a poça de suco aos meus pés. Eu teria vendido minha alma por uma lufada de ar. Mas meus pulmões se recusavam a trabalhar. Era o tipo de dor que, só de mencioná-la, o local formigava de novo.

— Fracote. — D riu. — O parça aqui achou mesmo que aquele soco sem-vergonha ia fazer alguma coisa.

Ele devia saber que eu estava paralisado da cintura para cima, porque não perdeu tempo vindo pra cima de mim de novo. Quando seu joelho fez contato com minha têmpora, consegui ouvir meu cérebro chacoalhando dentro do meu crânio como um anel de metal em uma lata vazia de Coca-Cola. Acontece que, quando se leva um golpe na cabeça, e digo um golpe *decente*, a gente vê estrelas. Sempre achei que era apenas uma brincadeirinha que eles faziam em desenhos animados para serem engraçados. Mas não, a gente realmente vê estrelas. Brilhantes, amarelas, que piscam em todos os lugares. Outra curiosidade: quando se está sofrendo em dois pontos, seu cérebro escolhe o pior e garante que se sinta apenas aquele. Então, meu único consolo de receber uma joelhada na cabeça foi que eu não conseguia mais sentir a dor no estômago.

Caí no chão.

— *Perfeito* — alguém gritou, parabenizando D por seu soco como se fosse uma deixa daquela série de freestyle, *Fire In The Booth*.

— Acaba com ele — outra garota gritou. Cada sílaba escorria em câmera lenta para meus ouvidos.

Fiquei deitado de costas, estático. Vi quatro celulares com as luzes da câmera acesas e pelo menos mais uns dez rostos assistindo. Junto com os gritos e o gosto amargo de bile na minha boca, a dor também voltou, envolvendo meu estômago e o apertando. O latejar em minha cabeça parecia o mesmo que tive quando meu crânio atingiu o capô do Range Rover naquela manhã. Não eram nem duas da tarde e eu já tinha tomado duas pancadas na cabeça. Que começo de dia.

Com minha consciência se extinguindo enquanto eu esperava que D acabasse comigo, ouvi alguém gritar:

— Os olhos dele!

E depois uma resposta assustada:
— Ai, meu Deus... eles estão escurecendo.
Então, virou noite no refeitório.

Ainda estou deitado de costas depois de tomar aquela joelhada na cabeça, mas agora está escuro e mais quente que uma sauna.

Então, uma bala reluzente zune em minha direção. Bem, "zunir" é um exagero: está se movendo tão devagar quanto uma bola de boliche, mas está perto o suficiente para quase me fazer cagar na calça.

Mais balas aparecem, cada uma ondulando pelo ar como uma barbatana de tubarão cortando a água. E um por um — como holofotes brilhando ao redor de um palco — rostos aparecem. Alvos.

A primeira bala voa na direção de Spark.

A segunda está a caminho de Pinga-Sangue, que está de frente para Spark.

Rob e Kato também estão lá, bocas abertas enquanto quatro projéteis disparam contra eles.

E agachada ao meu lado está Nadia, segurando a barriga com os olhos fechados e as bochechas manchadas de lágrimas. Ela parece estar rezando para que seja apenas um sonho, esperando que a bala estacionada na frente de sua testa evapore.

Um piscar de olhos depois e o refeitório voltou todo em cores. Minha camisa estava encharcada de suor. Parecia que uma espessa energia estática havia enchido o salão, como se a umidade do Mundo Superior tivesse me seguido de volta. D continuava de pé sobre mim no mesmo lugar onde eu o tinha visto antes, provavelmente se perguntando o quão nocauteado eu realmente estava.

Se soubesse como as coisas aconteceriam, eu teria ficado deitado. Se minha prioridade fosse diminuir a gravidade da situação e desviar meu futuro daquele momento sombrio com D e Pinga-Sangue, ficar caído era a única opção.

Mas eu ainda conseguia sentir o gosto do suco nos lábios. Conseguia me lembrar da cara de D quando ele o derramou no meu couro cabeludo. Aceitei que ele nunca deixaria isso passar e que ninguém em Penny Hill jamais me deixaria esquecer o que ele havia feito comigo. Me lembrei de toda a palhaçada que vivi o dia inteiro, a semana inteira. E assim decidi: *não quero mais isso*.

Eu me levantei e pulei em D tão rápido que ele ainda estava sorrindo quando eu o joguei no chão. E, embora eu ainda estivesse recuperando o equilíbrio depois de uma transição lenta de volta à vida real, caí sobre ele como um machado, deixando meus ganchos derreterem em borrões nauseantes sobre seu corpo imóvel. Era como se tudo estivesse em velocidade turbo, como se eu estivesse batendo nele tão rápido que um momento colidia com o anterior.

Se não fosse pela dor em meus braços, não tenho certeza de quando teria parado. Mas, quando finalmente parei, vi e ouvi algo que me aterrorizou.

Não, disse a mim mesmo. *Vá embora.*

O refeitório estava lá em plena claridade, podia até ver Sweeney correndo em minha direção. Não estávamos mais no Mundo Superior, então por que eu ainda ouvia granizo caindo ao meu redor? Por que agora eu olhava para a testa de D e via um buraco de bala no meio dela?

O garfo que caiu no chão do refeitório tilintou tão alto e por tanto tempo que poderíamos ter cantado as primeiras frases de um hino fúnebre.

As mangas da minha camisa estavam cobertas de manchas vermelhas. Elas pareciam crescer quanto mais eu olhava para os meus braços. Meus dedos, geralmente lisos e leitosos, estavam tão cortados que eu conseguia ver o tecido branco sob a pele. Eu não tinha palavras para o que havia acabado de fazer, acabado de ver.

Mas, quando olhei de volta para D, seus olhos não estavam mais revirados, e o túnel sangrento em sua cabeça havia desaparecido.

Agora tudo que eu via era uma pele clara e marrom.

Mas, antes que pudesse processar o que tinha acontecido e por que estava vendo flashes de pessoas mortas em plena luz do dia, Sweeney agarrou meu colarinho, me puxando para longe da cena do crime.

— Esso virou homem! — Kato gritou atrás da mesa, me trazendo de volta ao presente. Ele batia os punhos no ar como um jogador de tênis após um saque certeiro, orgulhoso de si mesmo por não fazer absolutamente nada.

Mas eu também não podia levar o crédito pelo que havia acontecido. Ainda não fazia ideia do que tinha rolado e definitivamente não tinha feito de propósito. Estava realmente vendo vislumbres do futuro? De onde veio aquela força sobre-humana? Era como se eu estivesse socando na velocidade da luz enquanto D se movia num lamaçal. Ainda mais preocupante foi que, desta vez, não só tinha visitado o Mundo Superior, mas ele também tinha me visitado. Tinha dado aqueles socos e visto aquelas visões na luz clara e brilhante do refeitório.

Sweeney apertou meu colarinho com mais força. Eu ainda estava perto o suficiente de D para que pudesse vê-lo começando a acordar. Não havia sinal de ferimento de bala, mas seu rosto estava inchado e machucado, com sangue vazando do corte em sua bochecha. Enquanto ele se apoiava nos cotovelos, me perguntei o que eu sentia com mais intensidade: alívio ou decepção?

Enquanto isso, Marcus invadiu o meio da multidão e teve que tatear por apoio para não cair quando viu seu companheiro quebrado no chão.

Sweeney grunhiu enquanto me puxava, apenas afrouxando o aperto quando D e eu não estávamos mais próximos um do outro. No caminho para a saída, passamos por um longo corredor de rostos rígidos feito pedra. Sabia o que todos estavam pensando porque eu também estava: *A parada agora é de verdade*. E nenhum de nós estava preparado para o que aconteceria a seguir.

Dei aquele primeiro soco pensando que isso me desviaria do futuro que tinha visto no Mundo Superior. Mas e se eu tivesse entrado com tudo nele?

D se levantou, ignorando Marcus e o professor, que tentavam ajudá-lo a se erguer. Depois de uma tosse irregular, ele cuspiu uma gosma vermelha no chão e se endireitou, erguendo-se por completo. O sr. Sweeney me apressou em direção à porta, mas me virei uma última vez apenas para ver D sorrindo para mim.

Então, sem romper o olhar, ele ergueu as mãos e fez o sinal da gangue P.D.A.

/ PARTE III
MATÉRIA

DO CADERNO DE BLAISE ADENON: CARTA TRÊS

Para Esso.

Em muitos momentos da minha infância, me contaram a história de Eva, uma menina que morava em uma vila onde todos viam o tempo.

Reza a lenda que neste lugar toda criança nascia podendo ver o passado, o presente e o futuro ao mesmo tempo. Eles sentiriam o calor do útero de sua mãe ao mesmo tempo em que sentiriam o frio penetrando em seus ossos idosos.

Então, um dia, uma menina chamada Eva nasceu. Ao contrário de outras crianças de sua idade, Eva só se importava com uma coisa: uma noite gelada, décadas no futuro, quando ela cairia da beira de uma montanha e morreria. Reviver aqueles momentos de queda livre atormentava Eva de uma forma que ninguém em sua aldeia conseguia entender. Para eles, todo momento e toda emoção eram costurados uns nos outros. Morrer na terça-feira não era mais triste ou doloroso do que encontrar uma pedrinha no sapato na segunda.

Desesperada para escapar de sua fixação, Eva aprendeu um truque, uma maneira de esquecer a morte. Ela expulsou todas *as suas visões do futuro da parte principal de sua mente. E a* JANELA *que poderia permiti-la vê-las novamente foi enterrada dentro de uma lembrança que Eva sabia que esqueceria. Com mais prática, ela aprendeu a estreitar os olhos da mente para uma lasca de tempo que ela chamava de "presente" e jurou apenas caminhar um dia de cada vez até o seu último. Dali em diante, ela viveu com uma vaga lembrança do passado e uma feliz ignorância do futuro. Até se esqueceu completamente da morte — sua inevitabilidade, seu fedor, sua calma —, o que a libertou do único medo que já conhecera.*

Ela se alegrou. Ela chorou. Ela amou um homem. Ela adorava seus filhos. Realmente vivia como se não houvesse ontem ou amanhã.

Mas, logo após o nascimento de seu terceiro filho, a vila caiu sob a sombra de uma longa seca. Eva, desesperada para encontrar água para seus meninos moribundos, partiu para o único lugar onde sabia que poderia encontrá-la: os lençóis gelados no topo de uma montanha ao norte da aldeia. Sua família e vizinhos lhe disseram para ficar, insistindo que a seca era como eles deveriam morrer. Mas Eva os ignorou.

Ao se aproximar do pico, ela teve um instante de déjà vu, uma sensação arrepiante de que já havia visto aquele momento antes. Essa fração de segundo de distração a fez escorregar em uma pedra solta, e Eva caiu silenciosamente para a morte muitos metros abaixo. Sua vila a lamentou, é claro, mas não com mais dor do que no dia em que ela nasceu.

Capítulo 16
RHIA · 15 ANOS DEPOIS

A geada do inverno afetou até as partes mais macias dos meus dedos. Mas não era o vento ou o frio que me atrapalhavam com as chaves idiotas de casa. Meus nervos estavam à flor da pele desde o fim da aula de reforço, quando o dr. Esso soltou todas aquelas bombas a respeito da minha mãe, a meu respeito. Ainda estava me recuperando e, nos raros momentos em que conseguia me acalmar, me sentia oscilando tão rápido entre a esperança e o horror que não sabia onde pousar.

Relaxe, disse a mim mesma, diminuindo o ritmo para que a chave de latão em minha mão não errasse o buraco da fechadura pela terceira vez. Precisava desesperadamente de uma dissecação tarde da noite com Olivia antes que pudesse me acalmar o suficiente para bolar um plano. Mas, quando abri a porta com o ombro e entrei, decidi que provavelmente fazia sentido não contar a ela a parte da física imediatamente.

O que o dr. Esso me disse — sobre a realidade existir em quatro dimensões — de alguma forma fazia *sentido*. Pensei em um pouco antes da nossa primeira aula. Enviei a ele minha localização, um "pin" que mostrava onde eu estava em termos de longitude e latitude no mapa: as duas primeiras dimensões. Então, disse a ele que iríamos para a sala de equipamentos no último andar, para que ele soubesse para onde na terceira dimensão — altura — estávamos indo. Finalmente, concordamos em nos encontrar em um ponto específico do *tempo*: a quarta dimensão, que, ironicamente, ele ignorou e chegou quando quis. Uma vez que eu podia usar essas mesmas quatro dimensões para localizar todos os eventos da minha vida, não era exagero acreditar que poderíamos viver nessa coisa de espaço-tempo de quatro dimensões que ele queria atravessar. O que, *na verdade*, detonou minha mente foi o rastro de migalhas de pão que ele havia usado para me guiar a essa conclusão.

Começou com nossa primeira aula sobre eletromagnetismo, que ele conseguiu transformar em uma aula sobre luz. Então, passou a aula seguinte me fazendo trair meu bom senso ao aceitar que a luz viaja na mesma velocidade para todos (não importa o que aconteça), enquanto o tempo não. Em seguida, resolvi a próxima lição sozinha: se você se mover rápido o suficiente, o tempo diminui para um fio e uma jornada inteira se espreme em uma única imagem.

Mas o dr. Esso tinha dado um salto adiante ao mostrar *aquela* imagem em seu caderno. O Mundo Superior, como ele o chamava. Um lugar onde você poderia sair do presente e entrar em qualquer outro momento no tempo. Um lugar onde eu realmente poderia — tive que fazer uma pausa antes mesmo de ousar pensar — onde eu realmente poderia encontrar minha mãe.

E talvez até salvá-la.

Ainda tinha tantas coisas para perguntar ao dr. Esso. Mas eu também tinha recebido tantas respostas escabrosas esta noite que fiquei quase agradecida quando a mensagem de Tony apareceu, me dizendo para correr para casa.

A tela promocional na parede da nossa porta substituiu a previsão do tempo por um anúncio personalizado para Tony: *Casa dos sonhos: edição Devon*. Revirei os olhos... a ilusão desta semana.

Um vento cruzado raivoso fechou a porta da frente atrás de mim, e a porta da cozinha se abriu, enchendo o corredor com um cheiro de empadão. Poppy saiu e entrou no meu caminho.

— Ei — disse ela, tirando as luvas. Ela estava com uma cor nova nos cabelos, um tom mais profundo do que seu ruivo natural.

Atrás dela, Olivia, ainda de uniforme escolar, estava andando na ponta dos pés do nosso quarto para o corredor. Ela fez um sinal com a mão para mim de onde Poppy não podia ver.

Malabarismo?, me perguntei. *Talvez ela esteja tentando me dizer para manejar a situação?*

Depois de anos pisando em ovos na casa dos Hayes, criamos um dicionário robusto de linguagem de sinais secreta. Em um dia normal, teria decifrado sua mensagem codificada em segundos. Mas não nessa noite, não com o acúmulo de quebra-cabeças já triturando meu cérebro.

Depois de realizar o mesmo movimento três vezes e ganhar nada além de um olhar confuso de mim, ela começou a murmurar. Mas, no momento em que Poppy se virou, os olhos de Olivia estavam inocentemente focados em suas unhas de *vantablack*.

— Tony está esperando por você lá — disse Poppy, apontando para a porta da sala. Eu pude ouvir uma trilha de risadas na TV do outro lado.

Não tinha ideia de onde estava me metendo, mas também não tinha vontade de desperdiçar energia adivinhando.

Entramos juntas na sala da frente e encontramos Tony dormindo inclinado no sofá. A lata aberta de cerveja Boddingtons na mão parecia estar desafiando a gravidade e a geometria: permanecia erguida ereta mesmo enquanto ele roncava. Sua testa refletia a luz piscante da árvore de Natal no canto, me lembrando de que eu tinha uma semana para encher as quatro meias penduradas nos galhos inferiores.

Poppy sacudiu Tony, tirando-o de sua soneca, e ele se levantou. Sua mão segurando a cerveja projetava uma sombra em forma de martelo no chão.

Bronca!, percebi. Era isso que Olivia estava tentando me avisar: eu receberia uma bronca de Tony. Eu me virei para a frente, um pouco mais preparada, embora ainda não soubesse por que estava em apuros.

— Você teve aula de reforço esta noite? — ele perguntou.

— Sim, tive — respondi, de repente me sentindo nervosa. — Por quê?

— Será que alguém, *por favor*, pode desligar essa televisão irritante — grunhiu Poppy. Quando Olivia atendeu seu pedido, concentrei meu peso em ambos os pés.

— Recebi uma ligação da Care esta noite. — Tony se referia a todos os meus assistentes sociais como Care. — Ela está tentando entrar em contato com seu professor há um mês para obter uma cópia física do certificado profissional dele ou algo assim. Ela se cansou de ele se esquivar de suas ligações, então ela mesma fez uma busca nos registros da CantorCorp sobre seu professor, e adivinhem? Voltou em branco. O homem é um vigarista.

Poppy estava balançando a cabeça. Olivia estava roendo as unhas polidas.

— Jesus — falei, abrindo minha boca em um "oh" surpreso que eu esperava que parecesse autêntico. Mas por dentro estava em pânico. E tudo que conseguia pensar era: *O que mais descobriram?*

— Olha, sei que você é fã do cara. Não te vejo se esforçando tanto na escola desde... — Tony fez uma pausa para cavar fundo em sua memória. — Bem, desde sempre, acho. Mas a Care foi absolutamente inflexível sobre você não voltar a vê-lo.

— Se ele é um vigarista, por que eu ia querer isso? — perguntei. Tony não precisava saber que o dr. Esso tinha, esta noite mesmo, me dado uma série de razões muito óbvias para querer revê-lo.

— Porque você é cabeça-dura — respondeu ele. — E às vezes perdoa rápido demais. — Ele deixou escapar um sorriso preguiçoso. — Por favor, fique longe desse homem. Se a Care descobrir que você o viu de novo, então eu...

Seu olho esquerdo fechou primeiro, e o segundo lutou rapidamente antes de cair também. Logo ele estava dormindo novamente. E, dessa vez, não só a lata continuou de pé, como todo o seu corpo também.

— Tony! — exclamei, não exatamente gritando, mas com força suficiente para obrigá-lo a abrir os olhos. — Você estava no meio de uma advertência.

Ele se endireitou, verificando se o canto de sua boca estava babado.

— Hmmm...

— Você estava prestes a me contar as consequências de entrar em contato com meu professor? — eu o lembrei, tentando não rir.

— Eu sei — respondeu ele com calma profissional enquanto voltava à nossa discussão. — Se a Care descobrir que deixei você interagir com aquele professor novamente, vão retirar mais pontos da minha conta. E nós realmente não podemos lidar com isso agora.

Relaxei minha mandíbula para que ele não percebesse a raiva subindo dentro de mim. Claro que essa era a única coisa com que

Tony se importava. Claro que, no momento em que eu tinha encontrado a verdade, no momento em que minha busca de uma vida inteira pela minha *mãe* começava a valer a pena, aqui estaria Tony, tentando tirar isso de mim. Eu havia arriscado tudo para descobrir quem era o dr. Esso — apenas para esse povinho decidir pular de paraquedas no meio da história quando eu já não precisava deles, convencidos de que conheciam o dr. Esso melhor que eu.

Imaginei o futuro sombrio que Tony estava exigindo de mim: aquele em que eu nunca mais conversaria com o dr. Esso. Nesse futuro, eu não saberia mais nada sobre minha mãe e sempre me perguntaria se o tal Mundo Superior era real. Eu sabia que o que Olivia e eu conseguíamos para ele mal cobria os mantimentos e as contas básicas, e que Poppy já estava trabalhando muito mais horas que o limite legal. Entendia tudo, entendia mesmo. Mas o que eu tinha em minhas mãos era simplesmente *maior* que isso.

Como se lesse minha mente, Olivia interveio, desta vez fingindo jogar uma pílula em sua boca antes de fingir engoli-la.

Plano B, percebi, felizmente muito mais rápido desta vez. *Vamos pensar em um plano B*, era o que ela estava me dizendo.

Satisfeito por ter dito o suficiente, Tony caiu de volta ao lado de Poppy.

— Adoro quando você usa sua voz de tigrão — disse ela, esfregando a parte do bíceps de Tony não coberta pela camisa polo.

Eu me virei para Olivia, sutilmente fingindo vomitar.

Dois dias depois, chegou uma carta pelo correio. Eu já tinha lido seu conteúdo pelo menos trinta vezes, mas era a primeira de Olivia. Ela se sentou com uma cara séria e as pernas cruzadas no beliche de baixo, enrolando o máximo possível de seu eu espinhoso no edredom. Ela estava bancando a advogada do diabo tão bem o dia todo que comecei a me perguntar se era mesmo uma encenação. Eu, por outro lado, perambulava de um lado para o outro em nosso quarto, encostando no aquecedor a cada poucas voltas para me esquentar.

Tony ainda estava apavorado com a possibilidade de reduzir seu subsídio da Care e me avisou em termos claros para não entrar em contato com o dr. Esso sob nenhuma circunstância. Os superiores no sistema da Care também não tinham aceitado a enganação com leveza... e seus sentimentos eram os mais importantes. Até eu atingir a maioridade, minha verdadeira mãe — aos olhos da lei, pelo menos — não era Nadia Black nem mesmo Poppy, mas a Prefeitura de Southwark. E como protegida de Southwark, bastava um clique da minha assistente social para bloquear a comunicação entre o meu telefone e o do dr. Esso. Ela chegou a mandar mensagens para Gibbsy e a equipe da academia para avisá-los para não o deixar entrar.

Eu tinha desistido até que o dr. Esso encontrou uma maneira de contornar a situação: enviar uma carta endereçada a mim dentro de um envelope bancário reutilizado.

Foi um alívio enorme ter mais da verdade em meus dedos, mas aterrorizante ao mesmo tempo. Não havia apenas a questão de como e o que escrever de volta ao dr. Esso, mas se eu deveria escrever.

— Ainda não acho que valha a pena — declarou Olivia. — O cara é um maluco.

— Não estou dizendo que não seja — respondi em voz baixa e amarga. Podíamos ouvir a TV ao lado, então não era exagero pensar que Tony e Poppy também conseguiriam escutar nossa discussão. — Mas se houver a menor chance de ele estar certo, *eu tenho* que saber.

Ela fez que não com a cabeça.

— Leia a última página da carta novamente... Na verdade, pode ter sido a penúltima... A página em que ele fica todo sério e tenta te convencer a responder.

Ela se levantou e colocou o ouvido na porta, para ter certeza de que ninguém estava vindo, então fez sinal para eu começar.

Nadia não falou muita coisa depois daquela noite. Mas, nas poucas ocasiões em que ela se abriu comigo sobre o Mundo Superior, pude ver o quanto ela acreditava nele. Da última vez que a visitei, ela não parava de dizer a mesma coisa repetidamente: "Rhia vai te contar... ela vai contar a qualquer um que esteja disposto a ouvir."

Você era apenas um bebê na época, então não fazia sentido. Mas agora faz. Não há desafio que eu tenha te passado que você não tenha superado. E você é a única pessoa que precisa encontrá-la ainda mais do que eu.

Sei que a JANELA *pela qual escalei quinze anos atrás para chegar ao Mundo Superior ainda está aberta. Em noites tranquilas, juro que posso até ouvir seu vento úmido entrando por um peitoril em minha mente. Preciso voltar para lá, Rhia. Aprendi tudo que sei com a física e com o caderno do meu pai, mas eles não me ensinaram o que preciso saber. E isso deve ser porque sua mãe estava certa: você vai me dizer.*

Deixei a carta cair ao meu lado.

— E o que que tem?

— Olha — disse Olivia, balançando a cabeça. — Eu estava do seu lado quando assistimos ao vídeo da câmera de segurança daquela noite. Foi bem zoado. Zoado pra cacete mesmo.

— Mais uma vez, o que que tem? — falei, não me importando em conter a irritação.

— O que quero dizer é: o homem obviamente tem um caso enorme daquela coisa de estresse pós-traumático, tipo, muito ruim. Digo, como você não consegue ver isso? Não acha que é muita coincidência que o dia em que as coisas do vídeo aconteceram foi o mesmo em que ele afirma ter ido para este mágico Mundo Superior?

Balancei a cabeça, negando.

— E não é estranho — ela continuou — que, além de um cara grego há dois mil anos, o dr. Esso seja a única outra pessoa a sequer a mencionar este lugar?

Eu sabia que explicar isso para ela seria uma batalha difícil, mas não esperava que Olivia fosse jogar pedras em cima mim.

Quando viu que não estava conseguindo me convencer, insistiu ainda mais:

— Digo, ele te deu alguma prova?

— Sim, já te mostrei. — Lutei para encontrar uma resposta simples. — A maioria dos físicos acredita que o tempo não é realmente estruturado da maneira como o experimentamos...

— Rhianna, não estou falando de uma prova matemática. Falo de uma prova da vida real.

Queria responder que as duas eram a mesma coisa. E quase fiz isso. Mas a frase parecia idiota mesmo antes de eu falar. Deve ter sido assim que minha mãe se sentia quando tentava se explicar.

— Bem, que tal ele comprar as ações da Cantor's e elas subirem cinquenta mil por cento? — desafiei.

Ela ajeitou a calça do pijama e se inclinou contra o papel de parede florido que Poppy tinha colocado no dia em que o conselho disse que ela receberia garotas.

— O cara gosta de jogar e teve sorte uma vez. Até um relógio quebrado acerta duas vezes por dia.

Em vez desses argumentos mal elaborados, o que eu realmente queria gritar era: *Isso tem a ver com a minha mãe!* Mas mesmo a ideia de encerrar a conversa dessa forma parecia egoísta. Injusta.

— Olha — continuou Olivia —, pelo que parece, até pela própria reação dele, ele é *meio que... culpado* pelo que aconteceu naquela noite. E o pobre coitado passou os últimos quinze anos desvendando cada pedacinho da física que o permitiria acreditar em viagem no tempo e na chance de consertar o passado.

— E quem mais fácil do que eu para convencer a se unir a ele em seu passeio insano, né? — respondi sarcasticamente.

— Não foi isso que eu quis dizer.

— Acho que talvez seja exatamente o que você quis dizer, Olivia. — Fitei seus olhos, me recusando a me afastar.

— Você está brava, saquei. — Ela se inclinou para a cama como se nem tivesse notado meu olhar. — Venha se sentar aqui.

Depois de esperar por um tempo, me sentei ao lado dela, mal vacilando quando uma mola solta do colchão cutucou minha coxa.

Ela se aproximou do meu lado da cama.

— Olha, mana... Já sei, você quer entender quem era sua verdadeira mãe. Deus sabe que eu mataria para saber tanto quanto você descobriu.

Eu tinha sido tão cuidadosa em não mencionar muito a minha mãe para Olivia, tentando não a lembrar de tudo o que ela ainda estava perdendo. Mas é claro que o tempo todo ela sabia o que estava rolando. Olivia provavelmente me conhecia melhor do que eu mesma.

Ela colocou a mão no meu ombro.

— Mas você não pode continuar fazendo isso. Não é saudável, não é seguro e não é *tão* lógico assim quanto você talvez pense. Além disso, sinceramente, já temos tudo o que precisamos aqui.

— Como assim, aqueles dois na sala de estar? — respondi, rindo por nenhuma outra razão além de reduzir a dor.

— Na verdade, sim! Quer dizer, não me entenda mal... eles estão tão longe de serem perfeitos. Mas Tony nunca encostou um dedo em nós, e Poppy nos mantém vestidas e alimentadas. Eles se importam, e estão *aqui*.

Antes de conhecer o dr. Esso, ser adotada era o que eu mais queria. E à medida que meu tempo aqui aumentava, passei a ver Tony e Poppy quase como pais. E Olivia como minha irmã. Mas, mesmo se e quando se tornasse oficial, será que eu pararia de procurar um caminho de volta para minha verdadeira mãe? Será mesmo que tinha a chance de encontrar algo mais do que uma lembrança dela em algum lugar no espaço-tempo? De reescrever toda a história de uma mulher? Me deitei, cobrindo o rosto com as palmas das mãos. Teria saltado alegremente em um buraco negro apenas para dormir um pouco. No minuto seguinte, nós duas ficamos quietas, mas eu sabia que Olivia estava ouvindo. Podíamos ficar uma hora inteira em silêncio, o tempo todo sabendo que nos ouviríamos se abríssemos a boca.

Enquanto corria meus dedos ao longo do granulado falso da tábua de madeira que segurava meu beliche acima do de Olivia, finalmente respondi:

— Sim. Poderia ser muito pior, acho. — Eu pelo menos concordava com ela que havia muito que eu tinha dado como certo, muito que tinha a perder.

— Além disso — ela disse, radiante —, você ainda me tem! — Ela me trancou dentro de um de seus abraços impiedosamente apertados.

— Você sabe que eu odeio abraços, Liv. Por favor.
— Bem, você também odeia cabritinhos e arco-íris duplos. — Ela apertou ainda mais forte. — E você merece *tooooodos* eles.
— Você é tão engraçadinha.

Ainda não conseguia abraçá-la de volta, mas estava cansada de descarregar minha raiva nela. Cansada de estar cansada. Não concordava com tudo o que Olivia havia dito, mas não pude ignorar o fato de que, ao contrário do dr. Esso, ela tinha sido 100% verdadeira o tempo todo.

— Manas antes de manos? — falei, recitando as palavras que ela me disse durante a partida do Dons. Mesmo que Olivia não pudesse entender o quanto tudo isso estava me retorcendo por dentro, as palavras ainda valiam.

— Sempre — ela respondeu, finalmente me soltando. — Além disso, podemos, *por favor*, voltar à normalidade em que eu sou a doida varrida e você é a sensata?

Essa me pegou. Nós duas rimos até nossas bochechas doerem. Em certo momento, Poppy até entrou para ver se Olivia não tinha engasgado novamente com chiclete.

Antes que a noite terminasse, prometi a Olivia que não responderia a carta do dr. Esso. E ela prometeu descartar qualquer outra correspondência que viesse dele. Dias depois, o arquivo criptografado em Q com todas as informações dele se autodestruiria: exatamente como Linford havia nos dito. E eu permitiria que isso acontecesse.

Mas, secretamente, eu escondi o envelope com o endereço do remetente, pronta para o dia em que precisasse responder. Sabendo que eu poderia arriscar colocar Tony em apuros ou ser expulsa de sua casa, fingiria que estava mantendo a linha. Agiria como se tudo estivesse perfeito e, se Olivia desconfiasse, eu mentiria. A parte de mim que precisa de respostas fervia mais quente que nunca, e eu encontraria uma maneira de sufocá-la. Assim, tudo poderia voltar ao normal. Por um tempo.

Capítulo 17
ESSO · *AGORA*

DIRETOR CRUTCHLEY

As palavras estavam gravadas em grossas letras em uma placa de latão. O sr. Sweeney, que agora segurava meu braço, parecia ainda mais abalado com o homem do outro lado daquela sala do que eu. Ele encostou o ouvido na porta e escutou por alguns segundos antes de bater.

Uma voz abafada finalmente veio do outro lado, e, quando Sweeney girou a maçaneta, dois garotos do ano anterior ao meu saíram voados, errando-o por pouco ao passar.

— Olhem pra onde andam! — gritou Sweeney.

O da frente parou de rir e olhou duas vezes enquanto passava por mim, alternando entre a mensagem em seu telefone e o bad boy recém-ungido sobre o qual a mensagem era. Ele ergueu o queixo para mim. Entrando no jogo, assenti e, de uma forma mínima, quase espiritual, senti como se tivesse acabado de entrar na vida adulta. Como se em algum momento naquele refeitório eu tivesse entrado aos tropeços na área VIP e agora estivesse bebendo champanhe com o resto dos famosos. Em minha caminhada até a sala do diretor, fiquei paralisado tentando entender o milagre da violência que ocorreu no refeitório. Aquele momento estranho em que eu fui de humilhado para exaltado. Tudo aconteceu por causa do Mundo Superior, que claramente tinha mais a oferecer que apenas uma espiada no tempo. Foi uma loucura do tipo Super-Homem, o que consegui. *Eu poderia realmente ser*, pensei, *o primeiro super-herói da vida real*. De Narm, do mundo todo.

Pensar no que meu pai tinha escrito em seu caderno me fez vibrar. Em algum momento, ele provavelmente passou pela mesma jornada da dúvida à crença perplexa pela qual eu estava passando. Eu *estava* ficando como ele, exatamente como minha mãe havia avisado. Mas isso me deixou louco ou finalmente são? Tentei imaginar o rosto de minha mãe se eu contasse a ela tudo o que aconteceu desde que ela me entregou o caderno, mas não consegui prever sua reação. O que exatamente ela sabia? Mesmo que não acreditasse no Mundo Superior, ela deve ter lido sobre ele no caderno do meu pai. Ela certamente o teria ouvido tagarelar sobre isso em algum momento quando ele estava vivo.

Sweeney fez cara feia para mim depois de ver o sorriso no meu rosto enquanto caminhávamos para a área de espera. Ele não estava errado em me julgar também. As visões paranormais que tive no refeitório não foram nada alegres: um céu cheio de balas direcionadas para Nadia e meus melhores amigos. D com um buraco na cabeça? E mesmo com essas visões de carnificina girando ao meu redor, tudo o que me importava era nocautear D. *O que está acontecendo comigo?*, me perguntei. *No que estou me transformando?*

— Entre! — gritou o diretor do outro lado da sala. Minhas perguntas sobre o Mundo Superior teriam que esperar. Por enquanto, eu precisava fingir que suas advertências eram a coisa mais assustadora do mundo. Entre as premonições, minha conversa promissora com Nadia e o que quer que estivesse prestes a acontecer no escritório do diretor, havia algumas bolinhas no ar. E eu não poderia deixar nenhuma delas cair.

Havia mais madeira polida no gabinete de Crutchley que em toda a escola. Eu me sentei, Sweeney ficou de pé. Eu estava estranhamente calmo. Não demoraria muito para Crutchley chegar à única conclusão racional: D planejou a briga e eu só estava me defendendo. Uma centena de testemunhas oculares poderiam confirmar isso. Eu só tinha que calar a boca e, em dez minutos, eu estaria de volta com meus amigos, me deliciando com a admiração da maravilha que eu havia aprontado no almoço enquanto descobria como salvar minha noite.

Crutchley sentou seu corpo de urso na cadeira giratória, depois desabotoou o paletó de tweed para deixar a barriga mergulhar livremente sobre o cinto. Para entender como homens como ele e o sr. Sweeney funcionavam, era preciso saber de onde tinham vindo. No ano 2000, um menino de dez anos chamado Damilola Taylor estava voltando para o apartamento de sua família em North Peckham Estate — na mesma rua do meu apartamento. Ele tinha estudado na Biblioteca de Peckham e caminhou parte do trajeto para casa com John Boyega — sim, o mesmo Boyega de *Guerra das Estrelas* sobre quem os amigos de Spark estavam falando no West End na quarta-feira à noite. Se eu precisasse chutar, diria que o jovem Damilola provavelmente estava ansioso para fazer o que todas as crianças de dez anos gostam de fazer em casa: tirar uma soneca. Devorar um pouco de arroz e ensopado. Jogar algumas rodadas de FIFA e terminar a lição de casa antes que os pais chegassem.

Mas ele nunca chegou. Dois meninos alguns anos mais velhos que ele enfiaram um caco de vidro quebrado em sua perna e o deixaram sangrando na escadaria de uma casa qualquer. História real. Essa é a vida.

Naquela época, mais e mais histórias como essa continuavam surgindo, e o governo decidiu que não podia ignorar o clamor ou desperdiçar a oportunidade. Ele reagiu com uma guerra contra o crime de pessoas negras contra outras pessoas negras em Londres, com a Penny Hill Secondary jogada bem no meio das duas principais frentes de batalha: Brixton e Peckham. O caro programa de prevenção ao crime que renasceu das cinzas foi chamado Trident (que, por acaso, era o mesmo nome que o governo tinha dado à frota de submarinos militares prontos para lançar bombas nucleares sobre os inimigos da Grã-Bretanha). Foi o Trident e seu financiamento extra, regras e programas de apoio que trouxeram homens como Crutchley e Sweeney para Penny Hill.

— Então, senhor... — O diretor parou para olhar os boletins em sua mesa antes de continuar. — Sr. Esso Adenon. De onde vem esse nome, por curiosidade? *Esso?*

— É do Benim — respondi. — Um pequeno país entre o Togo e a Nigéria.

— Significa alguma coisa? O nome?

— Sim, em gen, uma língua que as pessoas falam lá, significa "ontem" e "amanhã".

— Bem, e qual é o verdadeiro significado? — Houve um momento de silêncio enquanto o diretor e Sweeney se inclinavam, esperando minha resposta.

— Os dois — respondi. — Ao menos é o que minha mãe me disse.

— Bom, isso é extremamente confuso, não é? — Ele riu, e Sweeney, assim que soube que era seguro, riu também.

Por dentro, eu estava estalando a língua. Não era a primeira vez que eu passava por isso, não era a primeira vez que alguém me pedia para mastigar meu nome em partes menores e mais simples para que pudessem engolir. Eu sabia exatamente qual não reação eu tinha que mostrar para manter essa conversa cansativa o mais curta possível.

Percebendo que eu não estava caindo em sua amabilidade para almofadinhas, Crutchley se sentou. Jogou um arquivo sobre a mesa de madeira de cerejeira e, por um segundo, pensei que o objeto cairia sobre mim, mas parou a poucos centímetros de distância. *Ele já fez isso antes*, pensei.

— Então, me diga como você se meteu nessa confusão, Esso. — Depois de esperar quatro ou cinco segundos, ele levantou a voz. — Eu fiz uma pergunta... Como você se meteu em uma briga no meu refeitório?

— Não me meti em nada — retruquei. — Pode perguntar a qualquer um no refeitório... todo mundo sabe que não foi culpa minha.

— Ah, "não foi minha culpa" — zombou ele. — Se eu ganhasse uma libra para cada vez que ouço essa frase, não estaria aqui trabalhando por trinta libras a hora na companhia de espertinhos como vocês.

Sweeney sorriu sedento, expondo as pontas manchadas de café de seus dois dentes da frente.

— Qual é a sua opinião, Sweeney?

— Eu... hum... eu... — gaguejou Sweeney. Claramente, ele não esperava que lhe pedissem para fazer nada além de sorrir.

— Não temos o dia todo — Crutchley o avisou.

— Eu... não tenho certeza de quem começou, senhor. Quando consegui parar Esso, Devontey Teno já estava inconsciente no chão.

— Ah, Devontey Teno. Outra surpresa maravilhosa. Voltaremos a ele em um segundo. E a sra. Russel, onde estava quando tudo isso aconteceu?

— Ela chegou à luta depois de mim, senhor. Houve uma comoção do outro lado do refeitório, um jogo bobo chamado "montinho", onde eles essencialmente lutam entre si no chão por uma moeda de uma libra.

— Ah — Crutchley disse. — Vejo que você está se rendendo às gírias, Sweeney.

— Apenas o suficiente para fazer meu trabalho, senhor. — Ele corou. — A sra. Russel e eu estávamos ocupados separando a confusão quando vi Devontey e Esso brigando do outro lado do refeitório, então tive que ir até lá cuidar do caso.

— Certo. — Crutchley virou sua cadeira de volta para mim. — Esso, se você der uma olhada em seu arquivo, notará uma tendência curiosa: um aumento nas detenções e advertências coincidindo com uma queda nas notas dos seus testes. Você fez um ótimo trabalho ao mudar o foco do sucesso para a autossabotagem.

Claro que também não era sua primeira vez usando essa abordagem.

— Detesto dizer isso, Esso, mas já vi essa história antes. De metade dos jovens daqui. Não só é muito deprimente, mas também é *tedioso*. Como assistir a acidentes de carro que levam anos para terminar.

Ele descansou os antebraços sobre a mesa.

— Você pode pensar que sou apenas um velho rabugento e sem coração, mas me importo com o que acontece com os alunos desta escola. Realmente me importo se você terá sucesso ou não. Se vai permanecer vivo.

A maneira como ele disse a última frase e como ele e Sweeney trocaram olhares me fez pensar o quanto ele sabia sobre minha guerra fria com D e seu irmão.

— Esso, temos todo tipo de confusão nesta escola. — Ele pôs o dedo no queixo. — E não apenas o tipo de confusão com advertências e suspensões. Estou falando do tipo de confusão que resulta em cadeia. E nós precisamos que você... nos ajude... a te ajudar.

Sweeney não conseguiu esconder a confusão em seu rosto, mas agora eu já estava cinco movimentos à frente de Crutchley. Tinha sacado tudo. Ele queria informações sobre D e os garotos do P.D.A. Os garotos que causavam badernas em Penny Hill o ano todo impunemente. E ele queria isso de mim.

— Vou ser claro com você, Esso. Não acredito que nada disso seja culpa sua. Devontey se sentou na mesma cadeira em que você está sentado mais vezes do que posso contar. Estou bem ciente do que aquele menino brutal é capaz. — Ele sorriu. — Na verdade, enquanto você estava vindo para cá, mandei a srta. Purdy vasculhar o armário dele. Consegue adivinhar o que ela encontrou?

Mantive minha cabeça baixa, esperando que ele respondesse sua própria pergunta.

— Uma lista de coisas que nem *eu* posso carregar legalmente. Surpresa número três — disse Crutchley. — Podemos dizer que você não o verá mais em Penny Hill.

Que doideira, foi minha reação imediata quando pensei sobre o que isso significava para D. Por alguma razão, o segundo lugar para onde minha mente viajou foi sua mãe, e como ela ficaria arrasada quando descobrisse que seu filho mais velho não estava mais na escola. Ela encontraria uma maneira de se culpar, como sempre fazia.

Mas, por pior que eu me sentisse pelos dois, não chegava nem perto do medo que sentia por mim mesmo.

— Seu armário estava limpo, é claro — acrescentou Crutchley.

Fiz que sim com a cabeça, casualmente.

— Mas seu histórico disciplinar é tudo, menos limpo.

Droga.

— Se adicionar isso à advertência que estou pensando em dar a você pela briga de hoje — continuou Crutchley —, tenho mais do que o suficiente para justificar sua expulsão.

Crutchley pegou uma folha de papel e a colocou sobre a mesa. Estava em branco, exceto pelo brasão da escola impresso no topo. Enquanto apoiava a caneta no papel, eu quase consegui distinguir o que ele estava desenhando em preto.

Lista de Natal antecipada
De: Esso
Para: Sr. Crutchley

Logo abaixo dessas palavras, ele rabiscou o número um, depois Devontey Teno ao lado. Então, ele continuou enumerando a página.

A espera estava me matando.

Finalmente, virou a página e a deslizou na minha direção.

— Coloquei apenas um nome nesta página e gostaria que você me ajudasse com o restante. Todo mundo que você conhece na tal da gangue "Pense Depois de Atirar".

P.D.A. era a gangue mais conhecida de Brixton, mas eu ainda estava impressionado que ele soubesse o nome correto.

Ouvi dizer que costumava significar "Pense Depois de Atacar". Calculei que, uma vez que o preço de uma arma sem registro tivesse caído para uns trocados, até as siglas estavam se tornando algo diferente.

— Você pode escolher nos contar porque é a coisa certa a fazer ou porque quer evitar ser expulso. Ou os dois. Sua motivação depende inteiramente de você. E, de minha parte, posso garantir total confidencialidade.

Confidencialidade. Brinquei com a palavra na mente, então a mandei para muito, muito longe. Todo mundo sabia o que acontecia com um X-9. O código de ética estava pichado em cada parede de tijolos entre Penny Hill e a minha casa, histórias rabiscadas em nossos coraçãozinhos.

Como aquela história da garota indiana que viu seu amigo ser esfaqueado em Camberwell New Road e contou a Crutchley. Eu tinha ouvido que ele também havia prometido confidencialidade a ela. Mas isso não impediu os detetives de mencionarem o nome dela na frente do principal suspeito durante o interrogatório para ganhar influência. Na semana seguinte, ela foi arrancada em plena luz do dia de sua casa. Nenhuma outra testemunha se apresentou.

Meus dedos estavam latejando — ainda sangravam em alguns pontos — e uma fadiga densa se espalhava pelo meu corpo. Sem ser convidado, o pesadelo de D e Pinga-Sangue caminhando em minha direção na noite rastejou para o palco da minha memória. Quase conseguia ouvir o estalar do granizo na calçada, quase via a Biblioteca de Peckham ao fundo. Se essa premonição se tornasse realidade, como as duas primeiras, eu estava pronto para encontrá-los após o sol se pôr — um futuro que parecia ainda mais provável depois do que eu tinha feito no almoço.

Eu agora me dividia entre duas escolhas horríveis: poderia dedurar D e sangrar as consequências, ou poderia ser firmeza e acabar expulso da escola e provavelmente da casa da minha mãe também. *É a vida*, pensei. Se você tem um problema, tem que encontrar uma solução. Mas aí seu problema e sua solução se animam enquanto você está trabalhando e, quando você volta para casa, encontra uma ninhada de novos probleminhas para cuidar.

A quem eu poderia pedir ajuda para lidar com meus novos filhotes-problemas demoníacos? Minha mãe? O pastor dela? Definitivamente não seria Rob ou Kato...

Nenhum deles, decidi. Eu me recostei na cadeira e soltei um suspiro exagerado que pegou Crutchley e Sweeney desprevenidos.

— Desculpe, mas eu realmente não dou presentes de Natal — respondi, encarando Crutchley. Um confronto de dez segundos começou entre nós, focado e silencioso o suficiente para que eu conseguisse ouvir o tique-taque do relógio e Sweeney se coçando.

Crutchley falou primeiro.

— Estou decepcionado com você — disse ele, balançando a cabeça. — Mas não muito surpreso. Só fico me perguntando quando vocês vão aprender que, em Roma, deve-se agir como os romanos. — Ele olhou para Sweeney. — Por favor, leve-o para a sala de detenção e supervisione-o até o final do dia. E peça que façam um curativo nas mãos dele. Ele já pingou no meu tapete inteiro.

Crutchley compartilhou seus últimos conselhos enquanto me seguia até a porta:

— Vou lhe dar até amanhã de manhã para pensar. Você pode me procurar ou ao sr. Sweeney se mudar de ideia. É realmente uma oportunidade que vale a pena, Esso. Penny Hill lamentaria vê-lo partir.

Ele dobrou o papel duas vezes, o enfiou no meu bolso lateral e me mandou de volta para a loucura.

A sala de detenção ficava no último andar, e a cada poucos passos Sweeney se voltava para mim com aquele sorriso de lábios finos e boca fechada.

Nosso encontro com o diretor tinha mexido com ele. Ele tinha um novo gingado em seu passo. Não só Crutchley confiava nele o suficiente para incluí-lo em seu plano, como ele também pedira sua ajuda para executá-lo. Sweeney provavelmente já estava calculando quanto seu salário líquido poderia aumentar quando as promoções fossem anunciadas.

— Espero que você faça a coisa certa aqui — disse Sweeney quando chegamos ao último lance de escadas. — O sr. Crutchley e eu não estávamos blefando, sabe. Deveria ter mais medo do que *nós* somos capazes do que qualquer coisa que esses bandidos do P.D.A. estão ameaçando.

O olhar viscoso em seu rosto me deu uma ideia. Um plano.

Deslizando a palma da mão ao longo da grade, considerei em quanto tempo poderia colocá-lo para funcionar. Cedo demais, e Sweeney pensaria que eu não era esperto o suficiente para fazer isso. Tarde demais, e ele pensaria que eu não tinha coragem. No final, porém, o momento perfeito se anunciou quando Sweeney abriu seu sorriso presunçoso novamente, e decidi que era a última vez que eu teria estômago para isso.

— Kemi Harper — falei. O som quase não saiu da minha boca, mas eu sabia que ele tinha ouvido.

— Como é?
— Kemi Harper — repeti. — Você a conhece, não?

Seus olhos correram ao redor enquanto ele penteava a coroa de cabelinhos finos com os dedos. Seus passos largos se transformaram em movimentos nervosos, as solas raspando o chão a cada dois passos.

— Não sei bem o que está tentando fazer, Esso. Quero dizer...

— Que tal Jodie Pyne? Hope Ngozi? Leanne Davies? — sugeri. — Para ser sincero, o lance da Leanne foi mais um boato. Pode ter sido uma completa besteira, na verdade, mas eu poderia dar alguns outros palpites, se quiser.

— Xiiiiiiiiiiiiiiu! — Ele agarrou meu braço, me puxando pela porta da sala de aula vazia mais próxima. — Esso, você não sabe do que está falando. — Ele se virou para verificar se ninguém estava ao alcance da voz. — E você também não tem nenhuma prova para essas alegações malditas. Então, fique de boca fechada antes que alguém o ouça!

— O senhor está brincando? — respondi, não me preocupando em baixar minha voz. — Metade de Penny Hill sabe sobre o senhor. Acha que, só porque elas serão maiores de idade daqui a alguns meses, o senhor está seguro?

Ele ainda estava apertando meu braço, forte o suficiente para começar a formigar em breve. Mas eu o deixei segurar.

— Só espero que faça a coisa certa, sr. Sweeney. Crutchley não é do tipo que blefa. Estou tentando lembrar de quem ouvi isso recentemente.

O comentário o deixou *totalmente* transtornado.

— Olha, cara. — Levei a boca perto de sua orelha. — Vou ficar de boca fechada sobre suas atividades extracurriculares bizarras e *patéticas*. — Não tinha intenção de manter essa promessa... Nadia já tinha planos de denunciá-lo, e eu estaria lá para assinar embaixo do que ela dissesse. Mas ainda precisava arriscar. — Tudo o que o senhor precisa fazer é garantir que eu não seja expulso. Quaisquer que sejam os planos sorrateiros que Crutchley tem para mim, dá seu jeito, mano.

A pele de Sweeney estava ficando pálida. Ele não merecia manter sua liberdade, muito menos seu cargo. Ele assentiu freneticamente, me tirando dos meus pensamentos e esperando pelas minhas palavras finais.

— Agora — acrescentei friamente —, larga a droga do meu braço.

Capítulo 18
RHIA · *15 ANOS DEPOIS*

Eu estava rastreando minha entrega a caminho de casa, então sabia que já havia chegado. Rasguei a embalagem com a violência de uma garota das cavernas, me aproximando da luz do corredor para ver minhas novas chuteiras brilharem. Maria era a única outra garota na equipe com elas. Na verdade, as dela eram as Predators de 240 libras, e eu tinha Adidas Preditos pela metade do preço com os sulcos laterais pintados em vez de moldados. Fui com o clássico preto, vermelho e branco, óbvio. Escolher algo diferente disso seria o mesmo que meter uma estampa xadrez e enfiar luzes néon nas biqueiras.

Era um dia antes da véspera de Natal, e este foi o meu presente para mim mesma. Poppy me deu o dinheiro para encomendá-los esta manhã; *minutos* depois que Gibbsy enviou uma nota em vídeo me dizendo que eu seria titular na final da Academy Cup em duas semanas. Quando cheguei à escola, Olivia tinha contado a todos. Ela estava mais empolgada do que eu. Conhecia minha rotina de exercícios aeróbicos e meu regime de alongamento. E, quando chegava em casa tarde após uma resenha com os amigos, ela costumava me encontrar dormindo com um pulsador amarrado em minhas coxas e um shake de creatina na mesa, pronto para o meu treino matinal.

Encostei meu guarda-chuva encharcado na parede. Ouropel escorria ao longo do corredor e em volta dos batentes das portas. Mesmo que as decorações brilhantes aquecessem meu coração, uma parte de mim estava ansiosa pelo fim das Festas. O ano novo oferecia uma chance para recomeçar... para repensar a estratégia.

Apenas alguns dias se passaram desde que abri a carta do dr. Esso, e eu já estava pensando em maneiras de me comunicar com ele secretamente. Mas também prometi a mim mesma que deixaria as coisas esfriarem primeiro, aproveitaria bem as férias e resistiria a fazer ou mesmo *pensar* sobre fazer qualquer coisa até depois.

Fui em direção ao meu quarto, impaciente para experimentar minhas novas armas secretas e me certificar de que tinham feito as chuteiras meio tamanho maior, como eu havia pedido. No caminho, vi as sapatilhas de Poppy do lado de fora da sala e, alinhadas ao lado delas, as botas de Tony e os Doc Martens de Olivia.

Estranho, pensei. Estavam todos em casa, mas estava tudo tão quieto. Sem tv estridente, nada de Olivia conversando ao telefone e Poppy dizendo para ela abaixar o volume, nenhum zumbido grogue de Tony roncando no sofá. Ao entrar na sala de estar, tive o pensamento alarmante de que um ladrão poderia tê-los amarrado no chão e os amordaçado. Mas lá estavam eles: os três no sofá em seus lugares habituais.

Olivia olhava pela janela. O rosto de Poppy estava enterrado nas mãos. Tony era o único olhando diretamente para mim.

— O que é isso? Uma intervenção? — brinquei, meu coração palpitando. Minha maior preocupação era que eles de alguma forma tivessem percebido que eu ainda tinha planos de entrar em contato com o dr. Esso e agora estivessem se unindo para me impedir.

— Sente-se, Rhia. — Tony apontou para uma cadeira no meio da sala que ele havia desdobrado para o que quer que fosse essa reunião.

Virei-me para Olivia, esperando que ela me desse algum tipo de sinal de alerta: "outra bronca", ou talvez ela diria "minta" com piscadas de olhos, nosso código para mentir se fosse necessário. Mas, em vez disso, ela continuou fingindo que não podia sentir meus olhares cutucando-a.

Em seguida, uma fungada vazou das palmas das mãos de Poppy. Ela estava chorando. Isso não era uma intervenção, percebi de repente.

Era uma emboscada.

— Rhia, acho que seria melhor você se sentar — repetiu Tony.

Eu já podia sentir meus instintos de luta ou fuga me tomando.

— Estou bem.

— Confie em mim. Assim vai ficar mais fácil.

— Acho que é a primeira vez que você faz isso — respondi. — Mas não é a minha. Vou ficar em pé.

O choro de Poppy ficou mais alto.

— Está certo. — Tony se levantou, as tábuas do assoalho curvando-se embaixo dele. — Como você provavelmente notou... não estive muito bem por um tempo. E Poppy está trabalhando mais tempo do que merece. — Ele massageou a nuca. — No mês que vem vamos nos mudar para uma pequena casa em Devon. Sempre quisemos fazer isso, e Poppy acha que a mudança de cenário vai ajudar. Mas o que parte nossos corações é que não podemos mais cuidar de você. Mal conseguimos juntar o suficiente para a mudança. — Ele fez uma pausa. — E, se nos sacrificarmos mais, isso vai nos quebrar.

Eu queria explodir. Nos últimos quatro anos eu tinha feito um trabalho triplo como cozinheira, faxineira e terapeuta daquele homem. Eu literalmente limpei o vômito dele da pia da cozinha.

Ele faria o mesmo por mim, eu sempre me lembrava. *Ele se importa.*

— Desculpe — disse Tony, uma lágrima caindo de seu queixo no chão com um baque.

Poppy ergueu as mãos do rosto, revelando rímel espalhado ao redor dos olhos azuis cristalinos.

— Sinto muito, Rhia. — Ela estava tremendo. — Sei que não é justo. Só gostaria que pudéssemos fazer mais.

Eu me lembrei do meu primeiro cara a cara com ela. Contei a ela o número de lares pelos quais havia passado, e ela me prometeu (entre lágrimas confusas como essas) que eu nunca teria que encontrar um novo lar novamente.

No canto, Olivia estava com bolsas densas embaixo dos olhos. Éramos como duas meias de pés diferentes que Tony e Poppy decidiram testar por um tempo. Mas nunca combinamos muito. Sempre fomos um inconveniente prestes a sermos expulsas. Só tínhamos nos esquecido disso.

Eu sabia que a hora de olhar para trás e analisar a situação — tantos *ses* e *quem sabes* e *próximas vezes* — viria em breve. Por enquanto, o esperado era que eu fosse uma boa esportista. Isso era o que eles queriam ao elaborar essas conversas. Portanto, cavei fundo e encontrei uma maneira de abrir meu sorriso mais brando.

— Então, acho que Olivia e eu devemos uma festa de despedida a vocês, certo?

Tony e Poppy trocaram olhares. Olivia afundou em seu assento, seus olhos se fechando.

— Hum... A Prefeitura de Plymouth disse que poderia pagar por uma filha adotiva. Mas apenas por uma. — Tony limpou a garganta antes de terminar. — Então, Olivia vai ficar.

Cada sílaba empurrava a faca mais fundo nas minhas costas. A sala de repente parecia estar se expandindo ao meu redor até que me tornei um pequeno ponto. Invisível. Perdida.

Eu deveria saber, disse a mim mesma. No fim das contas, Olivia era uma lutadora e teria feito o que fosse preciso para marcar aquele ponto. Me perguntei por quanto tempo ela manteve isso em segredo. Todas as vezes em que eu estava jogando futebol, ela estava aqui neste sofá, acalentando os corações de Tony e Poppy. Ela os havia convencido de que a filha mais simpática, bonita e fácil de lidar era obviamente a melhor escolha.

Talvez Olivia tivesse contado a eles sobre a carta que recebi do dr. Esso, sobre minha mãe verdadeira, ou qualquer um dos milhões de outros segredos que eu compartilhei com ela. Pensei nas incontáveis vezes em que ela usou expressões como "irmã" e "para sempre". Todas as vezes que ela voltava para casa arrasada depois que um de seus amigos lixo ou aventuras amorosas a decepcionavam.

Sempre fui eu a colocá-la de pé novamente.

Era *no meu* ombro que ela chorava todas as noites. Toda. Droga. De noite. *Nos meus ombros!* E agora ela nem me olhava nos olhos. Eu estava com muita raiva para sentir qualquer coisa além de ódio por Olivia. E eu mal podia esperar para chegar ao nosso quarto e dizer a ela como me sentia, usando palavras que Olivia nunca esqueceria.

— A C-C-Care ligou — continuou Tony, engasgando com as palavras. — Eles, hum... eles disseram que há uma cama para você em uma das casas coletivas nas proximidades. Podem reservar para você até segunda-feira. E vamos garantir que tenha um bom fim de semana de Natal.

Essas duas palavras — "casa coletiva" — ressuscitaram algo enterrado dentro de mim. Em algum lugar no meu DNA estava a marca de uma Rhia que havia provado aquela carnificina e escapado por pouco, jurando nunca mais voltar. Meu olho direito começou a tremer, espasmos para cima e para baixo como um obturador de câmera quebrado. Era como se meu corpo não tivesse certeza se me deixaria ver essa catástrofe se desenrolando ou se a esconderia de mim.

Doía o fato de que, alguns dias antes, Olivia tivesse me pedido para virar as costas para o dr. Esso — a única pessoa que poderia me conectar com minha verdadeira mãe... para agora ela mesma me abandonar. Feria que eu não tivesse forças para ficar o fim de semana como Tony queria, que eu estaria partindo para a casa do grupo naquela noite, perdendo o Natal.

O silêncio pairou quando atravessei a sala, passando por Tony, por Poppy, por Olivia, antes de parar perto da árvore. As luzes pisca-pisca estavam dançando. A Virgem Maria me observava de cima em azul cerâmico. Os presentes que embrulhei para eles — uma navalha mais afiada para Tony, um massageador de pés para Poppy e um álbum de fotos retrô para Olivia embalado com nossos melhores momentos — todos ficaram ali, intocados. Ao desamarrar minha própria meia do galho mais baixo, tive um pensamento tão triste que me fez sorrir: eu havia chegado um ano antes de Olivia. E ainda assim a escolheram.

Saí sem deixar cair uma única lágrima.

Meu próximo lar não teria espaço para isso.

Capítulo 19
ESSO . AGORA

O sr. Sweeney e eu passamos as últimas duas horas sozinhos na sala de detenção, evitando conversar ou olhar um para o outro. Eu ainda não conseguia dizer com certeza se tinha feito a escolha certa ao ameaçá-lo. Antes de meu tio ser deportado, ele costumava citar provérbios da África Ocidental que sempre envolviam animais por algum motivo. Um, em especial, me veio à mente: "Se você tem uma cobra em sua casa, abra a porta da frente e guie-a para fora — porque, se você a encurralar, ela pulará na sua garganta." Ao chantagear Sweeney, eu o deixei com três opções: vir para a minha jugular agora, mais tarde ou nunca. Torcia para ele ser bunda mole demais para escolher a primeira ou a segunda opção, mas não pude deixar de pensar: *E se eu estiver errado?*

Mas aí quais outras opções *eu* tinha? Penny Hill já era a pior escola da região; para onde eu iria se fosse expulso? Eu apostava que, se dedurasse os garotos do P.D.A. como

Crutchley queria, todos os nomes da lista estariam mortos ou virariam pacifistas renascidos até o fim de semana. Isso não era opção. Eram lápides de cores diferentes. Eu tinha vencido a briga com D naquela tarde, mas não conseguia me livrar da sensação de que estava me preparando para perder uma batalha muito maior à noite.

Assim que o sinal da escola tocou, saí da sala de Sweeney e me juntei à muvuca de alunos que tentavam abrir caminho pelas portas da frente da escola. De canto do olho, vi Rob e Kato serpenteando pela multidão para me alcançar.

— Maaaaaaaaaaaaaano! — Kato gritou, seus punhos abafando o canto de sua boca. — Eu nunca, nunca vi uma revidada dessas na vida, mano.

— É? — perguntei. A briga parecia ter acontecido um milhão de anos atrás. Me perguntei se a porrada que tinha levado na cabeça estava se instalando, porque cada minuto que passava tornava as memórias mais difíceis de recuperar.

— Você virou um borrão humano, cara. Tu mandou uns ganchos de esquerda tipo os do Anthony Joshua, uns cruzados animais tipo os do Tyson Fury. Num momento, tu tava em cima do D com sangue nas mangas e uns olhos cinza-escuros, mermão. Tive que me beliscar para ter certeza de que não tava doidão. — Ele olhou para o teto em agradecimento. — Juro, aquela sequência foi do cacete.

— Mas você parecia bem fora da casinha — acrescentou Rob.

Seus comentários rolaram sobre mim. Eu ainda estava tão perdido em meus pensamentos que mal conseguia registrar o que estavam dizendo e quase perdi o fato de que todos que passavam por nós estavam apontando e olhando para mim também. É engraçado como, quando você consegue algo que sempre quis, nunca se sente do jeito que esperava. Ninguém conta isso pra gente: o preço que a vitória cobra.

Nadia passou, segurando as alças da mochila. Ela não nos viu, mas os olhos de Kato a seguiram pelo corredor enquanto ele dirigia suas próximas palavras a mim:

— Acha que ela vai olhar para você agora, mano? Agora que tu é *bad boy*?

— É o quê? — Eu estava furioso. Tinha ouvido cada palavra, mas queria dar a ele uma última chance de baixar a bola antes que eu fizesse o oposto.

Ele me encarou e, sem dizer uma palavra, sorriu.

— Vai se ferrar — falei, balançando a cabeça e me afastando. Era tudo o que eu podia fazer para não explodir. Estava acostumado com Kato falando besteira e jogando um ou outro golpe baixo. Mas algo na maneira como ele disse isso desta vez, a expressão em seu rosto... foi longe demais. Ainda mais depois de tudo que passei, depois de tudo que passamos.

— Fica de boa, chefia. — Ele pulou atrás de mim e agarrou meu braço. — Por que está tão sensível? Foi só brincadeira.

Aquilo *não era* apenas brincadeira. Ele estava me colocando no meu lugar, me subestimando como todo mundo tinha feito o dia todo. E ele sabia disso.

Eu me virei para encará-lo.

— Foi brincadeira quando você falou com Kaylie pelas minhas costas também?

Ele baixou o olhar para o lado, assobiando baixinho com aquele maldito sorriso ainda no rosto.

— Qual é, cara, isso foi há uns três anos...

— E você *ainda* não se desculpou! Não vou deixar você estragar o meu relacionamento com Nadia.

Ele se recusou a me olhar nos olhos, mas eu estava o encarando agora, olhando-o de cima a baixo. Claro, Kato não sabia quão grande era o fogo que passei as últimas 24 horas tentando apagar antes que ele jogasse mais gasolina. Mas, pela primeira vez em nossa amizade de cinco anos, finalmente senti que sabia tudo o que precisava saber sobre ele. E estava pronto para compartilhar.

— Estou ligando um monte de pontos hoje. — Invoquei a mesma calma que tinha usado em Sweeney algumas horas antes. — E percebi uma coisa: toda vez que eu me esforço em alguma coisa, tento ser bom em *qualquer coisa*, você é sempre o primeiro a me zoar. Me chamando de nerd quando faço perguntas na aula, sempre encontrando maneiras de me rebaixar quando falamos de garotas. Mas agora sei por que você faz isso... você precisa que eu me sinta um bosta para que você possa se sentir melhor consigo mesmo. Porque, lá no fundo — usei meu dedo para apunhalar seu peito —, você sabe que sua vida não vale o chiclete grudado no meu sapato. Você é um lixo, cara. Você é menos que lixo, e sabe disso.

— Calma aí, mano — Rob interveio. — Fica de boa.

— Não! — gritei. — Também não vou te dar ouvidos. — Me virei para ele. — No almoço, falei pra você ficar comigo. Você sabia o que estava acontecendo, sabia que eu precisava da sua ajuda, e você me deixou.

— Mano, eu não sabia que D ia te dar aquele sacode — disse ele, parecendo genuinamente atingido pela minha acusação. — Não é tão sério quanto você está fazendo parecer.

— É esse o problema, cacete! Nada é sério a menos que você decida que é. Você passa o tempo todo no seu pedestal falando mal de todo mundo quando na real tu é um bosta *em tudo*. Você nunca fingiu dar a mínima para qualquer coisa que me importasse. Você é um inútil egoísta.

Nós três ficamos ali parados, como pedras plantadas em um rio enquanto a multidão passava.

— Querem saber? Cansei de vocês dois me puxando para baixo.

Eu me afastei, contente que eles teriam que me ver caminhando pela porta da frente com a escola inteira empolgada comigo.

O céu não parecia nada com o daquela manhã. As nuvens de chuva tinham ido embora, substituídas por pontos inchados pintados em uma tela laranja sangrenta. Quando finalmente avistei Nadia, ela estava no meio da rua principal. Tínhamos deixado nossos assuntos em uma posição razoável no almoço, e eu estava ansioso para ver se poderia cobrir mais terreno. Depois do dia que tive até agora, também precisava de alguém sensato com quem conversar. Alguém inteligente. Mesmo que isso adicionasse vinte minutos à minha jornada para casa.

Meu celular vibrou. Puxei o aparelho do meu bolso tão rápido que quase me atrapalhei, mas o peguei bem a tempo de ver a notificação aparecer.

> **MÃE**
> Ainda está de pé nosso peixe com fritas e filme às 20h?

Sabendo o quanto minha mãe era teimosa, era impressionante que ela estivesse oferecendo a bandeira branca.

A resposta que esbocei na minha cabeça era algo como: "Vou pedir peixe com fritas. Você escolhe o filme?" Mas nenhuma das minhas visões do Mundo Superior tinha vindo com marcações de tempo, o que significa que eu não sabia onde poderia estar às 20h. Para piorar as coisas, Nadia estava se afastando lá na frente.

Considerando tudo o que tinha visto e previsto, aquela poderia ser minha última chance de realmente falar com ela. De realmente estar com ela. A mensagem de minha mãe teria que esperar.

Para acompanhar as pernas ágeis e desengonçadas de Nadia, tive que passar de uma corrida suave para uma corrida alvoroçada, me esquivando por pouco de outro grupo de alunos quando ela virou na rua lateral.

— Quem é você e por que está me seguindo? — disse ela, sem me encarar ou diminuir o passo.

— Sou eu. Esso.

— Jesus, E. — Ela se virou e sua gargalhada derreteu qualquer constrangimento da minha entrada assustadora. — Achei que fosse alguém me perseguindo.

— Só queria saber como vão as coisas. Não conseguimos terminar nossa conversa mais cedo. Sei lá, qual é a boa?

— Você está mesmo me perguntando isso? — Ela olhou para os meus dedos, cobrindo a boca quando viu as manchas vermelhas no curativo. — Ouvi falar da briga. Você está bem?

Doía mais do que parecia, mas eu respondi:

— Você tinha que ver o outro cara. — E acrescentei um sorriso.

— Tá se achando agora, né? — disse ela, balançando a cabeça. Ela puxou as alças da bolsa para perto do corpo e, alguns passos depois, parou no meio da rua, adicionando peso extra à sua próxima frase antes de soltá-la. — Você tem que ter cuidado, E. É o que você mesmo disse: D e aqueles garotos do P.D.A. não sossegam o facho até que esteja terminado. — Ela colocou um pouco de ênfase extra na palavra final, e eu senti um nó apertando meu estômago.

Sabia que estava certa. Claro que sabia. Sabia que a jogada mais inteligente teria sido eu oferecer minha humilhação como uma oferta de paz a D. Deveria ter ficado no chão depois do primeiro soco dele, então aceitado as risadinhas intermináveis e os dedos apontados que se seguiram. Mas isso agora era passado.

— Vou ficar *bolada* se sua cadeira estiver vazia quando eu voltar do recesso — ela disse.

— Desde quando você se importa tanto comigo? — perguntei, torcendo para que ela mordesse a isca.

Em vez disso, Nadia me empurrou.

— Vocês dois só precisam não morrer, né?

Ela estava falando sério. Chutei uma pedra, pensando um pouco mais profundamente naquilo. Com certeza não queria que ninguém morresse, e talvez D também não. Ir para a guerra não era tão glamuroso quanto faziam parecer nos filmes ou nas músicas. A verdade dói, e a verdade inteira é excruciante. Pensei em Spark e na vez em que ele se gabou para mim sobre o primeiro garoto que ele "empacotou" — devida e permanentemente, quero dizer. Mas, a portas fechadas, Spark não conseguia dormir, não conseguia comer, não saiu de casa por semanas.

Nadia esticou o pescoço para a frente.

— Está me ouvindo?

— Estou, sabe que sim. É que tem muita coisa que estou tentando entender agora. Você não faz ideia.

— E, às vezes, você me irrita, sabia disso? Já te disse tantas coisas sobre mim. Algumas coisas bem constrangedoras, inclusive.

Fiquei quieto e mantive meus olhos no trânsito enquanto caminhávamos. Não podia contar a ela sobre as visões, especialmente a que tive no refeitório, com ela encarando uma bala. Além de fazê-la se perguntar quantas vezes sonhei com ela, Nadia provavelmente me chamaria de doido e surtaria. Eu teria que entender isso sozinho.

— Acha que mais alguém na escola sabe que sou diabética? — ela perguntou. — Acha que sequer considerei convidar Janeen e Kemi para nossa maratona de filmes de ficção científica no mês passado?

— Não. Acho que não.

— Exatamente. Mas *você* sabe. Então, agora é a sua vez: bota pra fora.

— É bobeira, Nadia.

— Não, não acho que seja. Do contrário, você não estaria pensando tanto nisso. — Ela olhou para meus lábios com expectativa.

Ela tinha um bom argumento, e não pela primeira vez. No fundo, eu queria confessar. Queria que ela soubesse e entendesse tudo a meu respeito. Mas, mais fundo ainda, queria que ela arrancasse essa história de mim, palavra por palavra. Eu tinha dado a informação fácil demais para Kato, e veja como tudo terminou. Ela não era uma idiota como ele, mas se calhasse de fazer a mesma coisa comigo, pelo menos eu teria a certeza de que fui cuidadoso.

— Promete que não vai rir de mim ou me achar um doido?

— Você sabe que não posso prometer isso. — Um sorriso perverso se espalhou por seu rosto. — Mas posso prometer que manterei isso entre nós.

— Tudo bem — falei, já me dando por satisfeito com a minha própria hesitação. — Então, o que acontece é que fui atropelado por um carro esta manhã. — Tinha planejado parar a história mais ou menos ali, mas essa frase sozinha tirou tanto peso dos meus ombros que de repente eu quis que tudo terminasse. — E desde então tenho tido vislumbres aleatórios do futuro.

Depois de uma pausa, Nadia balançou a cabeça.

— Você é tão babaca às vezes, E.

Parei de andar, ergui a bainha da minha camisa e apontei para o caroço pálido no meu quadril.

— Olha, foi aqui que o carro bateu em mim.

Não conseguia ler a reação dela, então continuei com mais empenho:

— E, depois que fui atingido, acordei em um mundo de sonhos e vi um monte de projeções minhas, incluindo uma em que eu estava usando fones de ouvido da Cantor's por algum motivo. Quando entrei em uma das projeções, tive três visões do futuro. Era uma espécie de viagem no tempo, mas onde apenas sua mente participa. E agora duas das visões realmente aconteceram na vida real. E aconteceram *mesmo*, ambas hoje. Não pode ser coincidência que tudo isso esteja acontecendo no mesmo dia em que encontrei o diário do meu pai e li uma página em que ele falava sobre esse lugar bizarro chamado Mundo Superior.

Fiz uma pausa para puxar um pouco de ar, mas a vi olhando para mim com uma descrença educada.

— É verdade. E mais tarde, no almoço, quando D me deu um soco, fiquei inconsciente, mas quando me levantei comecei a ter mais visões. Então, enquanto estava brigando, fiquei superquente, como um vulcão, e também senti que estava me movendo no tempo no ritmo de uma lesma. De qualquer forma, é basicamente isso.

— Então, é *por isso* que vocês estavam falando sobre viagem no tempo no almoço?

Fiz que sim com a cabeça, nervoso.

— Hum. — Ela descansou dois dedos no queixo. — Bem, essas coisas sobre viagem no tempo de precognição que você mencionou podem realmente ter um sentido lógico. Além disso, você me mostrou uma prova evidente de que o acidente de carro aconteceu. Só há uma coisa que ainda não entendi: por que a pele do seu quadril está tão cinzenta?

— Fala sério, Nadia.

Ela se inclinou de tanto rir e levou um tempo para se recompor. Me senti um idiota. Também não gostei dos olhares de pena que ela continuou me dirigindo.

— Desculpe, E. Não devia ter feito essa piada, cara. Olha, é óbvio que não acredito em você. Mas posso dizer por esse olhar ridiculamente sério em seu rosto que *você* acredita em você. E, provavelmente, isso é o que mais importa agora. E lamento pelo acidente desta manhã. Isso é uma bosta, mas estou feliz que esteja bem. — Seu olhar sério estava de volta. — Só preciso que vá mais devagar, para que eu possa entender um pouco melhor. Tipo, mais explicações, mais detalhes.

— Pra ser sincero, ainda não tenho nenhuma explicação. Nem acho que posso dizer mais do que acabei de dizer.

— E tem certeza de que não tem sintomas de concussão? Consegue se lembrar do nome do nosso atual primeiro-ministro?

— *Nadia* — grunhi. — Vai conversar comigo sobre isso ou não?

— Você tem sorte, sabe? — Ela estava olhando para o céu. — Viagem no tempo é, de longe, meu tema favorito de ficção científica, então estou muito a fim de conversar sobre isso.

Claro que ela estava. Aquela era a mesma garota que me disse que pensava em se candidatar a uma universidade particular de ponta para estudar física. Nadia, que, quando não estava cuidando de seus irmãos mais novos, estava com a cara enfiada em um livro de quatrocentas páginas. Fiquei irritado comigo mesmo por não ter pensado em conversar com ela antes, então tive uma ideia que poderia compensar.

— Que tal essa ideia: você me explica como viagem no tempo funciona em todos os filmes e livros que leu, então, depois da nossa sessão de revisão hoje à noite, eu te conto *tudo* sobre as maluquices que vi quando viajei no tempo. Combinado?

— Combinado — ela respondeu, apertando minha mão estendida.

Seu rosto ficou tenso. Ela pressionou um dedo contra os lábios. Um segundo se passou. Dois. Três... Cinco... Implorei a mim mesmo para ficar quieto para que ela pudesse pensar em paz. Finalmente, ela voltou.

— Então, em um nível básico, existem dois tipos de viagem no tempo.

— Tudo bem — falei, duvidoso sobre quão longe ela iria com o pouco que contei.

— O primeiro tipo é o que você vê em filmes como *A ressaca* ou *Vingadores: Ultimato*. Embora — disse ela, divagando — eu não tenha certeza de que alguém chamaria as doideiras que acontecem em *Ultimato* de *científicas*. De qualquer forma, com esse primeiro tipo de viagem no tempo, você pode avançar ou voltar no tempo e mudar as coisas. Então, tipo, em *A ressaca*, eles viajam de volta para os anos 1980 e um deles usa seu conhecimento do futuro para inventar o Lougle, que é apenas uma cópia descarada do Google, e ele se torna, tipo, um multigazilionário.

— Sim, vi esse filme depois que você recomendou. É engraçado. — Meu celular vibrou mais algumas vezes no meu bolso, mas ignorei. Nadia ainda estava falando.

— O segundo tipo de viagem no tempo é o que você vê no livro *Harry Potter e o prisioneiro de Azkaban*.

Ela provavelmente podia perceber, pelo meu queixo caído, que eu estava esperando por detalhes como se minha vida dependesse disso.

— Então, Hermione e Harry usam um dispositivo mágico para viajar no tempo, mas eles logo percebem que, embora possam viajar para o passado, não podem mudar as coisas que já viram acontecer. Nessa versão, uma vez que você vê qualquer parte do seu passado ou futuro, eles meio que são gravados em pedra.

— E os pedaços do futuro que você *ainda não* viu? — perguntei. — Esses também são gravados em pedra?

— Se você perguntasse isso aos dez físicos mais inteligentes do mundo, eles não chegariam a um consenso.

Que esperança eu tenho, então?, me perguntei. Não estávamos longe de Camberwell Green — eu percebia pelo galho em forma de dedo que se inclinava sobre a cerca do parque, bem como pelo cheiro forte de costelas sendo assadas num churrasco. Eu ainda precisava pegar o ônibus, mas Nadia morava a poucos minutos a pé. Eu estava trabalhando contra o tempo.

— O estranho é — ela continuou — que muitos dos cientistas famosos que se aprofundaram no tema da viagem no tempo acabaram ficando… meio loucos. Ninguém sabe ao certo o quanto o futuro é fixo ou qual dos dois tipos de viagem no tempo está certo. — Ela olhou para as nuvens. — Não acredito que estamos tendo uma conversa sobre viagem no tempo em termos práticos...

— Estou preocupado que possa ser a segunda opção — respondi, com a voz trêmula. Eu não estava exatamente interessado em compartilhar os detalhes da visão quase violenta que tive com ela. Esses detalhes podiam esperar.

— Preocupado? — perguntou ela, agora parecendo um pouco alarmada.

— Bem, você disse que o passado e o futuro estão "gravados em pedra"... Quando fui atropelado por um carro e acordei naquele mundo dos sonhos, acho que vi... essa gravação em pedra. Juro, havia essa estrutura gigantesca que se estendia até o céu e, quando entrei nela, vi flashes da minha vida... no futuro. Entendeu?

Os olhos dela iam para lá e para cá enquanto eu falava, seu cérebro funcionando ainda mais rápido do que quando começamos. Depois de alguns momentos, seu rosto se iluminou novamente.

— O que você acabou de dizer sobre essa grande "estrutura"... meio que me lembra a teoria do universo em bloco.

— O quê... do quê? — perguntei.

— Saca só essa. Einstein imaginou o universo como um bloco maciço que é feito de tudo. Não apenas o espaço que os planetas, as estrelas, você e eu ocupamos, mas o *tempo* também. E tudo está misturado em um único bloco. — O olhar de confusão em meu rosto deve ter dito a ela que eu não estava acompanhando, então Nadia voltou ao início. — Basicamente, neste universo em bloco, se você for a um canto dele, pode acabar na Pérsia em 5000 a.C. Vá para outra borda e estará na Tailândia de 2090. Mas cada parte do bloco, cada pedaço de história e nossos destinos futuros, já existe, está tudo ali, esperando para ser explorado e entendido.

Era impossível não notar a semelhança entre o que ela estava descrevendo e o que eu tinha visto lá em cima.

— Acho que é isso — concordei.

O ar estremeceu com buzinas de táxis pretos e ônibus vermelhos, cada um lutando por espaço na hora do rush. As ruas entrelaçadas de Camberwell Green estavam a menos de cem metros à frente.

— Tenho que ir fazer o jantar para os meus irmãos mais novos — disse ela. — Mas obrigada pelo papo nerd.

Que se danem seus irmãos mais novos!, eu queria dizer. A pior coisa que poderia acontecer com eles era passar fome por mais uma horinha. Havia muito mais em jogo para mim, talvez até para ela, se eu não conseguisse nos manobrar para um caminho melhor para o futuro.

— Prometa que vai ao médico se começar a se sentir mal, certo? Do contrário, vejo você na biblioteca esta noite.

— Legal — respondi, mordendo o lábio. — Pode deixar.

Eu estava tão ocupado vasculhando minhas novas preocupações que quase perdi a palavra "biblioteca".

Eu tinha planejado dizer a ela, Kato e Rob no almoço para ficarem o mais longe possível daquele lugar, mas não encontrei uma explicação decente. E talvez não precisasse de uma. De jeito nenhum Rob e Kato ainda estariam interessados em sair comigo depois da nossa briga. Então, a única coisa que me restava fazer era usar a viagem de ônibus de vinte minutos para casa para escolher um local diferente para que eu e Nadia fizéssemos a "revisão" e convencê-la a ir para lá.

Enquanto isso, Nadia estava pronta para se despedir e buscava sinais de vida em mim. Estendi a mão para cumprimentá-la, sem perceber que ela começou a vir para um abraço... o que significava que dei um soco no meio do peito dela sem querer. Pelo olhar em seu rosto, Nadia devia estar se perguntado exatamente quantas vezes bati com a cabeça. Desesperado para consertar a situação (e não perder minha chance de ter meu peito contra seus seios), rapidamente a envolvi em meus braços. Mas a essa altura ela já havia baixado as mãos, o que significava que passamos os próximos segundos com ela amarrada como se estivesse em uma camisa de força, meu cheiro girando em torno dela como uma matilha de cães sem-teto.

Assisti a ela se afastar. Foi o mais rápido que já a tinha visto se mover. *Você é um palhaço, Esso.*

Desesperado para me distrair com qualquer coisa que não fosse a nossa despedida, peguei meu celular para verificar quem tinha me mandado uma mensagem mais cedo.

> **GIDEON**
> Cara acha um lugar seguro rápido.
> D e a gangue tão te procurando!
> EVITA A CAMBERWELL

As palavras finais deixaram claro que eu estava ferrado.

O fato de a mensagem ter vindo de Gideon, em vez de Rob ou Kato, deixou claro que eu estava ferrado e sozinho e que não tinha ninguém para culpar além de mim mesmo.

Capítulo 20
RHIA · *15 ANOS DEPOIS*

Fazia quase um ano desde a última vez que tive o sonho.

Sempre começa embaçado... Vejo um contorno em tons de cinza de alguém na minha frente. Aperto os olhos com mais força e percebo que é uma mulher de joelhos com os dois braços levantados para mim, gritando meu nome. É minha mãe. Não tenho provas disso, mas sei que é verdade, é como acontece nos sonhos. Mas, à medida que as coisas entram em foco, percebo que o sorriso que vi tantas vezes naquela foto na minha gaveta desapareceu do rosto dela. E onde seus olhos deveriam estar, há círculos cheios de escuridão. Ela não está mais chorando. Nem parece me reconhecer. O mundo começa a girar ao meu redor, e espero acordar na minha cama da vida real, encharcada de suor e chorando.

Duas semanas haviam se passado desde que Tony e Poppy me despejaram, e ainda parecia que foi ontem. Mas eu tinha uma nova casa, novos estranhos e uma nova vida para seguir. Hoje, em especial, era dia de novidades: minha estreia no campo premium dos SE Dons. Os jardineiros haviam cortado a grama em um xadrez esmeralda, os ângulos mudando a cada cinco metros. E o cheiro? A única prova que me restava de que Deus talvez existisse e que ela, às vezes, dava a mínima.

Tínhamos ido para o segundo tempo empatadas em um a um, e Gibbsy fez um discurso no intervalo tão gângster que me fez pensar no que ela fazia para ganhar a vida antes de se tornar treinadora. Ela brigou com Maria por não dar mais rebatidas no gol e com todo o meio-campo por não aderir aos nossos padrões. As únicas palavras que ela guardou para mim foram: "Finalização perfeita", mas, depois, "Continue se esforçando".

Tive sorte com meu gol, e ela sabia disso. Depois de correr preguiçosamente de uma abertura, de alguma forma me vi na ponta de uma bola lançada que acertei no canto.

Se não estivesse tão exausta, teria dado um salto mortal ou pelo menos uma deslizada rápida para a lateral de campo — aquela ainda era uma final de copa. Mas eu tinha dormido apenas uma hora na noite anterior e tive que acordar mais cedo para chegar ao estádio, já que o trajeto do dormitório feminino demorava muito. Com uma cãibra na perna ameaçando me tirar do jogo, eu estava botando minhas fichas no segundo tempo.

A chave era o foco. Meu trabalho era superar a dor e, mais importante, não deixar nada do que aconteceu no mês passado me distrair. Não o beijo de Judas de Olivia, nem Tony e Poppy me abandonando. Nem mesmo as promessas do dr. Esso, que agora pareciam mais vazias e distantes do que nunca. Aprendi que se apegar era muito arriscado. *Milhares de pessoas estão passando fome agora na Escócia, eu* ficava me lembrando. *Isso sim* é problema de verdade. *Agora, vê se supera.* Nas palavras de Gibbsy, esse jogo definiria nossas vidas. Era para isso que a temporada vinha escalando: cem tiros de corrida, mil exercícios de passe, quase um milhão de agachamentos, e tudo isso contribuiu para essa partida contra a Arsenal Girls' Academy.

Esse time, esse jogo, essa chance de contrato era tudo que me restava. Mas, por mais tentada que eu estivesse a pensar no apito final, quando tudo estaria selado, eu ainda não conseguia desistir.

Faltavam vinte minutos, o jogo ainda estava empatado e havia calor suficiente saindo da torcida da casa para fritar um ovo na trave. O técnico do Bayer Neverlusen estava assistindo da arquibancada norte. O mesmo acontecia com os olheiros do Tottenham, embora nenhum jogador com pés funcionais devesse ter que se humilhar tanto. Corri em direção à linha lateral para chegar ao fim de um chute a gol e tive que apertar os olhos para ver a bola cortando o sol. Matei a bola no peito, deixando-a cair em um baque surdo aos meus pés.

Não demorou muito para a primeira jogadora pular em minha direção. Cortei uma linha em direção ao gol, pronta para atacar as duas últimas na defesa. Mas, antes que eu pudesse decidir em qual pé colocar, a capitã loira no meio-centro roubou a bola de mim. De novo.

Foi talvez a décima vez que ela fazia isso naquele jogo, e eu ainda não tinha descoberto como. Suas pernas eram metade do comprimento das minhas, mas sempre conseguiam encontrar o caminho para o local onde eu estava segurando a bola. Era como se ela soubesse o que eu queria fazer antes mesmo de eu saber. Cada vez que ela roubava a bola, a passava de volta para sua zagueira, fingia não ouvir a multidão aplaudindo, então voltava e batia na minha bunda, provocando, "Que azar, meu bem", ou algo tão condescendente quanto.

— Passa a bola! — gritou Maria na vez seguinte que eu estava com a bola, jogando as mãos para cima quando fui derrubada.

Mio, nossa lateral esquerda, fez a mesma reclamação um minuto depois.

— Calma, Rhia — zombou a capitã. — Todo mundo está olhando para você. Lembra?

Desfiz meus punhos, me recusando a encará-la. *Não faça isso*, disse a mim mesma, sentindo meus ombros endurecerem. No momento em que voltei para o meio-campo, a adrenalina em minhas veias estava quase toda diluída. Um minuto no tempo de compensação, eu não podia deixar nada nem ninguém me convencer a duvidar de mim mesma. Nada mais importava — tudo de que eu precisava era mais um chute para o gol.

Então, do nada, um padrão incomum surgiu no campo: uma constelação de corpos em movimento tão rara quanto todos os oito planetas alinhados. Quase me belisquei para ter certeza de que meu torpor não estava me fazendo ver o que eu queria. Mas, com certeza, a maré do nosso meio-campo estava avançando, a linha de impedimento da oposição estava recuando e os quadris de Maria traçavam uma linha reta em minha direção. Os pelos do meu braço se eriçaram enquanto meu tronco endurecia. Até o ar parecia mais espesso, como se um furacão estivesse se aproximando, pronto para me varrer se eu o permitisse. Era a *hora*.

Iniciei uma corrida longa e em arco pela esquerda, apontando para um ponto alguns metros à frente, para que Maria não tivesse dúvidas de onde eu precisava que a bola pousasse. E, apesar de toda a picuinha entre nós durante aquela temporada e de ela ter uma abertura para ir sozinha, Maria me passou a bola — um cruzamento perfeito para me colocar cara a cara com a goleira.

Meu coração estava acelerado. Tive que implorar aos meus nervos para se acalmarem. A goleira gritava por reforços, mas não havia como chegarem a tempo. Ela virou os pés para o local que eu encarava e, depois de me ver fazendo uma finta naquela direção, jogou o corpo no poste mais distante... deixando um gol aberto para eu acariciar a bola. A multidão já estava de pé, gritando. Eu sorri enquanto erguia meu pé para trás.

Mas, quando olhei para baixo, a bola tinha sumido. Levei um segundo para descobrir o que tinha acontecido, mas logo percebi que a mesma garota que havia me roubado a tarde toda estava lado a lado com sua companheira de equipe em direção ao gol oposto.

Eu não tinha espaço ou tempo para me acalmar, para pensar em um plano racional. Tudo o que eu tinha era a determinação de me fazer uma promessa inquebrável: *Eu. Não. Vou. Permitir. Isso.*

Não depois de encontrar o chute perfeito para vencer o jogo. Não com o mês que eu tinha acabado de viver. Nada me impediria de pará-la. Não dessa vez. Eu estava pronta para forçar minhas pernas até que quebrassem, para exigir que o próprio tempo se partisse em dois, o que fosse preciso para superá-la.

Corri em linha reta pelo campo e vi o mundo ficar mais borrado cada vez que aumentava a velocidade. Em relação a mim, todas as pessoas em campo pareciam estar indo para trás. Quando cheguei à área, a garota loira estava de volta à posse e se preparando para chutar a bola. Tudo o que eu tinha que fazer era tirar a bola dali e, o mais importante, tirá-la dali antes de eu atingir a jogadora.

Mesmo se eu quebrasse os dois tornozelos dela enquanto deslizava, o juiz diria que foi um movimento limpo, desde que tivesse cortado a bola primeiro. Pensei em diminuir o ritmo, sabendo que, se a acertasse tão perto do gol, seria um pênalti certo para o adversário e morte súbita para o nosso time. Mas, em vez disso, arrisquei, acelerei e deixei meu peso cair até me abaixar à altura das tesouras que cortaram a grama do campo antes da partida.

Eu estava muito mais perto do que gostaria, tão perto que o tempo todo em que eu deslizava, estava convencida de que tinha estragado tudo.

Mas eu consegui.

Consegui mesmo.

Chutei a bola para longe dos pés da minha adversária uma fração de segundo antes de cortá-la com minhas chuteiras novas. Não podia acreditar. Realmente salvei o dia.

Deixei um sorriso cruzar meu rosto enquanto me levantava, mas, então, assisti à árbitra passar correndo por mim e em direção ao pênalti, apontando loucamente para a área antes de soar o apito.

Não faz sentido, pensei, incapaz de me mexer ou mesmo piscar. *O que aconteceu?*

Para minha descrença, a árbitra marchou de volta para mim, parando quando estava perto o suficiente para enfiar um cartão amarelo na minha cara.

Eu congelei no local, incapaz de dizer uma palavra em resposta. Me lembrei de quando a capitã delas havia me derrubado. Prometi que não, não deixaria o que estava acontecendo *naquele momento* acontecer. E quando uma nuvem gigante avançou sobre nós, cobrindo o campo na escuridão, percebi que aquela promessa era tudo o que me restava.

Então, foi como se um interruptor fosse ligado em mim, e antes que percebesse, eu estava correndo atrás da árbitra.

— Senhorita, eu não cometi nenhuma falta — gritei para as costas dela. — Todo mundo viu!

Ela fingiu que não estava ouvindo e se afastou. Algumas das minhas companheiras de time correram para formar uma barreira entre nós, pena genuína estampada em seus rostos. Até Maria parecia se sentir mal por mim. Mas nenhuma delas falou em minha defesa.

A árbitra estava errada, eu estava certa. Era tão simples. O que estava acontecendo era irracional. Inimaginável. Injusto. E essa era a opinião de alguém cuja vida até aquele momento não tinha sido nada além de um dominó quebrado colidindo com o outro.

Eu já tinha perdido o suficiente. Não podia perder ali.

— Não — gritei, me libertando de meia dúzia de apertos em meus braços. Eu estava lívida com a garota loira do time adversário, mas nenhuma palavra poderia descrever o que eu sentia pela árbitra, que, naquele momento, encarnava todos que me abandonaram nessa vida ridícula. — Isso não é uma porcaria de pênalti. Mude a falta, cara... Não vou aceitar isso.

Minhas palavras foram afiadas pelo ódio e endurecidas pela certeza de que eu estava certa.

Finalmente, pressionei meu nariz contra o dela.

— MUDA A DROGA DA FALTA!

A árbitra lançou um longo e doloroso olhar para mim, o mesmo rosto cheio de dó de todos as outras. Então, enfiou a mão no bolso e tirou um segundo cartão amarelo. Em seguida, um vermelho.

Fim de jogo.

Não estou orgulhosa do que fiz em seguida.

Sem parar para pensar, formei uma bola de catarro na minha boca e cuspi no rosto dela.

As assistentes técnicas tiveram que correr, cada uma me puxando para longe da árbitra com todas as suas forças. Enquanto isso, a juíza puxava o fio de catarro de seu olho direito, seu rosto passando de choque para nojo e fúria. Eu estava gritando como um lobo, lutando para me libertar para poder correr atrás dela novamente e cuspir no outro olho.

No final, foram necessários seis homens e mulheres adultos para me tirar do campo, e passei todo o arrastar até a linha lateral gritando ameaças às adversárias.

A capitã delas se adiantou para cobrar o pênalti. Esperando que a gravidade pudesse me ouvir, estendi a mão e rezei para que o próprio espaço se dobrasse, rezando para que, por algum milagre, eu pudesse guiar seu chute com segurança por cima do travessão.

Ela olhou para a bola... deu três passos medidos para a frente... e a bola passou direto pela nossa goleira. E, assim, tudo pelo que nosso time havia trabalhado foi perdido.

Um coro de vaias, principalmente da nossa torcida, me perseguiu para fora do campo e pelo túnel. Nenhuma das minhas companheiras de equipe suportava olhar para mim. Apenas Gibbsy me seguiu escada acima até a sala onde eu estava sentada, enlameada e chorando, sozinha. Era a mesma sala onde tive minhas aulas com o dr. Esso.

— Me dá essa camisa — ela exigiu, parecendo pronta para tirá-la ela mesma. — Você nunca mereceu vesti-la.

Saí de lá naquela noite sabendo que Gibbsy estava certa. Sabendo que tinha perdido tudo.

Capítulo 21
ESSO · *AGORA*

Quatro ruas antigas se cruzavam em Camberwell Green. À medida que a luz da noite caía, mais e mais carros e ônibus se aglomeravam na escuridão.

Normalmente, os corpos e o trânsito se movem em certo ritmo: um ônibus chega, forçando as pessoas a pular, descer ou checar impacientemente seus celulares. Mas os dez ou mais caras no ponto de ônibus estavam longe de estar no ritmo. Em vez disso, estavam à espreita. A confiança deles praticamente inundava a praça e, pela gingada extra em seus passos, pelo peso em suas risadas, não era difícil adivinhar o que estava em suas bolsas. As *skengs*, gíria para as armas, também não eram exatamente difíceis de conseguir. Eram distribuídas de brinde no McLanche Feliz no norte do país, e nem policiais ousavam sair para as ruas sem proteção.

Um dos meninos começou a vir em minha direção. Outro o seguia em uma scooter elétrica. Os dois andavam devagar demais para estarem me perseguindo, mas estavam quase perto o suficiente para distinguir meu rosto na multidão.

Puxei minhas calças para cima. *Pense*, disse a mim mesmo, então dei meia volta e vi uma placa de um pub alguns metros atrás, na direção da escola. *The Piglet's Arms*. Me espremi entre dois homens fumando na porta e entrei na torre de tijolos vermelhos. Sem pensar em quanto eu devo ter parecido ridículo, corri até a janela, espiando por uma fresta nas cortinas para ver o garoto na scooter passar ao lado de seu amigo.

— Ufa. — Suspirei, e, ao me virar, me vi cara a cara com um homem que não parecia muito satisfeito com a energia que eu estava trazendo para o lugar. *Ele deve ser o dono do bar*, concluí, baseado principalmente no quanto ele parecia se importar.

O sujeito deu um passo à frente como se estivesse deslizando no gelo.

— Como posso ajudá-lo, senhor? — Seus dreads frontais tinham mechas prateadas, e o grave em sua voz rimbombava como um alto-falante pressionado contra o peito.

— Vou encontrar alguns amigos aqui logo mais — respondi, me afastando da janela. — Só estava... procurando por eles — acrescentei de um jeito pouco convincente.

Braços já cruzados, ele mudou seu peso de uma perna forte para a outra.

— Preciso ver algum documento seu antes de te atender.

— Não precisa, cara — falei, usando um sotaque que eu achava que me fazia parecer mais velho. — Não vou beber, apenas jantar. Ouvi dizer que o peixe e batatas fritas são os melhores por aqui. Posso pegar uma mesa lá em cima?

Antes que ele pudesse se decidir, eu já estava no quinto degrau.

O pessoal do bar claramente investiu em uma nova camada de tinta para o último andar, embora ainda cheirasse a fumaça de charuto de uma década antes. Estava vazio, exceto por um jovem casal gótico sentado no bar compartilhando um grande escondidinho. Eu odiava aquele prato. Sofria de falta de tempero, e alguma coisa na proporção de carne para batatas nunca tinha se encaixado bem para mim. Mas, depois de perder metade do meu almoço, o escondidinho parecia mais que suficiente, cada tilintar de talheres no prato de cerâmica me deixando com mais água na boca. Escolhi a mesa com a visão mais limpa do ponto de ônibus e, quando o garçom apareceu, pedi peixe com batatas fritas, como prometido.

Estava olhando para o meu celular com tanta intensidade que, quando mordi meu lábio, tirei sangue. Quando o gosto acobreado encheu minha boca, comecei a me perguntar se deveria mandar uma mensagem de volta para Gideon, debatendo o quanto mais eu queria saber. *Não há outra escolha*, decidi enquanto tocava na tela.

> **ESSO**
> Gratidão por isso. Oq mais vc ouviu?

> **GIDEON**
> Um dos caras do P.D.A encontrou seu papel. Tinha D e o nome do diretor. Oq vazou por aí é que vc dedurou o cara mano

Joguei meu celular sobre a mesa como se estivesse possuído. E, depois de enfiar as mãos nos bolsos, percebi que a lista de delatores de Crutchley havia sumido. Cavei mais fundo, verifiquei cada canto, mas quando puxei meus dedos, eles voltaram com nada além de fiapos. *Droga!* Deve ter caído quando peguei meu telefone enquanto tentava falar com Nadia.

> **GIDEON**
> Papo reto... o D tá BOLADO PRA CACETE mano

Era a única continuação possível para a primeira mensagem. Nenhum X-9 recebia tratamento café com leite, a justiça era sempre total e rápida. Precisava ser, para garantir que todos tivessem a oportunidade de aprender.

— Regra número um: você nunca dedura ninguém. Regra número dois: se eles te desrespeitam, pague na mesma moeda.

Eu nem conseguia me lembrar da próxima parte da letra, mas me lembrava de cantá-la com um sorriso no rosto, como todo mundo, sem nunca ter percebido como era realmente estar naquela vida, ser um refém daquelas regras. Em vez de responder a Gideon, me recolhi em minha autopiedade, me perguntando como o pior e mais estranho dia da minha vida tinha ficado ainda pior e mais estranho. Quando minha tira fumegante de peixe frito chegou, não pude deixar de olhar para ele e pensar: *Apenas alguns dias atrás, você não tinha ideia de que estaria morto.*

O jovem casal foi embora, e a noite expulsou qualquer sinal de vida restante do último andar do pub. O papel de parede bege parecia mais fosco, tudo parecia, e meu apetite estava tão fraco que mal consegui encontrar a vontade de levantar o garfo. Meu celular acendeu com uma nova notificação.

> **GIDEON**
> Deve estar seguro em Peckham.
> Mandei uma mensagem pro Rob e ele disse q tão indo pra biblioteca hj à noite pra revisão. Vai pintar por lá?

Quase engoli a batata inteira que estava na minha boca. Tinha esquecido de mandar uma mensagem para eles sobre a biblioteca. Apenas presumi que não iriam adiante sem mim.

Peguei meu telefone na mesa, desesperado para avisá-los, mas o encontrei já vibrando, pedindo minha atenção. Rezei para que pudesse ser Gideon ligando com notícias melhores. Ou mesmo Nadia ou Kato ligando para compartilhar algum tipo de plano de fuga genial. A primeira vez que notei minhas mãos tremendo foi quando cortei meu peixe ao meio, e o tremor ficou mais pesado a cada segundo, a ponto de agora eu mal conseguir segurar o celular com firmeza o suficiente para ler o nome de quem ligava.

> **CHAMADA RECEBIDA**
> **NÚMERO DESCONHECIDO**

Pensei em ignorar. Eu queria fazer isso, mas meus reflexos me venceram, e um segundo depois eu estava apertando o botão para atender.

— Boa noite, Esso. — A voz estava trêmula. E era de alguém branco, imaginei.

Quem...

Antes que pudesse terminar o pensamento, a voz continuou:
— É o sr. Sweeney. Estou ligando com más notícias.
— *Más notícias?* — Apertei o celular no ouvido, segurando a borda da mesa com minha mão livre.
— Contei a Crutchley sobre sua... hummm... sua *falta de vontade* em cooperar. Com base nisso, em sua briga com Devontey hoje e em suas advertências anteriores, você está expulso.
— *Expulso?*
A palavra não parecia real para mim.
— Você receberá uma carta em casa na segunda-feira, então não se preocupe em vir para a escola depois do recesso, pois você não será aceito. Ah, e já avisei Crutchley que você ameaçou inventar mentiras sobre nós dois. Você teve a chance falar com ele primeiro, mas não a usou. — Eu conseguia ouvir a arrogância em sua voz. — Mas não se culpe com isso. De qualquer maneira, ele nunca teria aceitado sua palavra no lugar da minha. Boa sorte na vida, Esso Adenon.

A voz desapareceu e a tela ficou preta. Eu não tinha dito uma palavra.

Senti o telefone deslizar dos meus dedos e cair no chão. Uma teia de rachaduras surgiu na tela. Havia muita bosta vindo na minha direção de uma só vez. Era demais para eu suportar.

A mesa ao meu lado começou a ficar embaçada e girar. A bile subiu pela minha garganta, o gosto azedo me deixando enjoado. Um segundo depois, era como se alguém tivesse enrolado as mãos em volta do meu pescoço, apertando cada vez mais forte, até que não consegui engolir mais nenhuma molécula de oxigênio. E, quanto mais eu tentava arrancar as mãos de cima de mim, mais eu arranhava minha pele. O ciclo continuou — meu medo se banqueteando com minha dor e minha dor aumentando meu medo, e, a cada nova volta, o par ficava mais gordo e mais faminto, mais faminto e mais gordo.

É assim que é um ataque cardíaco?, me perguntei. *Estou morrendo?*

Eu queria pular da minha cadeira, mas estava preso. Era como se eu estivesse preso dentro do meu próprio corpo, meus olhos agitados eram a única parte de mim que tinha permissão para se mover. Enquanto lutava para me libertar, o impacto total das visões finalmente me atingiu com força letal: não apenas eram reais, mas também inevitáveis, imparáveis. A visão sangrenta que tive de Preston sendo atropelado já havia se tornado realidade. Assim como aquela com Nadia e eu no corredor. Isso significava que eu estava talvez a uma hora de distância de D e Pinga-Sangue me pegando em Peckham, meus companheiros aparecendo para o massacre também. Todo mundo estava certo sobre mim. Minha mãe. O sr. Sweeney. Minha professora do primário que uma vez brincou que, se eu não encontrasse uma saída pelo futebol, acabaria morto ou na cadeia.

Mais próxima do que qualquer outra coisa agora era a morte. D morreria. Nadia morreria, junto com todos os meus amigos.

Todos nós morreríamos.

Capítulo 22
RHIA · 15 ANOS DEPOIS

Nas três semanas que se passaram desde que Tony e Poppy me fizeram ir embora, eu não tinha testemunhado um dia monótono no Lar Walworth para Garotas. No meu primeiro fim de semana, estourou no banheiro, por causa de um brinco roubado, uma briga que parecia uma luta pelo título no Campeonato Feminino da WWE — com direito a golpes finalizadores, cabelo arrancado e tudo mais. A maior parte das tretas era entre garotas da gangue do Pinga-Sangue contra facções rivais. Então, aquelas de nós que não tinham tatuagens sabiam que manter a boca fechada e a cabeça baixa era nossa única saída para evitar o fogo cruzado.

Havia todo tipo de gente aqui. Como a garota que era só pele e osso no final do corredor. Ela fazia uns truques de mágica (aqueles em que você pegava uma carta aleatória e ela adivinhava qual era), mas sempre adivinhava errado. A pior parte era ter que fingir que você estava impressionada quando ela finalmente acertava na quarta tentativa.

Havia também uma mina de Birmingham que se sentava à minha frente no almoço todos os dias e se recusava a parar de olhar para mim enquanto eu comia.

E, finalmente, havia minha colega de quarto, que (infelizmente) me lembrava muito Olivia. Ela nunca perdia a oportunidade de compartilhar o layout detalhado da mansão de cinco andares que ela possuiria quando fosse rica. Durante o dia, era confiante — mandona até. Mas, depois que as luzes se apagavam, assim que eu estava entrando na parte mais profunda e exuberante do sono, ela acordava gritando. A pleno pulmões. Aprendi que não adiantava tentar acalmá-la tampouco — era preciso esperar até que ela terminasse, então vê-la vagar pelo quarto em confusão como se estivesse procurando a parte de sua infância que havia perdido.

O consultório da dra. Anahera ficava no último andar (praticamente o único cômodo da casa que não era decorado como uma cela) e tinha uma visão panorâmica da árvore solitária no quintal da casa de acolhimento. Com o dia quase terminado, apenas a borda superior do sol flutuava acima do horizonte, o resto de seu cadáver cansado enterrado. Todas tínhamos que fazer terapia uma vez por semana, e eu geralmente me inscrevia para as sessões tardias, assim havia menos tempo para pensar depois.

— Nós conversamos sobre o conceito de "escolha" na semana passada. Você teve alguma reflexão interessante desde então?

— Na verdade, sim — respondi a Anahera. — Acho que livre-arbítrio não existe. Nós não escolhemos porcaria nenhuma.

Olhando para trás, para tudo o que me levou até aquele momento, como o dr. Esso aparecendo com tanta esperança pouco antes de tudo evaporar, havia um certo fatalismo para o meu destino. Uma inevitabilidade.

— Bem, essa é uma conclusão interessante.

Eu conseguia imaginá-la praticando aquele sorriso falso no treinamento de terapia, provavelmente no mesmo curso em que a ensinaram a evitar que seus pacientes soubessem o que realmente sentia em relação a eles. Ela sempre parecia alegre, mas preocupada: uma comissária de bordo servindo bebidas enquanto o avião estava em queda livre.

— O negócio é o seguinte, senhorita Anahera...

— É "doutora" — ela interrompeu com seu forte sotaque neozelandês. — Não gosto de fazer caso, mas você deve se dirigir a mim como "doutora" ou "professora".

— Foi mal. Então, doutora senhorita Anahera — continuei —, acho que tenho evidências disso.

De baixo de nós veio o estrondo de pratos explodindo. Outra briga na cozinha era meu palpite. Anahera e eu balançamos a cabeça antes que ela me dissesse para continuar.

— Encontrei um livro de física na biblioteca que fala sobre essa coisa chamada de teoria do *universo mecânico*. Na verdade, criei um experimento mental maneiro pra mostrar como funciona.

Ela provavelmente não dava a mínima, mas era a única pessoa que eu poderia encontrar em quilômetros que estava sendo paga para fingir que sim.

— Então, imagina que você fez uma ressonância magnética superdetalhada do meu cérebro agora — instruí —, e que tem uma impressão mostrando exatamente onde cada átomo na minha cabeça está, o quanto pesam e o quão rápido se movimentam.

Ela ergueu os olhos de suas anotações e piscou: o sinal da terapia para "estou ouvindo".

— Agora, aqui vai a parte maneira — continuei. — Para nossa lição de física da semana passada, tivemos que usar uma equação para calcular onde duas bolas de sinuca parariam depois de colidir uma com a outra. E percebi que, teoricamente, qualquer um poderia fazer aquela ressonância magnética do meu cérebro e, usando a mesma equação do meu dever de casa, prever como todos os átomos colidiriam uns com os outros e onde eles estariam um segundo depois. Seria possível simplesmente executar esse cálculo repetidamente em todos os átomos dentro e ao redor de nosso cérebro para descobrir onde eles estariam em qualquer ponto no futuro. E, como nosso cérebro é feito de nada além de átomos e ele toma todas as nossas decisões, você pode basicamente prever todas as decisões que tomarei entre hoje e o dia em que eu morrer.

Ela fez uma pausa para respirar fundo e esperou alguns segundos antes de apontar a ponta da caneta para mim.

— Se estou entendendo direito, você está insinuando que são equações e forças fora de nosso controle que determinam nosso futuro. Não nós.

— Sim, acho que sim. — Eu cutucava uma ruga flácida no apoio de braço de couro que, no ângulo certo, meio que parecia as dobras da testa de um pug. — O que acha? — perguntei, nervosa como sempre com as anotações que ela fazia enquanto eu falava. — E também não estou pedindo a resposta do seu algoritmo. Quero saber o que você acha de verdade, o que sente sobre o que estou dizendo.

Ela cruzou as pernas e colocou a caneta de lado.

— O que você está descrevendo é o clássico debate livre--arbítrio *versus* destino. — Podia vê-la ponderando cada palavra antes de deixá-la escapar. — E eu tendo a concordar um pouco com ambos os lados. Há uma citação legal que diz: "A vida é como um jogo de cartas: a mão que você recebe é o destino, a maneira como você escolhe jogá-la é o livre-arbítrio." Acho que acredito que não importa o quanto a vida seja mesquinha, ela sempre lhe dá pelo menos algumas escolhas. Mesmo que você tenha que ir fundo dentro de si para encontrá-las.

— Hummm — murmurei. Depois de olhar bem para dentro, ainda sentia que o que ela estava dizendo era um monte de besteira. E as estatísticas estavam ao meu lado. — Olha, não acho que seja um exagero dizer que 98% das crianças que nascem em situações péssimas crescem e morrem nessa mesma situação. E 98% das pessoas que nascem com sorte... surpresa!... continuam com sorte.

Ela olhou para mim por cima dos óculos.

— E os outros 2%?

— Tá falando sério?

— Pode presumir que sim, se quiser — respondeu ela. — Ou presumir que estou brincando. Nesse caso, por favor, fique à vontade.

— Sinceramente, quem dá a mínima para 2%? As pessoas só aceitam conversar sobre esses 2%. Acabei de dizer que 98% das pessoas no mundo não têm escolha. *Noventa e oito por cento!* Por que estamos falando sobre esses 2% sortudos, caramba?

Eu conseguia sentir minha temperatura subindo e não tinha certeza de que queria me sentir de outra maneira. Nada do que ela dizia batia com a realidade. Nada disso se encaixava nas ranhuras em declínio que moldaram *minha* vida. Eu estava com aquele contrato de futebol nas mãos, Tony e Poppy prontos para me adotar. Estava arrasando na escola, liderando minha classe em assuntos que eu costumava não ser muito boa. Tinha um completo estranho entrando na minha vida, revelando tudo sobre minha mãe biológica. E então, como átomos esmagados, tudo se desfez de novo com uma rapidez incrível. Como uma máquina, voltei para o lugar que sempre havia sido meu.

— Rhia, passei a maior parte do nosso curto tempo juntas focando em uma coisa: desmantelar lentamente a vergonha que você carrega, que está claramente ligada às coisas difíceis que você teve que suportar ao longo de sua vida. Mas hoje você pendeu para um outro extremo, onde agora acredita que vivemos em um mundo predeterminado, sem escolha e sem esperança. E temo que também não posso apoiar isso.

— Aonde essa história toda vai parar, doutora Anahera?

Ela abriu um leve sorriso com a minha resposta insolente, mas não deixaria isso distraí-la desta vez.

— O que quero dizer é que vi você descobrir conceitos dos quais eu nem tinha ouvido falar até começar meu doutorado. Vi você dar mil chutes naquele gramado lá fora, enquanto mal olhava para a bola. É assustador como você é capaz. O quanto você poderia ser poderosa.

Uma lembrança me beliscou: Dr. Esso falando algo semelhante em nossa última aula. Ambos estavam infectados com o mesmo otimismo cego.

— Mas? — perguntei. Sempre havia um "mas". Claro, eu não estava atacando as pessoas nos chuveiros como as outras garotas, mas também não era a pessoa mais fácil de lidar.

Ela olhou para mim com um olhar incomodado, então começou a mexer no aparelho em seu ouvido.

— Você já cumpriu seu papel — murmurou para si mesma. — E, de qualquer forma, não é como se te pagassem em dia.

O dispositivo piscou em vermelho, repetindo: "Não desative manualmente" alto o suficiente para eu ouvir de onde estava sentada. Dois bipes depois, ela deixou cair os braços de volta ao colo, a luz do fone de ouvido agora apagada.

— Tenho certeza de que você já sabe o que essa coisa faz — disse ela, apontando para o objeto. — Tem um cérebro de IA com um banco de dados de mais de um milhão de sessões de terapia como esta. Cada vez que você fala, o Thera-Bot me diz qual resposta devo dar, as palavras exatas que provavelmente farão você sair daqui sem se sentir muito triste ou muito feliz. — Ela apertou o botão de cima. — Então, eu improvisar desse jeito sem meu dispositivo pode me render uma punição. Entendeu?

Fiquei tão surpresa com a casualidade de suas palavras que esqueci de responder.

Depois de esperar um momento, ela acrescentou:

— Por favor, acene com a cabeça se entende o que estou te dizendo.

— Sim, eu entendo — respondi, um pouco ansiosa.

— Rhia, tem essa velha teoria em psicologia... — Ela removeu o fone de ouvido e o jogou sobre a mesa. — Ela sugere que, quando você passa por um evento traumático em sua infância, uma parte de você fica presa nessa idade. É como se, por um lado, você estivesse com muito medo de enfrentar aquele momento extraordinário em seu passado, mas, por outro, estivesse com muito medo de seguir em frente. E então você fica lá, presa no tempo.

Eu odiava quando as pessoas usavam palavras como "extraordinário" para descrever coisas horríveis. Mas isso não explicava por que meu coração estava martelando e por que eu conseguia ouvir meus dentes rangendo. Olhei para os meus pés, garantindo que eles não se contorcessem ou encontrassem outra maneira de expor como eu estava me sentindo.

— Considere seu antigo professor, dr. Esso, por exemplo. De tudo o que você me disse em nossa última sessão, ele claramente não aceitou o que aconteceu naquela noite. Ainda está tentando mudar os eventos que aconteceram quando tinha dezesseis anos, como se *anos* não tivessem passado desde então. — Ela fez uma pausa para tirar os óculos. — E, às vezes, quando olho nos seus olhos, Rhia, vejo um bebê.

Eu me virei para a janela, envolvendo meu corpo com os braços em um abraço apertado. De repente, havia uma longa lista de lugares em que eu precisava estar.

— Vejo uma criança que sonha com o abraço da mãe e se recusa a soltá-la. Essa criança pequena em você tem medo do futuro. E com razão. Mas ela está errada em acreditar que você não pode escolher.

— Você está falando besteira — retruquei, olhando para o lado. A ideia de que suas palavras poderiam ser verdadeiras me aterrorizava. Porque, se eu era responsável pelo meu futuro, significava que também era responsável pelo meu passado. Todas aquelas famílias adotivas que passaram por mim, tudo o que aconteceu com o dr. Esso, com minha mãe. — Você não sabe o que está dizendo...

— Não entendo muito de física, se é disso que está me acusando. E não sei se alguém descobriu quem vence a partida entre livre-arbítrio e determinismo. Mas o que sei e o que acredito, com cada átomo em minha alma, é que só porque você se sente presa agora não significa que precisa ser assim para sempre.

Para mim, bastava. Já estava de saco cheio de adultos me explicando sobre a vida antes de desaparecerem dela. Ela estava anotando alguma coisa quando caminhei até sua cadeira e estapeei o bloco de notas para fora de seu colo.

— Juro que se você escrever mais uma palavra sobre mim nessa droga de bloco de notas, vou destruir esta sala.

Apontei um dedo para o espaço entre os olhos dela. Ele tremia junto com o restante do meu braço.

Sem interromper o olhar, Anahera se levantou e tirou seus saltos antes de enrolar as mangas, uma dobra cuidadosa de cada vez. Me estiquei inteira sobre ela, estalando meus dedos um após o outro.

Ela me olhou fixamente.

— O que você gostaria de dizer a ela, Rhia? O que gostaria que seu eu mais jovem entendesse todos esses anos depois? O que *ela* tem a dizer? — A doutora Anahera abriu os braços bronzeados em uma demonstração de rendição. — As palavras talvez estejam aí. Ou talvez não, e tudo bem. Apenas dê uma chance a ela.

Era um pedido tão ilógico. E ainda assim estava me rasgando em duas. Queria sair correndo, mas algo parecia me amarrar no lugar.

Eu me libertei e me virei para cobrir os três metros de volta à minha cadeira quando a sala começou a girar. Até o teto parecia errado. Minhas pernas ficaram fracas e, antes que eu percebesse, eu estava no chão. E então foi como se quinze anos de dor estivessem chovendo sobre mim de uma só vez.

Um dia, pensei. Era o que sempre quis. Apenas *um dia* em que iria para a cama sabendo que, quando despertasse, eu ainda teria valor. Eu não conseguia fazer mais isso. Era demais. Caí de lado, o peito doendo, soluçando no tapete.

— Desculpe — disse, finalmente reunindo coragem para falar em voz alta. — Desculpe por ter estragado tudo, mãe.

— Não há nada para se desculpar — respondeu a dra. Anahera alguns segundos depois. — Apenas uma confusão para resolver.

Durante a hora seguinte, ela me viu gritar todo tipo de mentira em seu tapete. Algumas delas estavam enterradas muito fundo dentro de mim para desalojar. Mas as poucas que saíram se dissolveram nas fibras de nylon, sem volta. Eu estava deitada de lado, meus dedos contraídos como um tiranossauro rex, meu lábio inferior tremendo e minhas narinas dilatadas tentando puxar dois rastros de ranho na minha bochecha. Anahera não podia me abraçar — já havia quebrado regras suficientes. Então, em vez disso, ela se ajoelhou ao meu lado e ficou em silêncio quando a próxima garota bateu na porta. E a próxima.

Nós apenas ficamos lá. Sem peso.

A certa altura, cheguei a pensar no dr. Esso. Eu o abandonei da mesma forma que fui abandonada. Eu o imaginei deitado no chão em outro lugar, chorando pelas mesmas razões. *Onde ele estaria agora?*, me perguntei. Ele ainda se importava comigo, com minha mãe? Ainda acreditava que poderia salvá-la? Como se estivesse lendo meus pensamentos, a dra. Anahera se pronunciou.

— Se houver erros passados em sua vida que você acha que pode corrigir, fique à vontade. Mas saiba que há um futuro imenso e precioso esperando por você também.

Eu me levantei e agradeci. E, ao sair pela porta, sabia quem era a primeira pessoa que precisava ver.

Capítulo 23
ESSO · AGORA

— **Respire, amigo, apenas respire.** Beeeeem melhor.

Era o mesmo homem que tinha me olhado feio quando entrei, mas seu humor — e seu sotaque — estavam totalmente diferentes agora. A frieza que ele havia me direcionado tinha desaparecido, substituída por um olhar de preocupação quando percebeu meu tremor violento, o medo no meu rosto.

— Assim está muito melhor — repetiu ele em seu calmo tom de barítono e com a mão no meu ombro.

Limpei o suor do meu queixo e testa, inalando como ele instruía até o pub voltar a ficar em alta resolução.

— Por quanto tempo eu apaguei?

— Não tenho certeza. Subi as escadas agora e, cara, pensei que você estava tendo um piripaque. Mas já vi muitos piripaques, muitos ataques de pânico. *Você?* Definitivamente estava tendo este último.

— Ataque de pânico? — sussurrei. Era o tipo de coisa que eu achava que só os brancos tinham. — É permanente?

Ele sorriu.

— Não, amigo. É um lance ligado a estresse. Estresse *extremo*, na verdade. Ele fez uma pausa por um momento, deixando o sorriso deslizar de seu rosto antes de continuar. — Me diga uma coisa, por que um jovem bonito como você está se estressando com essa idade? Deveria estar zoando com seus amigos, conversando com garotas, jantando em casa com sua mãe.

Eu fingi uma risada. "Estresse" era uma redução perversa do que eu estava passando. Como eu poderia começar a explicar tudo para ele? Eu poderia partir das premonições que tive após o acidente de carro, então passar para a visão cheia de balas do almoço, depois contar a ele sobre como eu tinha acabado de ser expulso da escola e como minha cabeça estava a prêmio, e que todos os meus amigos estavam marcados para levar um tiro esta noite também.

— Posso ver que você está com muita coisa na cabeça — disse ele, poupando-me da infelicidade de colocar minhas preocupações em palavras. — Escute, maninho. Não sou médico, mas tenho um tanto de entendimento da vida para você: as coisas são o que são, e só um tolo se preocupa com o que não pode controlar.

Ele levantou uma sobrancelha atrevida. Mas, então, parou por mais um segundo:

— Se você tem o controle, tem que estar à altura da ocasião.

Depois de me verificar de cima a baixo mais uma vez para ter certeza de que eu não estava prestes a ter um ataque de pânico de novo, ele pegou o papel fino na mesa com 9,49 libras escrito e o amassou.

— Essa é por minha conta. Você já está bom para ir.

O homem voltou para baixo para atender seus clientes que pagavam as contas e eu me sentei sozinho com as palavras que ele tinha me oferecido. Havia alguma esperança escondida nelas, eu podia *sentir*. E elas foram oportunas a ponto de serem quase... proféticas.

Pensei em todas as visões que tive durante o dia. Alguns dos detalhes pareciam ter sido substituídos por estática. Mas me lembrava do suficiente: de D e Pinga-Sangue caminhando em minha direção em uma tempestade de granizo com a Biblioteca de Peckham aparecendo ao fundo. Me lembrava das balas apontadas para todos na última visão que tive no almoço.

Uma imagem ficou mais brilhante do que o resto: D morto no chão. Tentei ignorar a imagem sangrenta do buraco em sua cabeça, mas ela se entranhava em mim como um calafrio.

Eu me lembrei do D que costumava conhecer. O D na foto de bebê acima da TV na sala de sua mãe. O D antes de se tornar o líder do P.D.A., antes de seu irmão, Xavier, se tornar o Pinga-Sangue. A vida havia roubado o pouco com que eles começaram.

Enquanto eu estava me preparando para poupar um pensamento semelhante para todos os outros que tinha visto em minhas visões, uma revelação brilhou na minha frente: *eu sou o elo*. Quando brilhou pela segunda vez, doeu como ácido no rosto. *Sou o único que conecta tudo*. *Eu* estava lá quando os garotos de Peckham espancaram Pinga-Sangue em West End, dando início a toda essa treta. *Eu* ia para a escola com D e o havia humilhado na hora do almoço, antes de basicamente fazer com que fosse expulso. E tinha sido a descoberta da minha lista X-9 pelos manos do P.D.A. o que havia aumentado ainda mais os problemas. A minha mensagem de aviso para Spark naquela manhã quando eu estava no banheiro garantira que seus caras estariam em Narm esperando pelo P.D.A. E Nadia, Kato e Rob estavam indo para o mesmo lugar para *me* encontrar.

Mais desgraças percorreram minhas veias enquanto eu me recostava no meu lugar. Eu era a razão pela qual meus dois melhores amigos, alguns jovens de Brixton e Peckham e uma garota que eu tinha quase certeza de que amava estavam prestes a morrer. Não havia coincidência ou sorte nisso: *eu, Esso Adenon*, era o porquê de tudo. E tomando decisões temerosas com base no que eu tinha visto naquela bosta de Mundo Superior, só piorei as coisas.

Olhando para minhas duas opções, percebi que se eu me juntasse a Spark e seus parças e revidássemos o P.D.A., pessoas morreriam. Se eu corresse e me escondesse, pessoas morreriam.

Era um jogo perdido. E não apenas um jogo perdido: eram meus amigos perdidos.

Não, pensei. *Isso não pode acontecer.*

Isso. Não. Pode. Acontecer.

Pensar no que poderia acontecer com o meu povo me arrancou da desgraça e escuridão em que eu estava mergulhado e me pôs de pé. *Tinha* que haver uma terceira via. Algum caminho que permitiria que todos, inclusive eu, fôssemos para casa esta noite com nossos corpos e almas intactas. Era uma ilusão, eu sabia que era. Mas que escolha eu *tinha* a não ser desejar e ter esperança? Se eu tinha criado essa situação sozinho, era o único que poderia consertá-la.

Eu era o único que conhecia pessoalmente D e Spark, e eles eram os únicos que podiam chamar seus camaradas e cancelar essa treta. Por piores que fossem minhas chances de chegar até eles, eu tinha mais chances que qualquer outra pessoa no universo conhecido. E, se o Mundo Superior confirmou alguma coisa, foi que existia *alguma* versão de hoje à noite em que eu poderia encontrar D e Spark no mesmo lugar: a Biblioteca de Peckham.

Eu sabia que, indo para Narm agora, estava arriscando tudo. Até pensar nisso parecia perigoso. Mas o risco de não ir parecia ainda mais mortal.

Essas não eram fantasias de Super-Homem que eu estava tendo. Não me importava em ser um herói. Eu simplesmente não podia tolerar uma situação em que *qualquer um* fosse morto. Para cada uma das vidas dos meus amigos valia a pena "estar à altura da ocasião".

Uma vez me ensinaram que pessoas como D e Spark, que viviam pela espada, quase sempre mereciam morrer por ela. Mas eu conhecia os dois. Sabia que nenhum deles tinha pedido espadas para começo de conversa. Todos nós crescemos com as mesmas escolhas: sobreviver ou morrer. Tinha que haver mais que isso.

Certamente havia uma parte de D que desejava nunca ter ido para as ruas em primeiro lugar, uma parte de Pinga-Sangue que desejava poder voltar no tempo e impedir sua mãe de conhecer o padrasto que ele foi forçado a ferir. Meu coração começou a acelerar — talvez *aquela* tenha sido a revelação que poderia mudar tudo.

Talvez — apenas talvez — eu pudesse lhes oferecer algo em troca de depor as armas: um futuro diferente, melhor. Isso exigia que eu acreditasse que vivíamos em um universo que perdoava o suficiente para, de vez em quando, mudar nossos erros. Um mundo operando no primeiro tipo de viagem no tempo que Nadia havia explicado. Mas mais do que apenas acreditar nisso, eu teria que fazer acontecer. E isso significava descobrir como voltar ao Mundo Superior ou — melhor ainda — encontrar uma maneira de trazer o Mundo Superior para *mim*, para que eu pudesse usar o mesmo poder que ele me dera no refeitório.

Pode funcionar, disse a mim mesmo enquanto novos ramos de possibilidade brotavam em minha mente. *Tem que funcionar*. Percebi meu corpo mais reto, fervilhando com um novo propósito. Tudo o que me preocupava durante todo o ano em Penny Hill parecia vaidade agora. Mesmo ser expulso não importava mais. Não comparado a nossas vidas.

Tirei meu celular da mesa. Em meu novo humor quase imprudente, decidi que havia mais uma coisa que tinha que fazer, palavras que tinha guardado muitas vezes que precisavam ser compartilhadas.

> **ESSO**
> Desculpa mãe. Eu te amo.

Ainda me sentia mal pelas coisas que tinha dito para ela durante nossa discussão. Mas, depois do dia que tive, pude ver as coisas muito mais nitidamente: ela estava dando o seu melhor o tempo todo, assim como eu. Trabalhava duro todas as noites por mim. Cozinhava para mim, rezava por mim, limpava por mim — pensando bem, na verdade, eu fazia a maior parte da limpeza, mas o fato era que ela era a melhor mãe do mundo. Os sacrifícios que fizera para que eu pudesse ter o melhor talvez nunca rendessem os juros que mereciam. Mas a única coisa que eu poderia fazer em troca, caso tudo desse errado, era deixá-la saber que entendi isso tudo. E, embora suas palavras ainda doessem como o inferno, eu as via de forma diferente também. Eu provavelmente *fui* na mesma espiral descendente que meu pai, e se eu não encontrasse uma saída o mais rápido possível, acabaria morto, assim como ele. Talvez ela tivesse me dado o caderno dele para que eu pudesse entender suas escolhas. Então, eu mesmo poderia fazer melhor. Pela centésima vez naquele dia, desejei ter o caderno comigo, que ele pudesse estar aqui para ajudar.

Em poucos segundos, minha mãe estava me ligando, sua imaginação provavelmente correndo solta, imaginando que tipo de desastre poderia ter feito seu filho — seu único filho desesperado e encrenqueiro — enviar aquele tipo de mensagem. Não atendi, sabendo que ela provavelmente estaria mais preocupada do que seria prestativa. E eu tinha o início de um plano para pôr em ação.

Saí para a noite, me recusando a olhar para trás.

Capítulo 24
RHIA · 15 ANOS DEPOIS

O terreno era cercado de verde por todos os lados, e a mansão em si ficava apagada no meio, a maioria das janelas com tábuas ou quebradas. Uma raposa estava observando da grama alta — provavelmente se perguntando o que diabos eu estava fazendo ali, o que qualquer um estaria fazendo aqui. Mas eu não conseguia parar de olhar para o banco na minha frente. O mesmo banco verde da minha única foto da minha mãe. Estava bem ali no jardim do Sanatório St. Jude. Exatamente como o dr. Esso havia dito.

Ousei acreditar. Agora estava vendo.

E vê-lo ao vivo e a cores mudou tudo. Em nenhum dos meus sonhos senti minha mãe tão perto. Mesmo ali, de pé e com os olhos bem abertos, eu podia ouvi-la me chamando com a mesma voz terna que ela falava em meu sono todas as noites.

Ela ainda estava em algum lugar, implorando para eu acreditar nela, para encontrá-la. Tinha que estar. Tateei dentro do bolso do casaco para me certificar de que o envelope manchado de óleo com o endereço do dr. Esso não havia caído nos cinco minutos desde a última vez que verifiquei. E, pela enésima vez naquela noite, agradeci baixinho por minha decisão de não o jogar fora.

Às minhas costas, ouvi o cascalho sendo pisado. Aqueles eram os passos de Olivia. Eu me afastei do banco, me lembrando de manter meu zoológico de emoções sob controle. Se houvesse alguma chance de consertar nossa amizade, isso exigiria minhas palavras mais calmas e atenção total.

Menos de uma semana se passou desde que eu tinha me atirado no tapete de Anahera e minha cabeça ainda estava girando. Na verdade, foram apenas algumas horas antes que tomei coragem e entrei em contato com Olivia. Tive sorte de não ter demorado mais. Ela havia respondido na hora, dizendo que o caminhão de mudança chegaria pela manhã, tornando esta sua última noite em Londres nossa última chance de nos vermos sem gastar 84 libras em uma passagem de trem. Não sabia se ver o rosto dela aliviaria a dor de tudo o que tinha acontecido com Tony e Poppy ou apenas rasgaria aquela ferida novamente. Ou se esta seria a noite em que as coisas voltariam ao normal ou seria quando nós duas perceberíamos que não havia normal para voltar.

O caso mais provável, imaginei, era que fôssemos simpáticas e prometêssemos manter contato. E, com o tempo, deixaríamos que as ligações semanais se transformassem em ligações mensais, depois anuais, até que tudo o que nos restasse fosse uma leve pontada de culpa cada vez que uma esquecia o aniversário da outra. *Vai ter que ser o bastante*, pensei comigo mesmo enquanto pegava uma pinha da grama úmida.

Os passos estavam a poucos metros de distância agora. *Sorriso grande*, me lembrei. *Seja agradável*. E, assim que completei minha meia-volta, Olivia colidiu comigo.

— Oooopa. — Eu tinha sorte de ainda estar de pé depois do sacode de seu abraço me envolvendo. — Você está... me... sufocando.

Ela deu um passo para trás, parando para verificar se nada no meu rosto havia mudado em nossas semanas separadas. Então ficou séria.

— Olha... antes daquela noite, eu também não sabia que Tony e Poppy pretendiam ir embora. E nunca contei a eles nenhum dos nossos segredos. Juro. Mas ainda assim... Eu devia ter lutado mais por você. Estraguei tudo. Fui egoísta, estava com medo e eu... — Ela fez uma pausa para enxugar os olhos. — Me desculpa, Rhia. Estou tão, tão, tão, *tão* culpada por te deixar. Se precisar de mim, estarei aqui. Entro no primeiro trem de volta, não importa a hora do dia. Tô falando sério, mana. Eu te amo.

Depois de hesitar o máximo que pude antes de ficar rude, respondi:

— Sim... digo o mesmo. — O rancor era pesado demais para continuar carregando. E, me imaginando no lugar dela, não tinha certeza do quanto teria feito diferente.

Ela estava enfiando o calcanhar nas pedras e notei o início de um sorriso em seu rosto.

— Não vou mentir, seria incrível ouvir você dizer as palavras em si. Quer dizer, claro que você não precisa falar — ela esclareceu. — É que... sabe... liguei para você 217 vezes no último mês sem resposta. E, de verdade, não tenho certeza se você já disse "eu te amo" para mim antes. Acho que uma confirmação verbal *realmente* ajudaria a bloquear o...

— Qual é, Olivia? — Ela sabia que eu odiava essa vibe sentimental, que era em parte o motivo para ela estar forçando aquilo. Mas ela também não parecia que recuaria tão cedo. — Tudo bem... também te amo.

Ela ficou esperando por mais detalhes.

— E digo isso do fundo do meu coração gelado — completei.

Olivia riu primeiro, as risadinhas cada vez menos nervosas. Não demorou muito até que eu estivesse agachada com ela. Tinha esquecido como os olhos de Olivia se apertavam quando ela gargalhava, como eu estava infeliz por não ouvir há tanto tempo aquele ronco que seguia a sua risada. Era como se tivéssemos sido transportadas de volta no tempo para uma época melhor. Uma ideia que eu vinha tendo muito ultimamente.

Depois que conseguimos nos endireitar, Olivia olhou em volta e perguntou:

— Aliás, que droga de lugar é esse? Não consegui nem encontrar no mapa.

— O St. Jude. — Olhei para o banco verde pichado ao nosso lado. — Onde minha mãe ficou antes de morrer.

Olivia cobriu a boca.

— É... É o banco da foto.

Confirmei com a cabeça, pensando em como fiquei atordoada quando o vi pela primeira vez. Eu *ainda* ficava atordoada.

Ela correu até o banco para dar uma olhada mais de perto enquanto eu fiquei atrás tentando, por causa do calafrio, fixar meus olhos em algo menos intenso, qualquer outra coisa.

Meus olhos pousaram em uma coisa, cerca de quinze metros à nossa direita, que me encheu com o tipo de pânico que você só conheceria se sua mente também tivesse sido dilacerada tão violentamente ao ponto de não ter certeza se ela voltaria ao normal.

Olivia me seguiu até uma estátua de uma mulher de joelhos, estendendo as duas mãos. Os olhos estavam vazios e pretos.

— Não — falei. Fraca com o espanto, caí de joelhos. — Não pode estar certo. De jeito nenhum.

Eu não tinha como explicar como essa figura que eu havia visto tantas vezes em meus sonhos, e em nenhum outro lugar, estava aqui conosco na vida real. Eu me lembrei de outra advertência do dr. Esso, sobre como há mais na realidade do que pensamos. Agora tudo que parecia impossível estava ganhando vida: meus sonhos, minha mãe, até mesmo o Mundo Superior parecia estar a um braço de distância.

Olivia ainda estava sem palavras. Talvez agora ela estivesse pronta para acreditar nas loucuras que eu queria dizer a ela. Talvez agora pudéssemos chegar à resposta.

O sol da tarde refletia nos andares superiores do Edifício Shard como se fosse um prisma. Mais adiante, consegui distinguir o corpo denso de uma nuvem com bordas tão escuras que riscava o céu, deixando nele uma mancha permanente.

— Café da manhã inglês? — Olivia tirou um frasco e duas canecas de sua mochila e enxugou a umidade do banco antes de servir.

Depois de um minuto me preocupando que tocar no banco poderia fazê-lo desaparecer no ar, finalmente me sentei. Todo o jardim ainda parecia frágil, assustador até, especialmente depois de encontrar aquela estátua. Mas estar lá também aumentou minha determinação. Tudo ao meu redor era a prova de que eu estava certa em não desistir da minha mãe depois de tudo.

— Obrigada — falei, tomando o chá quente tão rápido que fritou minha língua.

Sabia que queria ver o dr. Esso. Mas o que eu precisava descobrir agora, se tudo desse certo com a ajuda de Olivia, era o que eu queria dizer a ele. Ou, para colocar nas palavras finais de minha mãe: o que *precisava* dizer a ele. Eu tinha uma ou duas ideias incompletas, mas, como uma farpa no meu calcanhar, quanto mais forte eu as puxava, mais elas se afundavam. Minha mãe estava em algum lugar no tecido do espaço e do tempo, isso era um fato da matemática. Mas a esperança de que pudéssemos chegar lá de alguma forma repousava em um terreno muito mais instável. Como Olivia descobria agora.

— Então, de acordo com o dr. Esso — começou ela. Imaginei se Olivia estava fazendo aquela coisa típica de esclarecer educadamente os fatos antes de cagar neles —, sua mãe disse: "Rhia vai te contar."

— Sim.

— Significa que *você é* destinada a ensinar a *ele*.

— Isso.

— Ok, essa é a parte fácil. — Talvez houvesse uma *pontinha* de sarcasmo em seu comentário. — E você acha que a mensagem que deve dizer a ele tem algo a ver com tempo ou energia?

— Não — respondi, balançando a cabeça com impaciência. — Tempo *e* energia.

Ela quase se engasgou com a própria saliva quando começou a rir do quanto eu parecia séria.

— Olivia! — gritei, cutucando aquele ponto em suas costelas que sabia que ela odiava. — A diferença é importante.

— Desculpa — disse ela, aparentemente aceitando que eu tinha afundado nas profundezas da obsessão por física do dr. Esso desde que ela havia me encontrado pela última vez, uma vez que nós duas vimos o que havia nesse jardim. — Por favor, apenas explique como você chegou a este lance de tempo *e* energia.

Eu não conseguia decidir por onde começar. No final, comecei com minha descoberta mais recente.

— Então, algumas noites atrás, eu estava assistindo a vídeos sobre gravidade como lição de casa e de alguma forma me perdi em uma espiral profunda de buscas na internet. Sabe como é?

Ela assentiu com solenidade. Serviu duas vezes mais bebida, em homenagem ao tempo perdido.

— Me deparei com um artigo que Albert Einstein escreveu há cerca de um século.

— O cara do $E = mc^2$?

— O próprio. Então, o título do artigo era "A inércia de um corpo depende de seu conteúdo de energia?". — Abri meus pés, me preparando para a reação dela. — Não é doido?

— Larguei a física depois dos exames finais, lembra? Na primeira oportunidade. Você vai ter que simplificar muito para mim, Rhia.

— Certo — cedi. Tive o privilégio de ter alguns dias para pensar em tudo isso. — Bem, basicamente, "inércia" é apenas uma palavra chique para algo ser lento e pesado. Então o título de Einstein basicamente é: "Coisas mais pesadas têm mais energia?".

Ela continuou encarando com olhos que gritavam: *"Simples, por favor!"* Tive que me esforçar mais.

— Bem, acho que nunca vi "ser pesado" e "ter energia" como coisas que combinassem. Não é como se, se eu ganhasse dez quilos no próximo mês, de repente ficasse com mais energia por conta disso. Na verdade, teria chutado o contrário.

Eu estava divagando.

— De qualquer forma, o que realmente me incomodou sobre o título foi o ponto de interrogação.

— O ponto de interrogação? — ela questionou.

— Sim. É uma escolha estranha. Quer dizer, não é um cara comum falando. É o *Albert Einstein*... o tipo de pessoa que termina suas frases em ponto final. E, no entanto, por alguma razão, ele ficou tão abalado com o que descobriu sobre energia que escreveu como uma pergunta. Quase como se esperasse estar errado.

Ela estreitou os olhos para mim, provavelmente imaginando o que tinha acontecido comigo e o que eu inventaria a seguir. A parte mais louca era que eu estava apenas compartilhando uma fração da loucura que havia desenterrado on-line. Percorrendo tudo isso, surgiu uma tendência aterrorizante: todas as pessoas que se aprofundaram demais na matemática do tempo ou da energia presenciaram alguma parada bizarra depois.

Veja Leibnitz, por exemplo. Ele inventou um ramo da matemática chamado cálculo e logo depois decidiu mudar seu sobrenome de Leibnitz para Leibniz, alegando que estava apagando o "t" porque não acreditava mais no tempo. Mas, se você me perguntar, essas não foram as ações de um incrédulo. Foram as ações de um homem tão assustado com a verdade que teve que se registrar no programa de proteção a testemunhas com uma identidade diferente.

E o próprio Einstein, um mês antes de morrer, escreveu estas palavras arrepiantes sobre um amigo seu que acabara de falecer: "Ele partiu deste mundo estranho um pouco antes de mim. Isso não significa nada. Para nós, físicos crentes, a distinção entre passado, presente e futuro é apenas uma persistente ilusão."

Então, tinham as coisas realmente sombrias. Como o que aconteceu com Boltzmann. Ele estudou energia e também foi o cara que descobriu por que sentimos o tempo do jeito que sentimos — isso é, por que ele sempre flui para a frente e não para trás. Boltzmann lecionava em uma universidade na Áustria e, de acordo com seu colega de trabalho, vivia com medo constante de que um dia, enquanto estivesse à lousa ensinando seus alunos, de repente perdesse a cabeça e todas as suas memórias. Pouco antes do início de um ano letivo, Boltzmann saiu de férias com a família. E, enquanto a mulher e a filha nadavam, ele se enforcou no quarto do hotel sem deixar nenhum bilhete.

— Tem alguma coisa incômoda nesse título — continuei, andando pela grama. — Algo sobre um cara se cagando de medo enquanto fala sobre física... A única outra vez que vi algo assim foi na noite em que o dr. Esso me contou sobre o Mundo Superior.

— Entendi. — Olivia desviou o olhar. — Então, você acha que sua mãe previu que um dia você seria tão boa em física... com a ajuda do dr. Esso, obviamente... que descobriria sozinha uma maneira de aproveitar o tempo e a energia e depois voltar para salvá-la?

— Hummm — respondi, com um olhar em sua direção. — Isso pareceu um julgamento duro, envolto em uma pergunta retórica e disfarçado como um esclarecimento amigável.

— Senti falta do seu senso de humor — disse ela, me lembrando de que ainda havia a mais fina camada de gelo entre nós. — Olha, Rhia, odeio ser a desconfiada aqui, só não entendo como qualquer coisa que você disser ao dr. Esso poderia conceder a ele a capacidade de voltar no tempo. — As mãos dela estavam encaixadas nos quadris. — Sei o quanto isso é importante para você e, juro, quero que tudo faça sentido. Só não sei como.

Por mais que eu quisesse oferecer a ela uma resposta perfeita, não consegui. Não tinha uma. Em vez disso, um ruído abafado e borbulhante saiu dos meus lábios. A última vez que ela me viu tão animada, mas ainda assim desalentada, deve ter sido na noite em que ficamos na fila por duas horas chuvosas do lado de fora da Peckham Belly apenas para o segurança confiscar nossas identidades falsas.

— Sabe de uma coisa — falei, devidamente desgastada. — Vamos parar por hoje.

As coisas que eu falava mal faziam sentido para mim mesma, muito menos para Olivia, e as ideias malucas que eu estava discutindo também não teriam impressionado o dr. Esso se ele estivesse do outro lado deste banco. Eu teria que descobrir por conta própria e em outro dia.

Enchi a caneca dela com chá fresco, mas, no momento em que a levantei, Olivia estava vagando em direção à cerca.

— Este lugar é uma loucura — eu a ouvi dizer enquanto olhava nos olhos de outra estátua na beira do gramado. — Eles só precisam consertar isso.

— Tenha cuidado — alertei. Eu tinha visto duas vans sem motorista no caminho para cá e não estava com vontade de repetir nossa corrida noturna no bairro de Linford. — Se um drone nos pegar aqui, o cachorro de Linford não vai nos salvar dessa vez.

Essa frase a fez relaxar.

— Eu nem me incomodaria em correr, sabe. — Ela apontou para a mansão ao longe. — Eu subiria por aquela janela ali embaixo e me esconderia, mana. Passaria o tempo lixando minhas unhas ou sei lá o quê.

De repente, meus dedos ficaram escorregadios e a caneca na minha mão caiu no banco, quebrando e estalando como fogos de artifício.

— Jesus! — gritou Olivia. Segundos depois, ela estava ao meu lado. — Você tá bem?

— Você é um gênio. — respondi, minha mão ainda com o formato da xícara.

— O quê?

— Mesmo quando estamos paradas... — Abri um sorrisão. — Ainda estamos passando pelo tempo. Estamos *em movimento* através do tempo.

A matemática estava passando pela minha cabeça mais rápido do que eu podia moldá-la, mas tinha que fazer isso.*

— Saca só, há uma parte da teoria da relatividade de Einstein que diz que tudo no universo tem basicamente duas velocidades: a com que se move através do espaço tridimensional e a velocidade através do tempo. E quando você soma essas duas velocidades, sempre dá o valor da velocidade da luz. Nunca mais. Nunca menos.

Peguei quatro pedras do chão, depois peguei um bocado de lama.

— Estenda as mãos, por favor — pedi.

Mesmo que estivesse fazendo isso apenas para me agradar, ela obedeceu. Assisti a seu rosto se enrugar de desgosto enquanto eu massageava a lama em sua palma mais próxima, então joguei todas as quatro pedrinhas em cima.

— Quero que finja que esta mão enlameada representa sua velocidade no tempo. E que sua outra mão, a limpa — continuei, segurando a palma vazia dela —, representa sua velocidade no espaço tridimensional.

— Saiba que só estou fazendo isso porque você disse que me amava.

— *Ainda* amo você — respondi. Teria dito isso um milhão de vezes se não estivesse tão ansiosa para botar para fora o que processava mentalmente. — Agora veja: a física diz que, quanto mais rápido você se move no espaço, mais lentamente se move no tempo.

Peguei as pedrinhas de sua "mão-tempo" enlameada e as coloquei uma a uma em sua "mão-espaço" limpa para representar sua velocidade mudando de um domínio para outro.

— Espere, aquela bizarrice que você explicou com o Tesla quando assistimos àquela partida. — Ela parou para lembrar. — *Dilatação do tempo*, não foi?

---

* Consulte a página 367 para mais informações sobre o experimento de Rhia.

— *Exatamente*. — Fiquei com o coração quentinho de saber que ela estava prestando atenção. — E você deve lembrar que, quando se atinge a velocidade máxima possível no espaço, que é sempre a velocidade da luz, o tempo para completamente? Porque você atingiu seu limite.

— Sim, lembro — disse ela, olhando para a mão do tempo, que agora estava vazia.

— Agora, veja o que acontece quando começamos a desacelerar novamente. — Coloquei as pedrinhas de volta na mão suja do tempo, uma de cada vez. — Tudo vai na outra direção. Como você está se movendo mais devagar no espaço, começa a se mover mais rápido no tempo. Até que, por fim, você vai estar passando pelo tempo na...

Parei quando vi em seus olhos que ela sabia a resposta. Ela estava com muito medo de externá-la no caso de parecer idiota.

— Velocidade da luz?

— Sim! — gritei. — Você sabe o que isso significa? Embora nós duas estejamos paradas agora, na verdade estamos nos movendo pelo tempo na *desgraça* da velocidade da luz.

— Hum, isso não parece certo. — Ela estava balançando a cabeça enquanto eu tentava acalmar as palpitações do meu coração. — Quer dizer, nós não *sentiríamos?* Se estivéssemos viajando no tempo tão rápido?

Era uma pergunta justa, cheia de bom senso. Mas me lembrei do que o dr. Esso me ensinou sobre o bom senso, como às vezes ele pode pregar peças em você.

— Não necessariamente. Quer dizer, agora, a Terra está girando em seu eixo a cerca de 1.600 quilômetros por hora. E não sentimos *nada* disso, não é? — Estava tudo se encaixando. — Basicamente, passamos a vida inteira nos movendo pelo tempo à velocidade da luz, então é só o que sabemos fazer. Não sabemos como seria se fosse diferente.

Ela apertou os lábios em uma careta de "ok, faz sentido". Até chegar à conclusão do pensamento, era tudo o que eu podia esperar.

— E aqui está a chave — continuei. — Se nós duas estamos viajando no tempo na velocidade da luz agora, deve haver alguma fonte de energia nos empurrando para a frente nesse ritmo, certo? Mesmo que essa energia esteja escondida de nós. E não poderia ser só um pouquinho. Seria preciso toneladas dessa energia oculta para manter tudo no universo funcionando ao longo do tempo.

Eu me lembrei de quando o dr. Esso descreveu o Mundo Superior. Ele realmente usou as palavras "energia oculta" para descrever o calor que sentiu lá em cima.

A julgar pelos olhos de Olivia se movendo rapidamente, eu não sabia se ela começava a entender ou se já estava alguns passos à frente.

— E você acha que há uma maneira de explorar isso? Essa energia oculta?

— Sim — respondi. — E acho que era isso que minha mãe queria que eu dissesse ao dr. Esso. — Parei para recuperar o fôlego. — Que, se ele se permitir acreditar em tudo o que estou dizendo agora, ele poderá de alguma forma voltar ao Mundo Superior e ajudá-la. Porque, uma vez lá, ele terá poder além de seus sonhos mais loucos.

Peguei a pedra maior da mão dela e a joguei no meu pé esquerdo, chutando-a para longe e vendo-a voar em direção a uma janela de vidro, o que desencadeou um alto eco lá dentro.

— Jesus — sussurrou Olivia, com a cabeça abaixada. — Não foi você quem me alertou sobre os drones?

— Me desculpe — respondi. Ela estava 1.000% certa, mas eu já estava pensando no próximo passo.

Precisava ver o dr. Esso. Ele estava certo o tempo todo. Não havia um pingo de dúvida em mim agora.

De acordo com tudo que eu tinha lido on-line, a ordem de restrição que os assistentes sociais haviam impetrado contra ele teria mapeado os arredores do endereço dele. Isso significava que, se eu chegasse muito perto, acionaria um alerta de proximidade na delegacia de polícia mais próxima. Mesmo se eu desligasse meu celular ou tirasse as células de combustível dos meus sapatos, eles poderiam encontrar outra maneira de me pegar. Eu teria quinze minutos (no máximo) para entrar e sair antes que a polícia chegasse, e teria que fazer valer cada minuto.

E quanto mais eu esperava, maior era o risco. Cada dia que passava me aproximava do dia em que seria tarde demais. Um arranha-céu próximo havia pegado fogo na semana anterior. E se o dele fosse o seguinte? E se ele saísse de Londres? Ou do Reino Unido? E se algo ruim acontecesse com ele ou, pior, ele *deixasse* algo ruim acontecer?

Vou esta noite, decidi. Nada me impediria — nem mesmo ter que ir sozinha. Embora, para ser sincera, eu realmente quisesse Olivia lá comigo. Mas parecia tão imprudente envolvê-la em algo em que ela não acreditava e ainda não entendia completamente. E, com nosso relacionamento ainda precisando de mais tempo para se ajeitar, eu me sentiria mal de pedir a ela um favor tão grande e tão de repente.

Um trovão rugiu, enchendo o céu de chuva. A tempestade que eu tinha visto antes estava quase em cima de nós. Me lembrei do que a dra. Anahera havia dito: como, não importava o quanto a vida tomasse de nós, ela sempre nos dava algumas opções. *Agora* era a minha escolha.

— Vou atrás dele — falei para Olivia.

— E eu vou com você — ela respondeu, sorrindo enquanto fechava o zíper da jaqueta até o queixo. — De jeito nenhum eu vou perder isso.

PARTE IV
ENERGIA

DO CADERNO DE BLAISE ADENON: CARTA QUATRO

Para Esso.

Acredito, como nossos ancestrais, que a terra nunca esconde as coisas de que precisamos, mas as fornece em abundância. A Energia da Luz chove sobre nós vinda do sol. A Energia Química é digerida a partir da colheita. A Energia Elétrica cai em relâmpagos. Mas e a Energia Oculta? A Mãe Terra escondeu isso de nossos olhos por milênios.

Então, veio uma nova geração. Você poderia chamá-los de produtos da Era do Aço. E um deles, Einstein, teve as ideias mais originais, seguidas pelas mais perigosas reflexões.

Einstein pegou um fato bem conhecido — que a luz viaja a uma velocidade constante para todos os observadores — e revelou que o espaço e o tempo eram fluidos. Exatamente três meses depois, ele publicou um artigo especulativo que terminava com $E = mc^2$.

Devo enfatizar o quanto foi anormal essa jornada de descoberta. Imagine encontrar um fio solto no seu tapete e puxá-lo. Conforme você puxa, o fio chega em um arco-íris de cores brilhantes, nenhuma das quais você tinha visto na superfície. Você *continua puxando e puxando até que todo o tapete se desenrola e você finalmente percebe que o fio está amarrado a alguma coisa embaixo do piso. E, quando você levanta a tábua para ver o que está puxando, descobre que, enterrada sob sua sala, há uma bomba.*

Isso é o que a equação de Einstein diz: escondido dentro dos menores pedaços de matéria está uma quantidade absurda de poder destrutivo pronto para ser liberado.

Admito que não pensei muito em Energia Oculta quando os Anciões me explicaram tudo isso. Não até alguns anos atrás, quando minha bolsa de estudos pagou por uma viagem a Hiroshima: a cidade onde a Energia Oculta foi revelada ao mundo pela primeira vez.

Aprendemos sobre a primeira bomba atômica que o mundo lançou sobre os japoneses na Segunda Guerra Mundial. Nossa professora nos disse que matou cerca de 146 mil pessoas. Mas ela deixou de fora um pequeno detalhe: a maioria delas eram crianças. Também deixam de fora esses detalhes nos livros didáticos. Assim como as queimaduras. Já tinha ouvido falar de queimaduras de primeiro, segundo e terceiro graus. Mas, ao visitar Hiroshima, aprendi que existem queimaduras de quinto grau. É quando sua carne se transforma direto em carvão. Eles não mostram as fotos da chuva que caiu naquela noite: cada gota pegajosa e preta como fuligem. As crianças estavam tão carbonizadas e com tanta sede que abriram a boca para o céu, bebendo o máximo de água encharcada de radiação que podiam. Muitas morreram disso. As que sobreviveram sofreram com diarreia por meses. Então, morreram também.

Meu filho, li sobre a crueldade do Japão contra seus inimigos durante a guerra. Acredite. Ouvi pessoas dizerem que, ao lançar a bomba, acabamos com a guerra mais cedo, que inúmeras vidas foram salvas. Mas nada disso parece lavar aquele gosto amargo da Chuva Negra da minha boca.

Cento e quarenta e seis mil pessoas.
Cento e quarenta e seis mil pessoas.
Cento e quarenta e seis mil **pessoas**.

Se você colocasse os corpos daquelas crianças em ônibus de dois andares e, partindo de Peckham, enfileirasse os ônibus de ponta a ponta, a fila chegaria a Piccadilly Circus e voltaria. Foi necessário menos de um quilo de material nuclear para apagar todas aquelas almas. Menos de um quilo. O peso aproximado de um coração humano.

$$E = mc^2$$

Olhe para a fórmula, como parece sem graça e minúscula. Três letras seguidas por um número pequenino que até uma criança pode contar. Você tem que analisar bem minuciosamente para entender como ela é aterrorizante. Por extenso, a equação simplesmente diz:

Energia = massa x velocidade da luz (ao quadrado)

Então, para um quilo de explosivos, isso quer dizer:

Energia = 1 kg x (300.000.000 m/s)²

Que, quando você multiplica, dá:

Energia = 90.000.000.000.000.000

Esse número final é noventa quatrilhões. Ou, dito de outra forma, noventa bilhões de milhões de unidades de energia. Olhando para a matemática, você percebe: é a velocidade da luz, aquele c na equação, que te ferra. Foi ela que matou aquelas crianças. Trezentos milhões já é um número diabolicamente grande, então a equação toma liberdades e força você a elevá-la ao quadrado. As crianças nunca tiveram chance.

Meus colegas me dizem que tenho o hábito de misturar ciência com vodu. Mas acredito que todos nós podemos sentir a Energia Oculta ao nosso redor, fluindo além de nós, através de nós. Quando alguém que você ama entra em uma sala, você sente aquela onda, aquele puxão no tecido do espaço-tempo entre vocês. Digo tudo isso porque, se pudesse falar com meu eu mais jovem, eu o teria avisado. Teria pedido a ele que encontrasse um caminho menos destrutivo. A velha Eva talvez tenha sido a mais sábia dentre nós. Ela sabia que era melhor deixar algumas coisas esquecidas.

Capítulo 25
ESSO · *AGORA*

~~Quando saí do pub, as ruas estavam vazias~~ e um vento fantasmagórico soprava pelos esqueletos dos prédios. Desatei a gravata e a joguei na bolsa, sabendo que, o que quer que eu tivesse que fazer a caminho de Narm, seria melhor me sentir solto.

Meu ônibus se aproximou da esquina. *Bem na hora*, pensei. *Minha primeira sorte do dia.* Contra o pano de fundo das luzes fracas da rua, o ônibus parecia uma daquelas lagartas que brilham no escuro no programa *Planeta Terra*. Ele até se movia da mesma maneira, serpenteando pelas curvas e cantos de Camberwell Green. Entrei pelas portas traseiras e vi uma garotinha usando os dedos para riscar triângulos na janela embaçada. O assento à sua frente estava desocupado. Quando fui me sentar, a mulher no banco ao lado agarrou sua bolsa. Então, decidi ficar de pé.

O que funcionava no refeitório da escola com um cara pego de surpresa não funcionaria nas ruas com dois bandos armados até os dentes. Tive sorte com D, mas as probabilidades eram de que eu não teria uma vantagem da próxima vez, nenhuma saída de emergência, nenhuma chance de retorno nos acréscimos finais.

O motorista estava fazendo curvas como se *quisesse* tombar o ônibus. Demorou um pouco para eu criar coragem suficiente para soltar a barra e digitar. Algumas rolagens nervosas depois e encontrei o GRUPO FIFA 18: o grupo de mensagens que eu, Rob e Kato tínhamos feito quando viramos amigos. Acabou que nunca atualizamos o nome.

> @GRUPO FIFA 18
> No momento tô resolvendo as paradas com o D, fiquem longe da área da Biblioteca de Peckham

Perdi algumas oportunidades de avisá-los mais cedo, entre perseguir Nadia e meu colapso no pub. Ainda assim, me fez bem tocar no botão "Enviar".

> @GRUPO FIFA 18
> E me desculpem pelo q falei mais cedo, fui um idiota

Pensei em terminar com uma frase sobre como não quis dizer nada daquilo. Mas, olhando para o teclado do celular, não consegui digitar mais. Um pouco do que falei *era* verdade; muito ainda era. E parecia errado mentir logo após um pedido de desculpas sincero — o mesmo tipo de comportamento imbecil que havia me colocado nessa confusão em primeiro lugar. E eu não podia me dar ao luxo de presentear

Kato e Rob com munição para seja lá quantos dias de provocações me restassem por enviar uma mensagem bunda-mole. Então acabei me decidindo por algo simples.

> @GRUPO FIFA 18
> Se alguém perguntar... digam q caí lutando.
> Vlw por tudo

O motorista fez uma curva fechada na Peckham Road, depois pisou fundo no freio ao parar no ponto. O combo balança-sacode fez minha coxa bater na borda dura do assento na minha frente, e uma sensação de ardor desceu pela minha perna, me lembrando o quanto meu quadril ainda estava dolorido e machucado do atropelamento. Parecia que meu corpo tinha envelhecido uma década desde a manhã, como se muito tempo realmente houvesse passado.

O motor rugiu novamente, e o motorista voltou a arrancar pelas ruas. Só quando parei de massagear meu quadril, olhei para cima e vi que dois garotos haviam subido. O garoto na frente era enorme. Estava vestindo um agasalho todo preto com grossos rabiscos amarelos no peito que o faziam parecer uma van de entregas da Addison Lee. Ele agarrava uma bolsa, que estava deformada pelo que quer que estivesse dentro dela. *Peraí... Aquele é o Vex?* Nunca o vira pessoalmente, mas o conhecia de nome. Todo mundo conhecia. Entre as histórias dele nocauteando três contramanifestantes com um soco cada, dele enquadrando um dos caras do Spark, do caso que ele tratou no verão passado e dos rumores sobre sua dieta baseada exclusivamente em *refrigerante Ting e comida vegana*, seu nome ganhou fama.

Se *fosse* Vex, isso era uma péssima notícia. Ele era um dos caras do Pinga-Sangue. Eu ainda não conseguia ver o garoto atrás dele, mas tive sorte de nenhum deles ter me notado ainda. Aceitei que era o que tinha para hoje, distraindo minha cabeça com minha tela inicial.

Sem novas mensagens. Mas duas notificações: um vídeo da página *imjustbait* e um pedido de amizade do meu tio do Benim. Rejeitei o pedido de amizade e assisti a metade do vídeo. Kemi também havia postado uma foto de mim, Rob, Kato e Nadia com filtro Sierra sentados juntos no almoço. Fiz uma captura de tela e salvei.

Enquanto isso, eu lutava contra a tentação de erguer o olhar para ver o que os dois garotos estavam fazendo. Me lembrei de uma história da escola dominical, aquela em que Deus está prestes a destruir uma cidade e envia um anjo para dizer à família de Ló para correr e não olhar para trás em nenhuma circunstância. Um deles olha para trás (obviamente) e imediatamente se transforma em sal. Deus estava me testando do mesmo jeito? Ou minha paranoia estava tomando conta de mim?

Esperei mais alguns segundos, então ergui o olhar e, com certeza, Vex estava olhando diretamente para mim.

— Droga — murmurei abafado, me esforçando para não entrar em pânico total. Na minha visão periférica, conseguia ver Vex se virando para seu amigo e assentindo. Ainda não tinha visto o maldito rosto do outro cara, mas também não podia dar outra olhada.

Tenho que fazer alguma coisa, percebi. *E rápido.* Havia mais quatro paradas até a Biblioteca de Peckham, e de jeito nenhum eu aguentaria aqueles dez minutos. Tinha certeza de que era Vex agora, o que eliminava o combate corpo a corpo como uma opção. O cara parecia ter treinado com ursos.

Mas eu poderia correr.

— Próxima parada, Peckham Park Road — anunciou o condutor digital no alto-falante.

Queridos Santos Vingadores, lembram da minha oração desta manhã pedindo perdão? Espero que esse pedido já tenha sido faturado, porque eu realmente preciso que me deem cobertura agora.

Quando o ônibus parou e as portas se abriram, fiquei perfeitamente imóvel, a cabeça baixa.

Um... Contei quando a maior parte dos passageiros saiu. *Dois...*

No três, corri para a saída, deslizando entre duas senhoras que flanqueavam a abertura pouco antes das portas se fecharem.

Antes que eu percebesse, o ônibus estava de volta em marcha, as rodas rolando comigo em segurança na calçada.

— Obrigado, Homem de Ferro! — gritei para o céu. Talvez eu realmente tivesse descoberto essa parada de viagem no tempo e viveria para ver outro dia. Um dia em que jogaria FIFA com Rob e Kato novamente, em que diria à minha mãe que a amava de novo e, se tivesse muita sorte, talvez até convidasse Nadia para sair.

Eu mal tinha percorrido vinte metros em minha corrida antes de ouvir batidas e gritos abafados de dentro do ônibus atrás de mim.

— Deixa a gente sair, seu maluco! Abre essa porta!

Era possível ouvir a tensão nas articulações do ônibus enquanto os golpes em sua estrutura ficavam mais altos e mais fortes. Depois de uma breve briga, o motorista puxou os freios hidráulicos, e o ônibus soltou aquele barulho de tia chupando os dentes — seguido pelos dois garotos.

Eu não tinha tomado decisão nenhuma ainda. Minha melhor opção agora era forçá-los a me perseguir até Peckham e brigar no meu terreno. Pelo menos, de acordo com o Mundo Superior, meu destino era estar na frente da Biblioteca de Peckham esta noite, vivo. Eu teria que descobrir como dobrar as regras do tempo a meu favor quando chegasse lá, mas, por enquanto, correr só faria esse destino se adiantar.

Antes que eles pudessem vestir suas balaclavas, vi que o outro garoto era Pinga-Sangue o tempo todo. Isso fez minha frequência cardíaca disparar em um frenesi.

A perseguição começou. E o fim, eu esperava, estava próximo.

Capítulo 26
ESSO · *AGORA*

Uma dor pungente atravessou meu quadril ferido enquanto eu me lançava em uma corrida desengonçada. *Finja que não está sentindo nada*, aconselhei a mim mesmo. Aquele tipo de dor que teria me atrasado em qualquer outro dia. Mas Pinga-Sangue e Vex estavam perto demais. Motivados demais.

Mesmo com a perna bamba, considerei minhas chances em uma corrida contra *Vex* — tinha apostado nisso antes de pular do ônibus. Mas Pinga-Sangue estava ganhando terreno, suas pernas longas engolindo o espaço tão rápido que, em poucos segundos, eu conseguia ouvi-lo respirar.

Acima de nós pairava um céu preto vazio que parecia estar criando nuvens de chuva do nada. Uma gota pesada caiu de uma folha direto no meu olho, me cegando por um momento. Até as árvores estavam contra mim. Certa vez, na escola primária, meu professor disse que William Blake tinha vindo a Peckham quando criança e afirmou ter visto anjos nas árvores. Correndo por aquela rua tempestuosa e desolada, me agarrando à minha vida, eu me perguntava aonde os anjos de Blake tinham ido.

Um relâmpago espalhou seus riscos pelo céu, manchando tudo de branco. Trovões se fizeram ouvir um segundo depois, e o que começou como uma chuva fina se transformou em aguaceiro. Continuei correndo apesar da exaustão, a pontada dolorida no lado esquerdo da minha barriga ficando tão intensa que começou a parecer que poderia abrir um buraco em mim.

— Pra onde você pensa que tá correndo, cara?! — gritou Pinga-Sangue. Ele estava a uma curta distância de mim, eu conseguia sentir isso. Mas eu não cometeria o erro que cometi no ônibus e arriscar virar sal novamente. Então, olhei para a frente e de alguma forma... de algum lugar... encontrei resquícios de força para continuar.

Ao longe, distingui o perfil de um homem corpulento carregando sacolas de supermercado em cada mão. Ele estava com uma jaqueta lavada e jeans combinando.

É ele...?

Quando cheguei perto, seu sorriso familiar radiante confirmou meu palpite. Era o mesmo sorriso que eu tinha visto quando discutiu com a cuidadora depois do acidente de carro, o mesmo que usou depois de sacanear aquele garoto vietnamita, Tom.

— Preston! — gritou ele alegremente em seu traje jeans completo. — Eaê, mano? Está tudo... — Ele olhou para trás e, ao ver Pinga-Sangue, deixou suas sacolas de compras caírem no chão.

Prestes a passar por ele, gritei:

— Desculpa, mano. Não posso parar.

— Não se preocupa, mano. — Seu sotaque ainda vinha com uma porção generosa de Nigéria. — Tamo junto.

Eu me virei e o vi se colocar desajeitadamente no caminho de Pinga-Sangue, forçando-o a desviar para uma bicicleta que passava.

Pinga-Sangue e o ciclista colidiram, virando um montinho na rua principal, e uma fila de carros guinchou e derrapou ao redor deles. Eu quis rir, mas me segurei, sabendo o quanto meus pulmões reclamariam se eu desperdiçasse o oxigênio. O homem que me ajudou, vendo que seu trabalho estava feito, fugiu na direção oposta, acenando.

Mantenha a fé, disse a mim mesmo. *Depois desse grande golpe de sorte, meu plano talvez até funcione mesmo.*

Dei um joinha para o meu anjo da guarda, então me concentrei em vencer a corrida até Narm.

Quando olhei para trás de novo, os dois manos não estavam mais à vista. Decidi que era seguro desacelerar um pouco e comecei a pensar em onde sair da rua principal. A loja Poundstretcher, enorme e superiluminada atrás do Burger King, apareceu, o que significava que eu estava a dez minutos a pé de casa. Mas dez minutos poderiam muito bem ser um número imaginário: D e Pinga-Sangue sabiam onde eu morava.

Desacelerar foi a pior decisão que eu poderia ter tomado para o meu corpo. Eu estava com uma de cabeça no quadril e uma enxaqueca nas coxas. Em pouco tempo, o melhor que eu conseguia fazer era um manquejar acelerado, com uma perna se arrastando atrás de mim.

Tinha andado por essas ruas mil vezes e nunca as tinha visto tão vazias. Tudo parecia diferente. Era como se o universo tivesse sugado toda a vida da tempestade em que estávamos entrando, o vórtice que eu havia criado.

Finalmente cheguei à passarela que levava à Biblioteca de Peckham. E mesmo que eu esperasse que nenhum dos meus amigos estivesse lá, trouxe um pequeno conforto imaginar Kato e Rob naquela construção de cobre cor pastel de formato estranho. Não que pudessem fazer alguma coisa para me ajudar. Mas assim como ninguém gosta de assistir a um filme de terror sozinho, eu meio que queria alguém comigo caso o bicho-papão aparecesse. Um amigo para sorrir para mim enquanto eu dava meu último suspiro.

O mesmo ônibus do qual eu havia saltado dez minutos antes passou em alta velocidade. O motorista me deu um aceno de cabeça, murmurando:

— Boa sorte.

Mais adiante, em frente ao restaurante Katie's, estava a silhueta nebulosa de uma garota familiar, também acenando para mim. *Meu cérebro está pregando peças em mim?* Tive que verificar se não estava construindo uma realidade que eu desejava que fosse real, preenchendo-a com a pessoa que eu mais queria ver. Mas à medida que me aproximei, a miragem não desapareceu, pelo contrário, se solidificou. Se tornou Nadia.

— Por que você está mancando assim? — perguntou ela quando cheguei perto. Seu sorriso causou um forte contraste com o caos do qual eu estava fugindo. — E por que você está tão sem fôlego?

Eu estava exausto, mas vê-la bombeou combustível novo em minhas células. Sabia que essa seria a única chance que eu teria — a única vírgula em um capítulo eletrizante de um dia.

Queria alcançar a única coisa que poderia trazer luz ao vazio em que eu estava, mesmo que fosse apenas um lampejo.

Afinal, o amanhã não estava garantido.

Olhei para trás: ainda sem sinal de Pinga-Sangue ou Vex. E, então, peguei a mão de Nadia e a puxei para o beco estreito atrás do restaurante de frango. Ela reclamou que não havia cobertura e que seu cabelo ia ficar molhado, mas disse tudo isso rindo.

Eu parei e olhei para ela, fitando seus olhos castanhos gigantescos. Parecia que as paredes estavam se fechando ao nosso redor, o espaço conspirando com o tempo para estrangular minha última oportunidade. Esta era realmente a última coisa que eu deveria estar pensando. Pinga-Sangue e Vex não deviam estar muito longe... E se eles nos vissem? O que poderiam fazer comigo? Com ela?

E se Nadia não sentisse o mesmo que eu sentia por ela? E se ela nunca tivesse se sentido da mesma maneira?

Mas e se essa fosse minha última chance e morresse sem saber a verdade? Sem nunca ter tentado? Cada instinto do meu corpo estava me dizendo que agora era *a* hora.

— Você está me assustando, E. Pode me dizer o que...

Antes que ela pudesse terminar, eu a puxei em meus braços e a beijei na boca.

Nadia congelou.

Talvez do choque, era a minha esperança. Meus lábios estavam gelados, afinal, e eu avancei sem aviso.

Mas, com segundos voando, ainda não havia sinal de sua reação. *Droga!*, gritei na minha cabeça e me afastei para ver seu rosto atordoado e confuso. Eu tinha avançado com ímpeto demais, e provavelmente cedo demais também. Estraguei tudo entre nós da mesma forma que havia estragado todo o resto.

Mas quando eu já estava aceitando a derrota, ela pressionou seu peito no meu e se encostou suavemente. Ela beijou com vontade, quase como se estivesse me roubando. Minha mão sem bandagem desceu até a base de suas costas, e ela a agarrou — não para removê-la, mas para guiá-la mais para baixo, deslizando minha palma sobre o jeans envolvendo sua bunda. Eu apertei, e ela ficou na ponta dos pés, dando risadinhas. Era apenas uma mão-boba, mas parecia melhor do que todos os sonhos da minha vida combinados, um momento mágico em que ambos estávamos nos abrigando sob o manto de chuva. Foi perfeito.

Mas também parecia — *quase* — perfeito demais. O tipo de chama que não pode se sustentar por mais do que alguns momentos. Com o tempo agindo contra nós, quanto poderia durar?

Algo frio bateu em minha testa. *Aquilo era uma pedra?*, pensei. Em seguida, outra aterrissou bem no nariz de Nadia, e ela inclinou a cabeça para trás. O vento gelado que estivera avançando por Camberwell mais cedo havia encontrado seu caminho até o beco, tirando o calor de nossas peles e de nosso abraço. Olhei para um céu salpicado de pedras de granizo do tamanho de bolas de gude.

Era a chuva de granizo que eu tinha visto no Mundo Superior.

Era isso.

Nadia levou a mão à boca. Por cima do meu ombro, ela encarava com os olhos arregalados alguma coisa, ou *alguém*, que eu não podia ver e, a julgar pela forma como seu rosto se contorceu, poderia ser o próprio diabo. Seja lá o que fosse, agarrou meu braço. Um segundo depois, eu estava sendo girado para longe dela.

Era D, com Pinga-Sangue correndo logo atrás. Preenchendo o outro canto da minha visão estava a prancha laranja em cima da biblioteca.

Déjà vu, disse a mim mesmo, então encarei o que estava diante de mim.

Capítulo 27
RHIA · 15 ANOS DEPOIS

Peckham, como a maioria das cidades de Londres, era dividida em quatro quadrantes. No primeiro quadrante, as famílias obviamente ricas possuíam condomínios e casas geminadas construídas para famílias obviamente ricas. O segundo quadrante era onde os jovens metidos a artistas fingiam alugar apartamentos que seus pais já haviam hipotecado para eles. Pessoas como Tony e Poppy se estabeleciam no terceiro quadrante, os bairros "sujos, mas promissores", que sempre pareciam estar crescendo e acontecendo, mas nunca aconteciam. Então, vinha o quadrante final, a parte mais distante do rio: a quebrada. E a parte onde o dr. Esso morava era o quartel general da quebrada, especialmente depois de escurecer.

No espaço, o ponto de ônibus perto de sua casa estava agonizantemente próximo. No tempo, estávamos em uma jornada sem fim parando a cada dez segundos. Supondo que o dr. Esso não tivesse se mudado do endereço no envelope, era plausível que já tivéssemos acionado o alerta de proximidade, iniciando a contagem regressiva de quinze minutos.

Quando o ônibus parou, pensei em outra coisa que o dr. Esso me dissera que eu não tinha compartilhado com Olivia. Era sobre meu pai verdadeiro e, em retrospectiva, algo que eu deveria ter dito a ela há muito tempo. Assim que eu estava me preparando para confessar, ela puxou minha manga, sua impaciência nos arrastando para fora do ônibus um ponto mais cedo.

Na calçada, um vento gélido bateu no meu rosto, fazendo uma lágrima fria escapar.

— Você sentiu isso? — Olivia perguntou, nós duas parando para olhar para o céu. Antes que eu pudesse dizer "não", um par de pedrinhas caiu aos meus pés.

Granizo? Em segundos, o céu noturno estava cheio de bolinhas brancas, alguns dos mísseis grandes o bastante para deixar um hematoma.

Olivia apontou para o topo de um prédio ao longe.

— É lá!

Começamos a correr, e um grito de sirene nas proximidades nos forçou a avançar ainda mais rápido. Eu estava rezando em silêncio para que fossem apenas paramédicos, porque uma varredura de uma viatura da polícia abortaria nossa missão antes mesmo de começar.

Quando entramos na propriedade, um homem coberto de rugas e envolto em um cobertor de retalhos imundo uivou em nossa direção. À nossa esquerda, perto do parquinho cercado, havia um grupo de garotos encostado na parede, cada um naquela posição em forma de número quatro: um pé para baixo e o outro levantado contra a parede. Não tinham mais de treze anos, mas possuíam tatuagens iguais em seus dedos: a insígnia de Pinga-Sangue. O mais alto deu um tapinha no bolso, nos dizendo que não importava o quão inofensivas parecíamos: duas estranhas perambulando sem um passe livre por ali àquela hora da noite era uma situação em que ele não seria pego de surpresa.

Chegamos à entrada do térreo, o que significava que estaríamos diante da porta do dr. Esso em menos de um minuto. Quando nos viramos para as escadas, um drone desceu na nossa frente. Olivia e eu estacamos no granizo, deixando o drone cortar uma linha a um metro de nossos narizes antes de voar para fora de nossas vistas novamente. Era um lembrete de que qualquer coisa poderia acontecer agora.

Agarrei seu braço pouco antes de chegarmos ao último degrau.

— Escute, tem mais uma coisa que nunca te contei. E não quero que você descubra lá em cima. — O granizo estava me forçando a gritar. — É sobre meu pai. Não soube como processar isso quando o dr. Esso me contou.

— Escute, se você quiser fazer isso outra hora — disse ela, olhando para as nuvens —, quando não estiver escuro e chovendo, pego um dinheiro com Poppy e venho até você no primeiro fim de semana que puder.

Segui o olhar de Olivia para outro garoto do Pinga-Sangue flutuando em nossa direção em um *hoverboard*. Trovões e relâmpagos estalaram enquanto olhávamos para ele, e eu tive que retrair meu queixo quando outra rajada fria passou por nós.

— Mas se ainda quisermos vê-lo esta noite — continuou Olivia —, temos que fazer isso *agora*.

Ela fez uma careta quando outra pedra de granizo arranhou sua orelha. Atrás dela, as folhas tremiam ao vento.

Nós duas nos viramos para olhar para a porta vermelha atrás de nós. Não precisei estreitar os olhos para o número, sabia que era dele. Podia sentir. Sabia que meu plano era insanamente genial ou simplesmente insano.

— Você está certa — respondi, de frente para as escadas. — Vamos fazer isso logo.

Capítulo 28
ESSO · *AGORA*

Relâmpagos dispararam no céu, seguidos por outro estrondo de trovão. O que começou como meia dúzia de pedrinhas de granizo caindo na gente a cada poucos segundos se transformou em uma tempestade de mísseis de pontas irregulares. A rua cheia de lixo fracamente iluminada não era feita para carros, mas eu não pude deixar de me perguntar se uma ambulância seria capaz de se espremer ali, se necessário.

Em uma extremidade do beco — apenas alguns metros atrás de D e de seu irmão — estava Peckham Hill Street, com o vento de fritura soprando do restaurante Katie's. A outra ponta — na qual Nadia e eu estávamos — dava para uma propriedade abandonada, com todos os portões e saídas fechados.

Enquanto D se erguia sobre mim, com Pinga-Sangue também se aproximando, eu me lembrei de manter a calma. D estava vestindo a mesma camisa branca da escola, com algumas manchas de sangue ainda no colarinho. Ele estava com um curativo na bochecha, mas seu olho estourado e o lábio superior rachado estavam à mostra. As feridas e hematomas só o faziam parecer mais durão, e me perguntei se alguma coisa poderia acalmá-lo... ou *derrubá-lo*, se necessário. Ele não disse uma palavra, mas seu peito estava subindo e descendo com a respiração, e ele poderia muito bem estar gritando: *Vou te matar.*

Pinga-Sangue lambeu os lábios quando seu companheiro de corrida finalmente entrou no beco. E o primeiro movimento de Vex após a chegada foi segurar os joelhos e recuperar o fôlego.

Minha mandíbula travou, o restante do meu corpo já em tensão máxima. O plano que eu tinha inventado no pub era nossa única saída, e eu ainda acreditava nele. Mas eu sabia que tinha lacunas suficientes para que uma brisa ruim pudesse derrubar tudo.

— Não machuque ele, D. — Nadia me forçou a sair do caminho com uma força surpreendente. — Por favor, isso não é... — Ela abaixou a cabeça, balançando-a de olhos fechados. Nunca na vida eu tinha visto Nadia sem palavras, e logo naquele momento, enquanto fazia o que deveria ter sido um simples discurso sobre por que D não deveria me matar, isso acontecia.

— Você é a última pessoa que quero ouvir agora — D retrucou. — O bagulho é entre a gente aqui. Cai fora.

Ele estava conversando com Nadia, mas manteve o olhar em mim o tempo todo, o que significa que vi o cuspe voando da boca dele.

— Você não precisa falar assim com ela, D. — Estiquei minha coluna um centímetro para combinar melhor com ele e com a altura de minhas próprias palavras. — Isso é entre nós dois.

Pinga-Sangue, que parecia estar farto de esperar, ordenou:
— Tire ela da frente, Vex.

Um instante depois, Vex entrou em cena, levantando Nadia do chão e jogando-a de costas no concreto alguns metros ao lado. Ela lutou para se levantar, esvaziando um caminhão de palavrões em Vex durante o processo. Não consegui entender o que Vex sussurrou para ela em seguida, mas percebi, pelo jeito como Nadia ficou quieta e se sentou, que a coisa devia ser sombria.

— Olha só — falei, encarando D e pronto para meu discurso. — O que vou dizer vai parecer loucura...

— Por que está deixando o mano falar agora? — Pinga-Sangue se intrometeu, seu rosto crispado como um saco de papel.

D respondeu pegando a bolsa. Pinga-Sangue e Vex já estavam com as deles nas mãos. Tudo estava se movendo rápido demais para o meu plano.

Pense, pense, pense! Não tive escolha a não ser ir direto ao ponto, a situação que criou a bagunça em primeiro lugar.

— Posso viajar no tempo! — gritei.

D parou no meio do zíper enquanto todos os outros congelaram. A afirmação foi tão maluca que, embora já tivessem perdido a paciência e a pena, os três tiveram que fazer uma pausa para lidar com a confusão.

— Este exato momento, em que todos estamos aqui, agora... já vivi isso hoje. *Duas vezes.* — Contei um total de quatro rostos perplexos olhando para mim. Pelo menos todos estavam ouvindo. — Descobri como viajar no tempo com a mente. Posso ver o futuro. — Eu só tinha visto e entendido uma fração do que o Mundo Superior podia fazer, então minha próxima frase se baseou inteiramente na fé. — E tenho certeza de que posso voltar ao passado também.

D balançou a cabeça e, desta vez, pegou a bolsa praticamente aberta, a ponta plana do cabo da arma já aparecendo.

— Não, não, não, por favor! — me apressei. — Olha, cara... estou falando sério!

Eu me ajoelhei e estendi as duas mãos: a maneira do meu corpo de me fazer parecer pequeno e desimportante demais para incomodar.

Pensei no futuro que tinha visto e no que isso poderia significar não apenas para mim, mas para ele.

— D, sei com certeza que, no fundo, você não vai querer fazer isso agora. Sei de tudo que aconteceu com você para te colocar nesta situação. Sei o que aconteceu naquela noite entre seu irmão e seu padrasto.

A mão do gatilho caiu lentamente ao seu lado, mas resisti à tentação de me levantar.

— Mano, tem tanta coisa que aconteceu com todos nós, com que tivemos que lidar. E o que estou dizendo é que descobri como voltar e garantir que isso nunca aconteça. Podemos usar esse poder para mudar nosso passado. Escolher nosso futuro.

Vex foi o primeiro a quebrar o silêncio:

— Então, o que você tá dizendo é que podemos pegar os números da loteria de hoje, viajar de volta em nossa mente para a semana passada e usar os números para ficarmos milionários?

Olhei por cima do ombro de D para responder:

— O que estou dizendo é que uma vez que eu descobrir como controlar essa coisa, podemos vencer *toda a* loteria que já correu desde o início até o fim de nossas vidas.

Os olhos de D estavam se movendo em todas as direções, menos na minha, mas parecia estar pensando naquilo. Todos estavam. Mordi o lábio, ficando cada vez mais inquieto com as promessas que fiz, imaginando como eu cumpriria essa porcaria. Tinha acabado de entregar um cheque de um trilhão de libras, esperando que minha conta antiga tivesse o dinheiro e ninguém pedisse uma prova de fundos. Meu único seguro, minha única esperança, era que, com um pouco mais de tempo vivo, eu descobriria como voltar ao Mundo Superior e deixar todos tranquilos.

Eu estava morrendo de vontade de pedir desculpas a D por ter feito com que fosse expulso e por colocá-lo em um caminho mais sombrio do que ele havia começado. Eu estava pronto para dizer a ele que ainda me lembrava do D de dez anos, aquele cujo retrato ainda iluminava a sala de sua mãe. E, depois de ir para o Mundo Superior, precisava que ele soubesse que eu tinha visto, com meus olhos, o fio que separava o sagrado do ferido, e que cada escolha se entrelaçava em uma única vestimenta do destino que conectava todos nós. Porque eu tinha passado por tanta coisa nas últimas 24 horas, essas verdades se tornaram óbvias para mim. E presumi que, dizendo algumas frases sinceras, eu poderia tornar isso óbvio para eles também.

Mas no momento em que ouvi as risadas ácidas de Vex cortarem o ar, percebi o quanto eu tinha sido ingênuo.

Ainda gargalhando, ele perguntou para Pinga-Sangue:

— O que você acha, mano? Voltamos no tempo e acabamos com tudo?

Pinga-Sangue parou para olhar seus dedos tatuados antes de responder:

— Não, cara. — Então, ele se virou para mim com um rosto sóbrio e disse: — Esse é quem eu sou.

Foi quando percebi que ele estava certo: nenhum de nossos futuros mudaria, e esses poderiam ser os segundos finais da minha vida. As garras do destino se fecharam sobre mim. E, mesmo se eu tivesse tempo para explicar cada um dos meus pensamentos sobre esperança, amor e segundas chances, não teria mudado nada.

    D puxou a arma da bolsa, levantando-a para que eu pudesse olhar para o abismo do cano. Eu já tinha visto uma Baikal antes porque Spark tinha uma. Eram armas baratas e suspeitas que a polícia usava na Rússia para disparar gás lacrimogêneo contra manifestantes. E, aparentemente, com alguns ajustes, era possível atualizá-las para disparar balas em garotos como eu em Londres.

    — D, eu te imploro. — Eu estava apostando em nada além de adrenalina e otimismo agora: substâncias que não eram conhecidas por sobreviver ao contato com a realidade. O granizo caía com força. Gostaria de ter tido mais tempo para descobrir como o Mundo Superior funcionava. Tudo o que eu queria era mais um dia para encontrar *provas* de que ele existia, em vez de esperar que confiassem em minhas afirmações malucas.

    Eu sabia que não podia desistir. Tinha que fazer alguma coisa acontecer — descobrir um truque final, mesmo que fosse apenas algo comum e mundano — para garantir que todos sairíamos daquele beco sem um arranhão.

    — Escuta, eu tô do teu lado.

    — É mesmo, mano? — Com a mão livre, D puxou uma folha de papel de sua jaqueta e a abriu. Em seguida, deixou cair a folha de X-9 do sr. Crutchley no chão, deixando-a derreter no concreto molhado.

    — Eu não te denunciei, cara. *Juro*. Você tem que acreditar em mim. — Minhas mãos estavam fechadas em oração. Eu estava tremendo, atordoado com a rapidez com que as coisas passaram do olho por olho para vida ou morte. Enquanto isso, a respiração de D parecia ficar mais alta e mais curta com cada palavra que saía da minha boca.

Então, as portas da frente da Biblioteca de Peckham se abriram e me virei para ver Kato e Rob voando para fora.

D parou, pensando. Estacando. Ou talvez ele estivesse apenas levando alguns segundos finais para se preparar para a execução. Não tive escolha a não ser me agarrar à pequena possibilidade de que ele estivesse considerando alternativas.

Pinga-Sangue se virou para o irmão, frustrado.

— Senta o dedo logo, mano. Ou me dá isso aqui que eu mesmo faço o serviço!

D tirou a trava de segurança da arma e inclinou a cabeça para o lado — seu jeito, acho eu, de me dar um momento para dizer minhas últimas palavras.

O desespero encheu as lágrimas que corriam pelo meu rosto. Senti como se estivesse me afogando, como se tivesse uma âncora amarrada ao meu tornozelo e não importava o quanto eu chutasse, ela continuava me puxando para baixo.

Onde estava o Mundo Superior agora que eu realmente precisava dele? Considerei correr para a parede de tijolos e bater minha cabeça nela, caso outra concussão me levasse até lá. Mas bastava um vacilo meu para D atirar. Além disso, havia o risco de eu me nocautear... e, em seguida, levar um tiro, deixando todos para trás para lidar com a minha bagunça.

Pense, Esso! Só porque o Mundo Superior não poderia nos salvar não significava que nada poderia. Mas seria preciso algo muito, muito mais realista para convencer D. Algo que ele não poderia ignorar.

— Escuta — exigi. — Spark e todos os seus caras estão a caminho agora. Se me matarem, nenhum de vocês vai sair vivo daqui — acrescentei ainda mais urgente. — Juro que tô dizendo a verdade, D. Por favor. Não quero que você morra esta noite. Ninguém precisa morrer esta noite.

— Acha que ligo pra minha vida? Ou pra sua? — ele gritou de volta. Qualquer ternura ou controle restante em sua voz desapareceu. Ele engatilhou a arma e a apertou com força entre minhas sobrancelhas. — Não vejo motivo para não estourar seus miolos.

Era tarde demais. *Eu* me atrasei demais. Com os olhos fechados, esperei a bala chegar, torcendo para que o fim fosse breve e indolor, mas sabendo que a morte era provavelmente mais grave do que eu poderia imaginar.

— Eu estou grávida, D. — As palavras saíram suavemente. Abri meus olhos e vi Nadia se levantando.

D se virou para ela, o olho direito tremendo de choque ou medo — espasmos para cima e para baixo, feito um obturador de câmera quebrado. E, naquele instante, o quebra-cabeça se encaixou em minha mente. Fragmentos de formas estranhas colidindo perfeitamente e fazendo minha cabeça girar.

Nadia jogando o celular de D pela janela durante a aula.

O olhar desagradável que ela lançou para ele na segunda-feira, quando ele fez aquela piada sobre Gideon.

Os olhares desagradáveis que ela sempre *lançava para ele.*

Aquele beijo que ele soprava em resposta.

A razão pela qual ela estava sempre brigando com D era porque realmente *se importava* com ele.

Ela gostava dele. Talvez até o amasse?

E ela se conteve no início quando eu a beijei, não foi? Sempre se conteve.

Olhei para Nadia, lágrimas escorrendo de seus olhos, que estavam fixados nos de D.

Aquele boato que havia circulado alguns anos atrás, aquele sobre D estar com uma "mina" na noite em que Pinga-Sangue esfaqueou o padrasto... Tinha sido Nadia, então?

Mais cedo, no almoço, a maneira como ela esfregava a barriga toda vez que ria... toda vez que o nome de D era mencionado. Era tudo tão óbvio agora.

Pensei em como, desde que a conhecia, Nadia falava sobre sua mãe trabalhar em dois empregos para garantir que Nadia e seus irmãos tivessem opções melhores que as dela. Pensei em como ela deve ter se sentido quando descobriu que estava grávida aos dezesseis anos, a mesma idade que sua mãe dera à luz Nadia. Fazia sentido que ela não tivesse contado a D ou a mim ou a qualquer outra pessoa.

Vex não tentou parar Nadia quando ela passou por ele. As coisas ficaram muito loucas, mesmo para ele. Kato e Rob estavam parados do outro lado do beco, provavelmente se perguntando em que tipo de episódio da série *EastEnders* tinham acabado de entrar.

— O bebê é seu, D — disse Nadia. — Se puxar o gatilho, você vai ser preso. Não vai conseguir criar seu filho.

D cambaleou para trás, como se as palavras de Nadia fossem um vento forte. Ele olhou para as mãos: uma arma tremendo em uma, a outra um punho trêmulo. Era como se ele não se reconhecesse, como se fosse o dedo de outra pessoa no gatilho, pronto para mudar nossas vidas para sempre.

D largou a arma no chão. E, assim que eu estava soltando um suspiro tão profundo que me deixou tonto, Pinga-Sangue voltou à vista.

Ele empurrou D para fora do caminho, enfiando a mão na jaqueta para revelar o cabo verde-oliva de um facão.

— Ei, Xavier, deixa quieto — disse D. Mas Pinga-Sangue não prestou atenção nele e continuou andando em minha direção.

Vex deslizou atrás de mim, apertando meus braços com força atrás das costas, então eu não tinha para onde me mover.

— Eu disse pra deixar quieto! — D gritou novamente.

Eu queria ter um passe livre para sair dessa situação. Qual era o sentido de ter todas aquelas visões se eu terminaria assim? Fechei os olhos com força, tentando transcender e me transportar de volta para o Mundo Superior, onde talvez, apenas talvez, eu encontrasse uma maneira de me libertar das correntes do tempo e me salvar.

Mas, quando abri os olhos, ainda estava no beco da Biblioteca de Peckham e o granizo ainda batia na calçada.

E Pinga-Sangue estava em cima de mim. O tempo havia acabado.

— Pelo visto, quando você quer alguma coisa bem-feita — disse ele, puxando a lâmina para fora da bainha para revelar os dentes irregulares —, é melhor fazer por conta própria.

Capítulo 29
RHIA · *15 ANOS DEPOIS*

Roí a unha do meu dedo mindinho enquanto Olivia e eu ouvíamos os passos vindos de dentro do apartamento do dr. Esso. E quando a porta se abriu, uma torrente de emoções me inundou. A mais forte de todas?
Esperança.
Se fizéssemos aquilo direito, eu teria minha mãe de volta e ele teria sua Nadia. Os quinze anos que ele passou vasculhando livros de física e que eu desperdicei sem ela seriam todos reescritos, renovados. Prometi fazer valer cada segundo que conseguisse com ela. Me certificaria de que ela soubesse o quanto eu a amava. E eu nunca a deixaria sofrer sozinha novamente.
O rosto confuso do dr. Esso finalmente apareceu.
— *Pois não*, se você está vendendo biscoitos... — disse ele, sem saber qual estranho estava batendo em sua porta hoje. — *Inferno, não*, ou vendendo aspiradores de pó... ou néon... ou Deus.
Não era a saudação encantadora que eu havia imaginado para o nosso reencontro. Mas ao menos ele estava aqui.
Obrigada, *cacete*. Ele estava aqui.

— Sou eu — falei, vendo seus pés ficarem rígidos, exatamente como no dia em que nos conhecemos. — Rhia.

Ele tapou a boca com o punho, os olhos esbugalhados e injetados. Mas, além de sua óbvia fadiga e choque, havia um olhar de gratidão. E, ainda por cima, uma expressão que quase parecia... *de expectativa.*

Eu não tinha certeza do que dizer em seguida, e Olivia me empurrando para me apressar não estava ajudando. No final, mergulhei fundo e disse a ele exatamente o que eu teria dito em tempos mais tranquilos.

— Você tem malhado? — Ele estava com a mesma camiseta da LBF que usara em nossa primeira ou segunda aula, o corpo mais arredondado dentro dela. — Sua blusa parece mais justa agora, só isso.

— Me erra, Rhia — ele respondeu.

Olivia levantou uma sobrancelha para a nossa conversa.

— Vocês dois são sempre tão rudes um com o outro? — ela perguntou.

— Aham — respondemos ao mesmo tempo.

O dr. Esso sorriu, e não pude deixar de fazer o mesmo. Passei semanas me preparando para este momento — meses, se contarmos desde quando nos conhecemos. E ele, por sua vez, esperara metade de sua vida.

Meu celular vibrou no meu bolso: uma mensagem de um número codificado.

> 1133:
> UM ALERTA DE PROXIMIDADE
> FOI ACIONADO. POLICIAIS
> ESTÃO A CAMINHO. FIQUE
> CALMO E EM ALERTA.

— São os caras, né? — pressionou Olivia. — Quanto tempo temos?

Vi as duas mensagens seguintes chegarem rapidamente e tive que lutar contra o pânico.

— Seis minutos.

— Rápido — disse o dr. Esso, abrindo a porta. — Vamos fazer isso lá dentro.

Corremos para a sala, onde o dr. Esso apontou para um sofá em que mal caberiam duas crianças. Olivia e eu dolorosamente conseguimos nos espremer nele. Eu não sabia o que esperar em termos de decoração da sala de estar, mas pouco poderia ter me preparado para as paredes: inúmeras equações cobrindo cada pedaço, rabiscadas com uma tinta grossa que havia deixado sulcos que ele conseguia tocar para ler. O lugar também tinha um cheiro forte, o que provavelmente tinha algo a ver com as queimaduras de pontas de baseado no tapete. Prateleiras circundavam a sala, uma em cima da outra, todas cheias de livros. *O teorema de Emmy Noether* era o título de um livro didático, e o próximo a ele, chamado *Gravitation*, era grande o suficiente para gerar a gravidade que era seu tema de estudo. No meio do caminho havia um livro de bolso com *Teoria da relatividade* gravado na lombada, de autoria do próprio Albert Einstein.

Dr. Esso cruzou a curta distância até sua poltrona reclinável, chutando duas latas vazias de Red Bull de seu caminho. Ele pegou sua refeição de micro-ondas e a colocou na mesa, deixando seu rádio retrô no braço da poltrona.

— Tudo bem, mana — disse Olivia. — É com você.

Cinco minutos era um terço do tempo que eu tinha planejado, e nós já tínhamos desperdiçado um pouco dele no aquecimento na porta do dr. Esso. A margem de erro era nula.

— Esperei um tempo para ouvir isso — disse o dr. Esso, equilibrando-se na beirada de sua almofada. — Mas infelizmente o tempo não está do nosso lado.

Me levantei de uma vez. Um oceano de energia nervosa estava subindo em mim. Eu podia sentir a urgência. Eu entendia as apostas. Mas agora também entendia outra coisa.

— Aí é que tá — falei, corrigindo-o. — O tempo *está* do nosso lado.

Capítulo 30
ESSO · *AGORA*

A chuva havia parado e as sirenes da polícia, que haviam começado como um sussurro distante minutos antes, agora gritavam nas paredes do beco.

Pinga-Sangue olhava para a lâmina que ele tinha acabado de alojar dentro de mim. Ele estava com aquele tipo de olhar, como se pudesse sentir o que eu estava sentindo na própria pele. Como se minha dor estivesse fluindo através da faca que nos conectava, voltando para ele. Um rosnado saiu de Pinga-Sangue, palavras que não consegui entender, como se ele estivesse falando outra língua. Mesmo seu rosto não fazia mais sentido, tão contorcido de raiva que ele poderia ser até outra pessoa.

Pinga-Sangue deve ter precisado provar a si mesmo que tirar uma segunda vida não doeria tanto quanto a primeira. Porque puxou a faca de mim e, em seguida, me esfaqueou ainda mais fundo.

Mal senti no começo. Quando senti, foi diferente de como sempre imaginei que seria. Cada golpe era como levar um soco no estômago de alguém com mãos ossudas. Então, as duas crateras no meu estômago começaram a irradiar ondas de dor para fora, junto com jorros de sangue. E, como no almoço, a dor exigia exclusivamente a minha atenção, não me deixando desviar nenhum esforço para chorar, entrar em pânico ou mesmo pensar. Tudo ficou embaçado e comecei a desmaiar. Vex, que estava me segurando, tentou me soltar, mas era eu quem o segurava agora, agarrando seu braço o mais forte que conseguia para ficar de pé.

— Bora vazar, família — gritou Vex. — A polícia tá chegando!

Ele me soltou com um solavanco, pegando a arma de D enquanto ele e Pinga-Sangue saíam correndo.

Mas, assim que chegaram ao final do beco que levava à propriedade deserta, seu caminho foi bloqueado por oito corpos que entravam na mesma direção. Era Spark e seus caras de Peckham, todos de preto, respondendo à mensagem que mandei diretamente do banheiro de Penny Hill naquela manhã.

Sem nada me segurando, me ajoelhei e minha mão afundou em uma pilha de panfletos encharcados no espaço onde o asfalto encontrava a parede. *Fique longe do chão*, comandei silenciosamente, usando todo o meu esforço para obedecer às minhas próprias ordens, sabendo que, quanto mais perto eu chegava do chão, mais perto eu chegava da morte.

Eu deveria estar em casa.

Imaginei minha mãe sozinha no sofá com um prato de peixe com batatas fritas fumegante ao lado dela. Eu a imaginei se perguntando quando eu chegaria, olhando para o telefone a cada segundo e se levantando sempre que o vento fazia a aldrava na porta bater contra a madeira.

D foi o primeiro a correr para o meu lado. Nadia, Kato e Rob seguiram logo depois.

Vex e Pinga-Sangue pareciam estar pensando em correr de volta para o lado oposto do beco, mas os garotos de Spark os encurralaram dos dois lados.

Spark sorria enquanto avançava, provavelmente não acreditando em sua sorte de três garotos do P.D.A. terem aparecido com nada mais do que uma arma e algumas facas. Mas quando Spark se virou para mim e viu o sangue escorrendo pela minha camisa da escola e a faca manchada nas mãos de Pinga-Sangue, seu sorriso desapareceu e seu foco se voltou para a violência.

Nenhuma palavra foi dita. Nenhuma palavra foi necessária. As *skengs* começaram a surgir do nada: três nove milímetros, um revólver de cano curto, umas outras semiautomáticas. Os sete manos de Peckham mantinham as armas relaxadas ao lado do corpo, mas Spark ergueu a dele na direção de Pinga-Sangue, que estava com a expressão de um homem que acabava de perceber que havia levado uma faca para um tiroteio.

— Acho que é sangue por sangue. Certo, Pinga-Sangue? — Spark engatilhou a arma e se inclinou. — Você pegou meu irmão, então acho que tenho que matar o seu, não?

Então, rápido demais para qualquer um de nós reagir, Spark se virou para D, que estava parado ao meu lado. Ele caminhou em sua direção até que sua arma estivesse lambendo a testa de D. Em seguida, atirou à queima-roupa.

Uma névoa vermelha encheu o ar quando D caiu de joelhos. Onde a pele lisa deveria estar, agora havia um buraco. Ele usou seus últimos segundos de vida para olhar para Nadia, encarando-a como se quisesse dizer algo, mas não podia. Um segundo depois, caiu de cara no concreto.

Nadia gritou, se jogando no chão ao lado dele.

Isso não pode estar acontecendo, pensei. Eu não tinha ideia do que fazer comigo mesmo, porque estava muito ocupado negando o que tinha acabado de ver. *Spark* não *acabou de atirar na cabeça de D*, disse a mim mesmo. *D* não *está morto.* Não conseguia nem cogitar essa ideia.

E, ainda assim, conseguia. Eu *cogitava*. Tinha visto tudo acontecendo. Mas não soubera como impedir.

Em vez de palavras, um fluxo de vômito voou da minha boca.

Nadia começou a chorar histericamente, tentando virar D de barriga para cima. Talvez para tentar ressuscitá-lo, talvez apenas para ver seu rosto. Kato e Rob, percebendo o quanto era séria a confusão em que haviam entrado, começaram a se afastar do estreito círculo de morte no beco.

Algumas palavras sábias naquele momento poderiam ter aliviado a coisa toda. Não precisava terminar em aniquilação total. Um menino estava morto, outro ficou ferido. A parte do destino havia acabado, o que significava que nada mais terrível precisava acontecer. Mas, com todos agora engatilhando e levantando suas armas, ninguém se atreveu a dizer nada.

Vex apontava a arma dele para Spark.

O braço direito de Spark, o mesmo que me olhou desconfiado em West End naquela quarta-feira, apontou seu revólver de cano curto para Vex.

Spark virou sua arma para Pinga-Sangue.

Pinga-Sangue estava no meio de tudo e não parecia se importar. Seu irmão mais velho estava morto. O que mais poderia acontecer? Ele deixou cair sua faca, olhando como um zumbi para o cadáver sem alma de D.

As sirenes ficaram mais altas, abafando todos os meus outros sentidos, e então uma fila de policiais armados com equipamentos da SWAT virou a esquina da rua principal, gritando "Polícia!" com seus rifles de assalto apontados para todos em um estalo de dedo. Pontos de laser vermelhos apareceram nas testas de Nadia, Rob e Kato.

A primeira arma disparou. E, naquele exato momento, um poderoso choque de déjà vu tomou conta de mim. Já tinha vivenciado tudo aquilo antes. A sensação se multiplicou como se fossem mil déjà vus saltando sobre mim de uma só vez. E, o tempo todo, as palavras que li no caderno do meu pai naquela manhã, sobre o Mundo Superior, estavam passando pela minha cabeça na velocidade da luz.

A JANELA é uma memória do passado ou do futuro. Uma memória única para cada indivíduo, muitas vezes tão séria ou traumática que nossas mentes nos forçam a esquecê-la...

À medida que minha visão se desvanecia, o mundo ao meu redor se dissolvia em um nada escuro. O estrondo violento da bala saindo da câmara se transformou em um som arrastado lento e sinuoso — como se as ondas sonoras estivessem passando através de areia movediça antes de alcançar meus ouvidos. Até o silêncio entre meus batimentos cardíacos estava aumentando. E assim esperei, rezando para que chegasse o próximo baque.

Capítulo 31
RHIA · *15 ANOS DEPOIS*

Olivia e o dr. Esso estavam inclinados para a frente, esperando. Tínhamos três minutos restantes.

Levantei a refeição de micro-ondas do dr. Esso da mesa de centro.

— Estou segurando seu jantar agora, mas quero que imagine que é um Tesla.

— Já tô imaginando — respondeu dr. Esso.

Ele não podia ver o adereço, mas a analogia era principalmente para mim. Eu precisava visualizar o que estava pensando, dizer tudo certo.

— Agora, se você quisesse dirigir este carro por uma estrada, obviamente precisaria de alguma fonte de energia, certo? Basicamente eletricidade ou hidrogênio para alimentar o motor.

— Faz sentido.

— Faz sentido — concordei —, porque todos nós sabemos que se movimentar todos os dias em imagens tridimensionais no *espaço* requer energia. Coisa padrão. Mas que tal passar pelo *tempo?* Estamos todos fazendo isso agora, mas de onde *vem* essa energia? Onde está a energia que nos impulsiona do passado para o presente e para o futuro? A resposta é: está escondida.

Levantei a tampa da bandeja para encontrar algumas salsichas meio comidas enterradas em purê.

— Antes, não tínhamos como tocar ou ver esse outro tipo de energia. Não até Einstein encontrar uma maneira de liberá-la.

— $E = mc^2$ — sussurrou o dr. Esso, deslizando mais para a frente até que mal encostava na poltrona.

— Exatamente — confirmei, com minha confiança aumentando. Podia ver algo crescendo nele também. Eu tinha ficado sem truques para manter a calma, então, em vez disso, estava apressando tudo.
— Em geral, nossas experiências cotidianas nos dizem que, quanto mais massa um objeto tem, mais energia você precisa para arrastá-lo. E que, quanto mais rápido você quiser arrastar algo, de mais energia você precisa também. A equação de Einstein está dizendo exatamente isso: a quantidade de Energia Oculta (E) que algo precisa para voar pelo tempo é igual à sua massa (m) multiplicada pela...

— Velocidade da luz ao quadrado! — respondeu Olivia, agora soando como a mais impaciente de nós. Eu teria beijado sua testa, mas não podia me dar ao luxo de perder os cinco segundos que levaria.

— Exatamente, mana... Que por acaso é a velocidade que todos nós estamos viajando no tempo agora. — Dobrei a aposta. — E não pode ser coincidência que Einstein, o cara que inventou a matemática da viagem no tempo, também descobriu a equação da Energia Oculta alguns meses depois. Não é apenas sorte que todos os físicos depois dele tenham encontrado essa mesma ligação entre tempo e energia em suas equações.

Olhei para meu celular: um minuto e meio até os policiais chegarem.

— Você obviamente leu os artigos da Noether — falei para o dr. Esso, olhando para o livro que vi quando chegamos. — Ela provou que tempo e energia estão simetricamente ligados há um século. E olhe para toda a matemática quântica: a equação de Schrödinger, o princípio da incerteza de Heisenberg. Em todos eles, tempo e energia estão basicamente *empilhados*.

Fiz uma pausa para respirar e Olivia entrou na conversa, dizendo:

— Você mereceu essa respirada, mana.

Mas eu não respiraria direito até termos minha mãe de volta.

— O tempo também deve ser escondido de nossos olhos, dr. Esso. Mas quando você foi para o Mundo Superior naquele dia, você a viu: toda a sua vida do início ao fim em uma série de projeções.

O trovão rugiu. Mas, na velocidade em que meu cérebro estava rodando, nada poderia me tirar do curso.

— E agora, com tudo o que você sabe, se voltasse lá poderia ver a Energia Oculta também. Poderia erguer montanhas, iluminar uma cidade inteira se precisasse. Poderia mudar o que aconteceu naquela noite com seus amigos. Com meus pais. Com a gente.

Olivia se aproximou, descansando a mão no meu ombro. Eu tinha descoberto tudo, e o que podíamos fazer agora era esperar que o impossível se tornasse real nos 45 segundos que nos restavam antes da chegada dos policiais.

Dr. Esso estava sentado com as mãos cruzadas na frente dos lábios. Ele parecia já ter reunido seus pensamentos, mas esperava que uma última inspiração o atingisse.

— Vou dizer isso com todo o respeito — começou ele. — Porque respeito enormemente o fato de você estar literalmente cuspindo física de nível universitário agora. E que você aprendeu isso tudo sozinha. — As palmas das mãos deslizaram para a testa até que seu rosto ficasse protegido atrás delas. — Mas tudo o que você disse... Todas essas coisas sobre Einstein, tempo e energia e como tudo está conectado... eu já *sabia* tudo isso. Aprendi faz muito tempo, Rhia. Não fez diferença naquela época e não vai fazer agora.

Meu queixo começou a tremer. Não tinha mais nada a dizer. *Claro que ele já sabia.* A própria sala em que estávamos era cercada com milhares de páginas dessa mesma matemática, um santuário particular. Ele provavelmente estudava essas coisas desde que tinha a minha idade. E, ainda assim, eu de alguma forma me iludi pensando que poderia superá-lo em semanas. Pior, me convenci de que toda a minha existência, e a dele, estava se acumulando até essa noite: o momento desimportante que havia acabado de ficar para trás.

Eu me senti ainda menor, ainda mais burra, do que quando estava na sala de estar de Tony e tive meus sonhos destruídos.

— Acho que imaginei que se você voltasse...

— Esse é o problema — gritou ele. — Não consigo voltar. Não sei como. — Era como ouvir uma montanha desmoronar e implodir. — Não volto ao Mundo Superior desde aquela noite. Eu nem mesmo me lembro do que aconteceu.

BAM, BAM, BAM, foi a batida forte do outro lado da porta. As batidas não paravam... Não havia hesitação.

— Acabamos aqui — disse o dr. Esso. As pedras estalavam na janela com tanta força que me perguntei por um segundo se era possível que o granizo quebrasse o vidro.

— Há uma escada pela porta dos fundos — continuou ele. — Vocês precisam sair antes que eles invadam a casa.

Antes que eu pudesse piscar, Olivia agarrou meu braço e me puxou para o corredor que levava à saída dos fundos. Mas não antes de ver a bolsa do dr. Esso encostada na parede. Não antes de me libertar do aperto de Olivia e arrancar o caderno esfarrapado de lá.

Enquanto Olivia corria em direção à porta, fiquei um pouco atrás, folheando as páginas em um ritmo relâmpago e voltando cada vez que ia rápido demais para absorver o que estava lendo.

Uma caverna... Os prisioneiros viviam acorrentados... O Mundo Superior...

Próxima página...

A linguagem influencia o que vemos...

Próximo...

E, no entanto, nossa capacidade de explorar a cronestesia (viagem mental no tempo) não foi destruída...

Por favor, que seja isso, implorei.

Apenas desconectada. Trancada dentro de uma fenda de nossas mentes chamada JANELA.

Dr. Esso resmungou algo sobre uma janela naquela noite em que confessou tudo — disse que era a parte da mente onde você acessava o Mundo Superior. *Talvez seja isso*, refleti comigo mesma. *O que nos levará de volta à minha mãe.* Mas, se fosse, como é que ele não tinha descoberto sozinho? Tinha o caderno todo esse tempo, então que pedaço estava faltando que só eu poderia dar a ele?

— Polícia! — Do outro lado do corredor veio a próxima rodada de pancadas. — Abra!

Com um empurrão forte de Olivia com o ombro, a porta dos fundos se abriu e as escadas estreitas da saída de incêndio apareceram. Reli a passagem, procurando uma pista final, algo prático.

Então, verifiquei novamente. E de novo. Nada fazia sentido.

— Fizemos tudo o que podíamos — gritou Olivia, tentando vencer o som do vendaval. — Precisamos ir! Agora!

Atrás dela, uma teia de relâmpagos ofuscou o espesso céu violeta, como se em algum reino eletromagnético lá fora uma guerra estivesse sendo travada.

Olhei para trás uma última vez, para a porta que dava para a sala, para o dr. Esso. Eu não tinha mais nada para oferecer a ele, não com os poucos segundos que nos restavam. Nada.

A menos que...

— Não — falei, soltando Olivia. — Não é assim que isso termina. Acho que é assim que começa.

— Rhia, não...

Corri de volta e abri a porta da sala. Dr. Esso estava de pé, e eu me joguei nele, envolvendo meus braços em volta de suas costas em um abraço desesperado.

— Eu sei — disse ele, a voz embargada. — Sinto muito.

O mundo estava desmoronando ao nosso redor, e tive que deixar acontecer.

— Sei que você não gosta de falar sobre o que aconteceu com meus pais naquela noite. Sei que você se culpa. — Nem tentei reprimir as minhas lágrimas. — E, por um tempo, também culpei você. — Deixei minha cabeça descansar em seu ombro enquanto encontrava as palavras certas. — Mas eu te perdoo. E minha mãe, se ela fosse metade da mulher que você diz que ela era, também te perdoaria. Ela gostaria que eu te dissesse que não foi sua culpa, que você fez o seu melhor. Ela gostaria que você soubesse que existe um futuro lá fora pelo qual vale a pena viver, pelo qual vale a pena lutar.

— Estou tentando — disse ele. — Apenas não sei como.

— Mas e se você souber? — respondi. — E se, no fundo, você sempre soube? E se você nunca se esqueceu do que aconteceu naquela noite, simplesmente deu as costas para ela? Às vezes, é preciso olhar para trás antes de seguir em frente. Então, olhe para trás, Esso. Olhe para trás através de sua JANELA.

— Rhia... eu memorizei cada palavra daquele caderno. Nada aconteceu.

— É, mas há uma diferença entre saber disso lá em cima... na sua cabeça... — Dei um passo para trás, depois pressionei minha mão no coração dele. — E senti-lo aqui.

Minha voz se tornou imponente.

— Quando você acredita plenamente em algo, isso flui de seu coração, penetra em seu sangue. Torna o inacreditável... real.

No momento em que terminei minha frase, a janela principal perdeu suas dobradiças e saiu voando pelo ar. Me abaixei bem a tempo, me virando para ver o quadrado vazio que deixou na parede.

O quê...

Outro vento feroz soprou, varrendo o rádio do braço da poltrona. O outro tirou as salsichas da bandeja, junto com uma pasta cheia de papel de rascunho, e as arremessou em um redemoinho maníaco acima de nossas cabeças.

— Estava lá o tempo todo. — Sua voz saiu um pouco mais alta que um sussurro. E tremendo. — Minha mente simplesmente escolheu esquecer o que aconteceu, porque precisava fazer isso.

Olhei para seus tornozelos e os vi se contraindo. Então, olhei para cima para ver um redemoinho profano de objetos desafiando a gravidade acima de nós. O Dr. Esso estava causando isso.

— Mas não tenho mais medo. — Ele olhou para o teto com os olhos arregalados, recitando de memória as mesmas palavras que eu acabara de ler em seu caderno: — *A JANELA é uma memória do passado ou do futuro. Uma memória única para cada indivíduo, muitas vezes tão séria ou traumática que nossas mentes nos forçam a esquecê-la.*

Quando ele abriu a boca para falar novamente, os fios de saliva que revestiam seus lábios estalaram um por um como grades de prisão estouradas.

— A JANELA é onde vemos o Mundo Superior. — Ele fez uma pausa, me encarou. — Mas o porquê... o como... isso sempre foi *você*.

Dei outro passo para trás e vi seus olhos se arregalarem ainda mais. Era como se ele estivesse olhando através de mim, através de tudo, como se estivesse olhando um mundo além.

— Tem granizo — continuou. — Relâmpagos, balas.

Nunca tinha visto tanta dor em seu rosto. Nunca o tinha visto chorar.

Quando ele ergueu a voz, uma rachadura se abriu na parede, expondo as faiscantes linhas de cobre que corriam por dentro. Um zumbido agudo veio das tomadas e, sem ninguém o tocar, o rádio no chão ligou e começou a percorrer as estações.

— Nadia está ao meu lado — acrescentou —, e Devontey está morto. — Foi a primeira vez que ouvi os nomes dos meus pais na mesma frase, como uma possibilidade conectada. — Estamos todos prestes a morrer.

Tudo o que eu via era impossível. Mas impossível era apenas uma palavra agora, uma questão de perspectiva, um truque de relatividade.

— Rhia vai te contar — ele disse, finalmente, repetindo o que minha mãe havia previsto. — Você contou.

Ele levantou os braços para o céu e sua camiseta subiu, expondo uma barriga cheia de cicatrizes longas e grossas. O redemoinho estava se movendo mais rápido, e a sala se tornou uma nevasca de calor e estática. Podia ouvir Olivia gritando atrás de mim, tentando me arrastar para longe enquanto os policiais arrombavam a porta da frente. Mas eu não conseguia tirar os olhos do dr. Esso: seu rosto mais calmo do que uma folha cruzando a superfície de um lago plácido, seus olhos belos e claros.

Capítulo 32
ESSO · *TEMPO INDEFINIDO*

Acordo com um joelho dolorido apoiado na terra rachada, o outro joelho apontando para a frente. Um relâmpago desordenado pousa perigosamente perto, iluminando um único arquivo de projeções atrás de mim e outra fileira na frente. Troquei a anarquia do beco pela indisciplina do Mundo Superior. Mas não me atrevo a levantar. Ainda estou sangrando — a agonia ainda mais intensa agora do que quando perdi o restaurante Katie's de vista. Pior, ainda tenho a lembrança do ponto vermelho na testa de Nadia e dos rifles de assalto apontados para Rob e Kato. Não consigo esquecer a polícia armada, os rapazes de Peckham e do P.D.A. apontando armas uns para os outros, ou o rimbombar de tiros soando em meus ouvidos. E, em meus pensamentos, ainda posso ver D caído morto no chão. Morto, por causa do que fiz, do que deixei de fazer. Preciso me lembrar disso. Por eles.

*Quinze anos se passaram desde a última vez que
meus pés correram pelas ranhuras deste chão*

fuliginoso. Mas dizer que estou feliz por estar de volta ao Mundo Superior seria um tanto mentiroso. Penso em Rhia e Olivia, deixadas em pânico na minha sala. Espero sair daqui e voltar para elas. Mas, se eu não conseguir falar com ele primeiro, não haverá para onde voltar. Na minha cabeça, começo a recitar tudo que aprendi sobre tempo e, mais importante, energia.

Ouço um ruído de escombros raspando no chão a distância. Passos?

Alguém está se aproximando, sem dúvida. E descalço. Ele parece... Não, isso não pode estar certo.

Consigo ouvi-lo tossir no ar espesso. Estou perto.

Cada passo que ele dá à frente é iluminado por alguma luz vermelha, que penetra pelas rachaduras na terra abaixo. É quase como se houvesse uma trilha derretida de energia borbulhando dentro deste lugar. Seguindo-o.

— Você é...

— *Sim* — *respondo.* — *Eu sou você. Bem, costumava ser você, de qualquer maneira.*

Respiro fundo, mas não consigo inalar a loucura do que ele está me dizendo. Não ajuda que esse homem esteja olhando através de mim enquanto fala comigo, em vez de me olhar nos olhos.

— Prove — digo a ele. — Prove que você sou eu.

— *Bem, sei que você teve aquele sonho estranho de novo dois dias atrás.* —

Dou a ele alguns segundos para me interromper.
— Você sabe... aquele sonho em que Nadia está segurando os cubos de gelo gigantes e usando aqueles óculos de visão noturna e...

— Tudo bem, já chega. Acredito em você. — Vi tanta loucura ao longo do meu dia que minha capacidade de duvidar pra valer está desgastada. — Mas me diga uma coisa.

— Pode falar.

— Que que é essa entrada pra careca aí, mano? Sua testa parece um bonde. — Minha risada se transforma em tosse. Manchas de sangue pontilham minhas mãos.

— Não precisa fazer piada, Esso. — Tinha me esquecido do quanto eu costumava ser idiota. — Sei como foi a sensação de ser esfaqueado. E sei que você está com medo de morrer. Sei que você acabou de sair de uma cena em que uma bala está indo na direção de Nadia, e muitas outras estão apontadas para seus companheiros. Eu sei, porque me lembro.

Por mais que eu esteja apavorado, me sinto exausto. O que eu mais adoraria é apenas me deitar e dormir. Mas ainda consigo ver seus rostos. Toda vez que penso em desistir, eu os vejo. Ainda alto em minha mente é o estrondo da arma de Spark, a névoa vermelha enchendo o ar ao redor de Devontey.
— D? — pergunto, a voz tremendo.

— Você não pode salvá-lo.

— O que você quer *dizer* com isso?

— O momento em que ele foi baleado já passou. Não só para mim, mas para você também. E você não pode mudar algo que já viveu e viu.

— Não, isso é besteira. Temos que tentar, né? Não podemos deixar o cara morrer.

— Me desculpe. Ninguém lamenta isso mais do que eu. Olha, fiz as contas de cem maneiras diferentes, e isso não pode ser mudado. — Mantenho minha voz o mais firme possível. Ele em pânico só vai piorar as coisas. — A vida, o universo, Deus, como você quiser chamar, não nos deixa mudar o passado. É a única maneira de evitar a carnificina e as contradições que causaríamos se pudéssemos. Passei os últimos quinze anos fingindo que não sabia disso, tentando negar o óbvio, para não ter que encarar a verdade. — Posso dizer por sua fungada e pelas pausas em sua respiração que ele sabe que estou certo. Ele está vendo o que ignorou o dia todo, o que só o Mundo Superior pode mostrar: D nunca foi seu inimigo. Inimigo é o rótulo que damos a alguém cujo passado e futuro ainda não vimos, alguém cuja história não foi contada. Todo mundo é melhor que seu pior ato. D tinha o potencial de se redimir, porque, com o tempo, todos temos.

— Mas você pode fazer algo em relação ao presente — digo para ele. — Na verdade, você tem que fazer ou todo mundo morre. Você, nossos amigos, Nadia... Rhia nunca vai nascer. Ela nunca vai me ensinar o que eu precisava saber para chegar até aqui. Tudo se desfaz, a menos que você volte ao seu Agora e o conserte.

Eu raspo minhas unhas pelos escombros, então levo a poeira para o meu rosto. Por mais que eu queira que ele desapareça, por mais que queira que ele esteja errado, sei que está aqui para me ajudar. E sei que tudo o que diz é verdade. Mesmo se não tivesse dito nada, eu saberia. Quinze anos deveriam nos separar, mas aqui em cima ele está à distância de um toque. Se eu conseguir "consertar isso", como ele está exigindo, terei mais tempo para perguntar por que tudo isso aconteceu, encontrar sentido, talvez até me perdoar. Mas, por enquanto, tudo o que posso fazer é garantir que a morte de D não leve a mais mortes.

— E agora? — pergunto, perigosamente perto de vomitar novamente. — O que devo fazer?

— Lembra do caderno do nosso pai, como ele disse que o que você vê no Mundo Superior reflete a linguagem que você entende?

— Sim.

— A matemática que você aprendeu na escola, mais o senso básico que todos temos de como o tempo flui, é o que está permitindo que você veja sua linha de mundo neste lugar. Isso também permitiu que você interagisse com ele quando veio para cá depois do acidente de carro.

— Linha do mundo?

— Tudo e todos deixam um rastro no espaço-tempo tetradimensional. Isso é tudo que uma linha de mundo

> *é... um rastro de momentos. Os físicos os desenham como linhas onduladas em um gráfico. Mas aqui em cima, nesta realidade mais real, sua linha de mundo é uma longa linha de projeções que começa no dia em que você nasceu e a última é no momento em que você morre. Imagino que você possa ver uma parte atrás de você.*

Eu me pergunto por que ele precisa "imaginar". A coisa é gigantesca e está bem ali! Isso me faz questionar por que ele ainda não está de frente para mim, e chego a uma conclusão sombria.

— Você não consegue ver, consegue?

Ele não responde minha pergunta, então me viro para ele e aceno. Nenhuma reação.

Um futuro sem visão. Enquanto imagino isso, vejo uma contração em seu rosto que é tão leve que eu não teria notado se não fosse minha própria contração. Ele está escondendo outra coisa.

> — *Escute, nós dois chegamos aqui pela* JANELA, *aquele momento em que D foi baleado no beco, uma memória distante para mim, mas nova para você. Mas as duas pancadas na cabeça que você levou, o acidente de carro e, mais tarde, quando D bateu em você, devem ter aberto nossa* JANELA *de alguma forma, talvez até a tenham melhorado. Porque, quando você estava deitado naquele refeitório, conseguiu de alguma forma pular no tempo e acessar a energia oculta ao seu redor.*

— Mas não posso controlar isso.

> — *Porque começa com você acreditando que pode.*

— Mano, estou em um mundo imaginário agora e, se já não morri, estou a minutos de morrer de hemorragia. Por favor, por favor, me dê algo mais real do que isso.

> — Você quer realidade? — Dou um passo à frente até que não haja mais espaço entre nós. — Lembra quando você perguntou sobre Pitágoras na aula esta semana e foi chamado de nerd por isso?

— Sim.

> — Você se lembra do que mamãe disse ontem à noite? Sobre como você acabaria morto... igual ao nosso pai?

Não respondo.

> *Penso em outros momentos que nos tornaram quem somos.* — Se lembra na escola primária, quando a sra. Ewu disse que você teria sorte se aprendesse a ler? Ou aquela vez, na aula de educação física, quando o sr. Aden te disse que suas opções eram futebol, prisão ou as ruas? Se lembra de ter sido espancado em seu primeiro dia de ensino fundamental, Esso? E todo mundo dizendo que você não conseguia brigar?

— Eu me lembro — digo, sabendo o quanto tentei esquecer, por tanto tempo, cada cena dessa. — Me lembro de tudo. Encostei meu nariz na terra.

> — *E, toda vez, o que você fez?*

— Para com isso. — Abraço meu corpo.

— O que você fazia?

— Acreditava neles.

— *Nós acreditávamos neles. Não sabíamos fazer diferente; quando nos diziam que era tudo verdade, acreditávamos neles. Então isso começou a nos definir, começou a se tornar real.*

Ele tem razão. E no momento em que aceito isso, há um suave estrondo no chão.

— *Acreditar é ver, Esso. Sem crença, não há esperança. E, sem esperança, há apenas um beco cheio de adolescentes que em breve serão hashtags em moletons com capuz.*

A luz vermelha traçando as rachaduras abaixo dele brilha ainda mais. É como se a superfície do sol estivesse descascando aos nossos pés.

— *Rhia me ajudou a acreditar, e agora todas as coisas que deveriam estar escondidas não estão mais.* — Não há tempo para explicar tudo o que aprendi sobre energia, mas posso dizer que ele já sente. Crer é ver, e isso pode ser suficiente. —*Tudo o que precisamos fazer, tudo o que precisamos ver e ser, temos que começar a acreditar nisso agora. Não significa que a vida e as leis da física não vão nos atrapalhar, apenas significa que nós não*

> *nos colocaremos em nosso próprio caminho.*
> *Agora, levante-se, Esso.*

Meus sapatos da escola estão manchados com meu sangue, e minha cabeça está ficando mais leve a cada segundo. Se vou tentar, tem que ser agora. Já estou com um joelho levantado. Tudo o que ele está me pedindo para fazer é encontrar forças para dar um impulso e arrastar minha perna para o lugar dela.

— *Tudo o que você precisa ser, você tem que acreditar agora.*

— Vamos — grito para mim mesmo com os dentes cerrados. Bato nas minhas coxas algumas vezes, tentando tirá-las da dormência.

Mas só consigo chegar até a metade do caminho antes de cair de joelhos de novo.

> *Dói ouvi-lo grunhir e desmoronar. Então, tentar e cair de novo. Mas, por mais que eu queira ajudá-lo, não posso fazer isso. Ele tem que acreditar do jeito que eu acredito. Posso ouvir o medo desaparecendo de sua voz, substituído pelo tipo de foco letal que não ouvia de mim há anos. Rhia estava certa, percebo enquanto ele grita de exaustão. Fiz o meu melhor.*

Depois de minutos de gemidos, me vejo ofegante, encolhido, mas de pé, finalmente, sobre dois pés vacilantes.

— Me diga uma coisa. — Ofego entre as palavras. — O futuro. — Levo mais alguns segundos para recuperar o fôlego. — Vale tudo isso, certo?

Ele faz uma pausa pelo que parece uma eternidade antes de responder.

> — Sim — respondo, uma onda de calor
> subindo sob meus pés. — Vale a pena você lutar
> por ele. E vale a pena para mim viver.

Assinto. É tudo que eu precisava escutar. Lembrando o meu dia, toda a minha vida, provavelmente era só o que eu precisava ouvir.

> — Apenas um de nós pode voltar para aquele beco.
> E, já que eu não consigo ver porcaria nenhuma
> e é o seu "agora", tem que ser você. —
> Ele já está perplexo o suficiente e, se sobreviver,
> esquecerá tudo o que eu disse aqui. Mas tenho
> que falar isso de qualquer maneira.
> — Uma outra coisa... quando for a sua vez,
> imploro, volte e nos ajude, certo?

— Massa, cara. Acho que posso fazer isso.
Relâmpagos respingam luz na projeção atrás de mim. Eu deveria ter vacilado com o impacto e o flash, mas apenas fico ali, olhando. É a minha imagem deitado no chão com meu uniforme escolar, segurando minha barriga. Este é o "agora" no mundo que acabei de deixar.
Eu entro nele.

Quando meus olhos se abrem, ele se foi e todo o resto também. Olho para cima, e o céu se desdobra acima de mim, se espalhando em um lençol decorado com nuvens e estrelas e noite, até engolir o horizonte em todas as direções. Estou de volta ao beco. Todos estão de volta. E uma bala está voando pelo ar em direção a Nadia. *Déjà vu,* penso, sabendo pela primeira vez tudo o que isso significa.

O projétil está avançando mais rápido do que posso pensar, então me concentro nele, imagino que estou puxando o que quer que nos conecte. Sinto uma tensão, como um fio invisível entre minha mente e o invólucro de metal.

Mas não está cedendo. Mesmo depois de um quarto e quinto puxões, a bala continua avançando. E, quando eu estico a mão que não está embalando meu estômago, uma dor aguda me percorre.

Ainda sou humano, lembro. *Ainda estou perto de morrer sangrando neste beco.*

Uma nova bala sai do cano nas mãos de Spark. E então outra de um rifle à distância, desta vez visando Pinga-Sangue. Penso em correr para o trajeto da mais próxima, mas não há como chegar a tempo, muito menos de todas os outros.

Não há nada para me segurar. Nenhum lugar para ir. Ninguém para ajudar. Há apenas um lugar, percebo, para onde restava olhar.

Então, fecho meus olhos e inspiro profundamente, me dando espaço para pensar, sentir. A dor me toma a cada respiração, rasgando ainda mais as feridas. Mas a ignoro com esforço. Preciso fazer isso.

Outras duas rajadas são disparadas — cada explosão é um lampejo laranja no lado molhado das minhas pálpebras. Mas, desta vez, me entrego à luz e ao ruído. Absorvo o caos em vez de combatê-lo.

Acreditar é ver, digo a mim mesmo, ainda sem saber exatamente o que devo ver.

Concentro meu foco com mais força. Este é o momento para o qual tudo está levando. *Este*. Estou pronto para ver. Estou pronto para lutar.

A resposta penetra em minha carne como o sol na pele.

— Energia — sussurro.

Quando abro os olhos, não vejo mais balas de metal, vejo pacotes de fogo cruzando o ar, mísseis de chamas elétricas. Matéria se torna energia.

Imagino estar conectado a cada joule dentro de cada bala. Começo a confiar que posso controlar tudo, começo a acreditar que vou conseguir isso.

Estendo os dois braços para a frente. Não estou perto o suficiente para tocar nenhum dos projéteis, mas aperto com força de qualquer maneira, como se estivesse envolvendo minhas mãos em cada bala. Isso queima, como pegar carvão quente, mas pressiono com mais força, firmando as ondas de calor escaldando meus pulsos.

Há uma enorme quantidade de energia dentro de cada bala, posso sentir que estão prontas para explodir. Se eu soltar muito rápido, tudo em um raio de um quilômetro vira fumaça. Mas, se eu não fizer alguma coisa logo, as balas atingem seus alvos.

Só de pensar, de querer, eu perfuro as balas, dividindo suas cascas chamejantes em duas, deixando o calor e a luz vermelha surgirem. Observar isso é como olhar diretamente para o sol, para quinze sóis, cada um a poucos metros dos meus olhos. Se não desviar o olhar agora, ficarei cego. *Assim como ele*, lembro. Mas, se eu me virar ou perder o foco por uma fração de segundo, todos morrerão. Pelo canto do olho, vejo Kato e Rob se afastando do lampejo. Todos os outros, incluindo os homens com equipamento da SWAT, também cobrem os olhos.

Eu estou cedendo. Meus dedos e panturrilhas doem sob a tensão e meus olhos se enchem de lampejos vermelhos. Os pontos cegos começam a aparecer. Fraquejo e perco o controle da rajada em direção a Nadia e, como um vídeo saindo da pausa, a bala acelera novamente. Já converti a maior parte de seu metal em luz, mas a meiuca restante ainda a atravessaria.

Ignoro a dor, retomo o foco, respiro mais devagar.

— Não... ferra... com isso — grito para mim mesmo, puxando a bala, agora a um centímetro do crânio de Nadia. E, com tudo o que me resta, puxo meus braços para trás, liberando a última gota de energia presa lá dentro, e uma esfera quente de luz eletromagnética inunda o céu.

Estou deitado de costas, granizo derretido conectando minha coluna ao concreto. Tento me sentar e não consigo.

As sirenes cantam ao fundo, e as pessoas gritam termos médicos. Apalpo minha barriga para verificar se as facadas ainda estão vazando. Estão.

Consegui!

Salvei todos que pude. Nem menos, nem mais.

As nuvens de tempestade seguiram em frente. Assim como a luz escarlate ofuscante que inundou a atmosfera segundos antes, e eu fico com um céu salpicado de estrelas para olhar, sabendo que, em alguns minutos, minha visão ficará embaçada, depois manchada, depois desvanecerá até a cegueira pelo resto da minha vida. Em breve esquecerei quase tudo que vi no Mundo Superior, as lembranças darão lugar a quinze anos de confusão estática. Vou esquecer que cada momento da minha vida ainda está flutuando lá em cima, esperando para ser visto novamente, para ser revivido. Vou esquecer que tudo valeu muito a pena e as milhões de razões para isso.

Mas, por ora, enquanto me lembro, sorrio.

C.Q.D.[*]

---

[*] "Como queríamos demonstrar." Vem da expressão em latim *Quod erat demonstrandum*, que em geral aparece em demonstrações matemáticas ou científicas quando se chega ao resultado pretendido. (N. do T.)

O MUNDO DEPOIS

Epílogo
ESSO • 16 ANOS E MEIO DEPOIS

A julgar pelo número de conversíveis explodindo com música *neo-bashment* no trânsito, ninguém estava esnobando a primeira manhã ensolarada do verão. Com a Biblioteca de Peckham atrás de nós, Rhia e eu estávamos parados onde o beco se abria para a rua principal.

Mais de um ano havia se passado desde a noite em que ela e Olivia invadiram minha casa, a noite em que finalmente voltei para o Mundo Superior. Se não fosse a terapeuta de Rhia intervindo em meu nome, eu estaria na cadeia comendo miojo de uma chaleira elétrica agora, em vez de desfrutar de um passeio de verão com Rhia. Anahera achava que todas as loucuras que aconteceram conosco poderiam ser facilmente explicadas pela psicologia e pela ciência (ela sempre teve o cuidado de usar a palavra "ciência" em vez de "física", já que não queria "confundir" ainda mais a coitada da Rhia). Acontece que a amnésia dissociativa — na qual um evento traumático faz você esquecer as lembranças associadas a ele — é uma condição médica surpreendentemente comum que não requer um mundo invisível para explicar. E quando Rhia mostrou a Anahera as imagens do circuito interno de TV, ela respondeu que balas desapareciam de cenas de crime o tempo todo e que uma pane pode energizar um poste com luz suficiente para causar danos permanentes nos olhos de um homem adulto. Até Kato — a quem eu tinha contado sobre ter visto os fones de ouvido da Cantor's no Mundo Superior e que estava literalmente ao meu lado quando comprei as ações da empresa — duvidava que eu tivesse visto o futuro. Assim como todo mundo.

Mas Rhia e eu sabíamos.

— Acha que faria as coisas de forma diferente se pudesse? — ela perguntou. — Você sabe... se você se lembrasse do que via cada vez que subisse lá e tudo mais?

— Sabe o que é mais doido? — respondi, pensando nos quinze anos que passei esperando para voltar e mudar as coisas, só para voltar e fazer acontecer o que já tinha acontecido. — Não tenho certeza se mudaria alguma coisa.

Estava tão obcecado em chegar ao Mundo Superior para consertar o passado que ignorei quanto as regras da física eram rígidas, que nosso universo *era* aquele bloco imutável de espaço-tempo que Nadia havia descrito.

Mas, por mais rígidos que sejam passado e futuro, ambas as eternidades se equilibram em um único ponto, um eixo milagroso em que todos vivemos: o presente.

O aqui e agora é o único lugar em que somos livres para controlar nosso futuro, onde podemos redescobrir e refazer nosso passado. É o único lugar em que vou sentir o toque abrasador do sol... e os abraços de Rhia — que eram surpreendentemente sufocantes nos dias de hoje. As equações da relatividade riscam os mesmos arcos, quer você as execute para a frente ou para trás — quem pode dizer que o presente não é de onde fluem as duas extremidades do tempo? Onde experimentamos e escolhemos nossos destinos? Às vezes, não podemos avançar até olharmos para trás. Mas, quando o fazemos, o *Agora* é onde encontramos esse primeiro passo.

Rhia estava fazendo seus corres também. Depois de gabaritar as provas finais, fez seus exames de honra um ano antes e os gabaritou também. A UCL a ofereceu uma admissão antecipada no programa de física e, aparentemente, o time de futebol já estava de olho nela.

Um carro se aproximou, carregando um grupo de homens assobiando pelas janelas.

— Oi! Coisa gostosa! — veio um eco rouco pelo beco.

Na verdade, levei um segundo para perceber que o sujeito estava falando com Rhia. Caminhamos um pouco mais, fingindo não ouvir.

— Ei! — ele gritou atrás dela. — Eu disse que você é GOSTOSA!

A julgar pelo sotaque, eles definitivamente não estavam ligados ao grupo de Pinga-Sangue (ou "Tio Pinga-Sangue", como Rhia gostava de chamá-lo de brincadeira, mesmo que ainda não tivesse conseguido conhecê-lo). Depois de mais uma rodada de assobios, o carro arrancou, deixando uma fumaça sufocante para trás.

Para os babacas daquele carro, isso era apenas uma brincadeira de sábado de manhã. Me perguntei quantas vezes Rhia teve que lidar com esse tipo de bobagem e, pensando bem, quantas vezes eu fui o malandro no carro ou o pedestre silencioso passando com a cabeça baixa.

— Quer saber — falei, me virando para ela. — Não deixa isso passar batido!

— Como assim? — Sua voz estava trêmula, provavelmente tão zangada comigo pelo que eu sugeria quanto com os homens no carro. — Quer que eu corra atrás deles? Que arrume uma briga com os quatro?

— Não — respondi. — Faça do outro jeito. — Enquanto ela pensava nisso, usei meu dedo para desenhar uma flecha do nível da rua para o céu. — O teto... até onde você conseguir. Mas precisa se apressar.

Eu a ouvi pular para a beira da calçada, provavelmente para ter uma visão mais clara do ataque.

— Posso guiá-la pela memória de novo — ofereci.

Depois da ida de Rhia ao Sanatório St. Jude, compartilhei mais detalhes sobre meu último encontro com Nadia e, no processo, transformei a memória mais fraca e dolorosa de Rhia em uma que brilhava com amor. Do jeito que me lembrava, a bebê Rhia estava relaxando alegremente na grama quando tirei a foto de Nadia naquele banco. Mas Nadia estava tão ansiosa por se afastar de seu bebê que, assim que apertei o obturador, ela pulou e agarrou Rhia, sorrindo enquanto cantarolava uma canção de ninar sonolenta em seu ouvido.

— Não, é tranquilo — respondeu Rhia quando um vento barulhento entrou no beco. — Eu assumo desta vez.

— Lembre-se: a gravidade é uma ilusão — falei mesmo assim, imaginando-a já abrindo a JANELA. Ela leu sobre como Einstein, depois de descobrir espaço, tempo e energia, passou mais uma década em um buraco rabiscando equações, então percebeu que estávamos vendo a gravidade do jeito errado também. Ela mesma deduziu a matemática, até me ensinou uma coisa ou duas sobre variedades Riemannianas.

Mas a próxima frase era toda minha. — E quando uma maçã cai de um galho, ela não cai no chão...

— Eu sei, eu sei — ela respondeu. — A maçã fica parada. É o solo que acelera para encontrá-la.

Ouvi um grunhido áspero: metal se retorcendo e o som de parafusos saindo de seus furos. Então veio um som alto, BAM! — o teto do carro sendo arrancado do chassi — e, por fim, o assobio suave de uma peça não identificada deixando a atmosfera.

Graças a Rhia, um Vauxhall sem teto e com quatro caras aterrorizados gritando dentro dele agora circulava por Peckham. O que deixa tudo ainda mais hilário, quase poético, era que o universo parecia um lugar mais leve e arejado por causa disso.

Nós dois rimos tanto que tivemos que nos sentar onde o concreto encontrava a parede de tijolos no beco.

— Não vai estourar os pulmões — disse Rhia, vendo que eu ainda estava me matando de rir. — Você é a única família que tenho agora.

Fiquei com a garganta apertada de vontade de chorar e tentei criar alguma distância entre nós para que ela não notasse. Eu ficava mais manteiga derretida a cada semana.

— De qualquer forma, falei que tinha algo importante para te contar — ela lembrou.

— Sim, então, continue. — Eu ainda estava piscando mais rápido do que queria.

— Então, eu meio que... talvez tenha pedido... a um velho amigo para baixar os registros da minha mãe de um banco de dados apagado do St. Jude. — Depois de aguentar minha expressão reprovadora, ela acrescentou: — Olha, é sobre minha mãe, mas não é o que você pensa.

— Não sei, não, Rhi. Eu finalmente... quase... cheguei a essa coisa de aceitação. Achava que você também estava tentando fazer isso.

— Estou. Na maior parte do tempo. Quer dizer, não me entenda mal, eu ainda gostaria de ter meus pais por perto, da mesma forma que gostaria que os caras que acabaram de passar por nós não fossem todos idiotas. Mas não estou mais esperando que alguém apareça e me conserte. Sinto que já estou inteira.

Desta vez, eu tive que respirar bem fundo para reprimir as lágrimas. Não conseguimos salvar Nadia e D, mas pelo menos conseguimos salvar um ao outro.

— Então, você quer saber o que descobri ou não?
— Claro que sim.
— Bem — disse ela, fazendo uma longa pausa —, acontece que minha mãe guardou um caderno enquanto estava lá.
— *E*?
— E... você estava definitivamente certo sobre ela não ser louca. — Rhia fez outra pausa sofrida. — Acho que é o Mundo Superior que é mais louco do que pensávamos.

Essa parte não me surpreendeu: sempre que um círculo de conhecimento se expande, o muro de ignorância que o cerca faz o mesmo.

— *E* — ela acrescentou, quase sussurrando agora — seu pai... não era o único que sabia disso.

ANEXOS

ANEXO I: TEOREMA DE PITÁGORAS (DO CADERNO ESCOLAR DE ESSO ADENON)

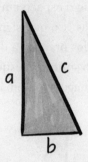

Aparentemente, Pitágoras pegou quatro triângulos idênticos (como o acima) e os organizou em uma placa quadrada branca — na primeira vez, fazendo o padrão à esquerda (abaixo) e, na segunda vez, fazendo o padrão à direita.

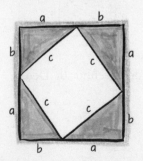 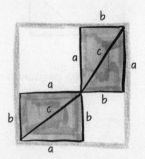

A placa esquerda tem um quadrado branco vazio no meio. Como os lados desse quadrado têm um comprimento de c, ele tem uma área de c^2 (já que a área de um quadrado é comprimento vezes largura e essas medidas são iguais).

Mas a placa direita tem *dois* quadrados brancos vazios nele. Usando a mesma lógica de antes, descobrimos que o que está no topo tem uma área de a^2 e o outro tem uma área de b^2.

E aí vem a parte inteligente: do arranjo da esquerda para a direita, nenhum dos triângulos mudou de tamanho, e a placa branca que está servindo de apoio para eles também não... o que significa que o espaço em branco total deve ser o mesmo nas duas figuras... o que significa que a área combinada dos dois quadrados brancos à direita deve ser igual à área do grande quadrado sozinho à esquerda.

Ou, falando em linguagem matemática: $a^2 + b^2 = c^2$.

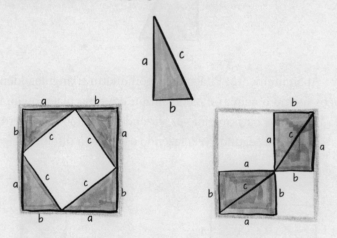

É tipo uma página do caderno de desenhos de Deus...

ANEXO II: DERIVAÇÃO DA VELOCIDADE DA LUZ (DO CADERNO DE RHIA)

Equação de Maxwell para calcular a velocidade de indução eletromagnética:

$$V = \frac{1}{\sqrt{\varepsilon \times \mu}}$$

(velocidade?) — ε: eletricidade — μ: magnetismo

Pego os valores oferecidos pelo meu livro didático de física e coloco no lugar dos símbolos de eletricidade e magnetismo, à direita do sinal de igual:

$$V = \frac{1}{\sqrt{0{,}00000125663706 \times 0{,}0000000000088541878}}$$

Digitando isso na minha calculadora do celular, tenho como resultado:

$$V = 299{,}792{,}458$$

Ou arredondando...

$$V = 300,000,000$$

A exata velocidade da luz em metros por segundo.

ANEXO III: DAS ANOTAÇÕES DE RHIA BLACK

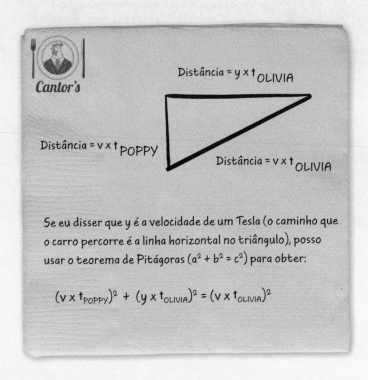

Distância = $y \times t_{OLIVIA}$

Distância = $v \times t_{POPPY}$

Distância = $v \times t_{OLIVIA}$

Se eu disser que y é a velocidade de um Tesla (o caminho que o carro percorre é a linha horizontal no triângulo), posso usar o teorema de Pitágoras ($a^2 + b^2 = c^2$) para obter:

$(v \times t_{POPPY})^2 + (y \times t_{OLIVIA})^2 = (v \times t_{OLIVIA})^2$

Então, posso multiplicar os parênteses...

$$v^2 \times t_{POPPY}^2 + y^2 \times t_{OLIVIA}^2 = v^2 \times t_{OLIVIA}^2$$

Depois dividir cada grupo na equação por v^2...

$$t_{POPPY}^2 + \frac{y^2}{v^2} \times t_{OLIVIA}^2 = t_{OLIVIA}^2$$

E, finalmente, reorganizar a equação (enquanto extraio a raiz quadrada de ambos os lados) para obter uma fórmula mestra que me diz exatamente como a medida de tempo de Olivia se compara à de Poppy:

$$t_{OLIVIA} = \frac{1}{\sqrt{1 - \frac{y^2}{v^2}}} \times t_{POPPY}$$

ANEXO IV: DAS ANOTAÇÕES DE RHIA BLACK

Pegando o mesmo triângulo da última anotação, monto a seguinte equação (usando Pitágoras):

$$(vt_{Olivia})^2 = (yt_{Olivia})^2 + (vt_{Poppy})^2$$

Também posso destrinchar a velocidade do carro, y na equação, em seus componentes em todas as três dimensões do espaço (novamente usando Pitágoras).

$$y = \frac{\sqrt{x^2 + q^2 + z^2}}{t_{Olivia}}$$

Em seguida, substitua esta versão de y de volta na primeira equação.

$$(vt_{Olivia})^2 = \left(\frac{\sqrt{x^2 + q^2 + z^2}}{t_{Olivia}}\right)^2 (t_{Olivia})^2 + (vt_{Poppy})^2$$

$$(vt_{Olivia})^2 = x^2 + q^2 + z^2 + v^2 t_{Poppy}^2$$

Se eu dividir todos os termos em ambos os lados da equação por t_{Olivia}^2, então tenho:

$$v = \sqrt{\left(\frac{x}{t_{Olivia}}\right)^2 + \left(\frac{q}{t_{Olivia}}\right)^2 + \left(\frac{z}{t_{Olivia}}\right)^2 + \left(v\frac{t_{Poppy}}{t_{Olivia}}\right)^2}$$

Se um objeto/pessoa está viajando pelo espaço na velocidade da luz, os três termos em cinza são iguais a v^2 (novamente por causa de Pitágoras) e o termo de viagem no tempo, v, na ponta direita é zero (ou seja, a viagem pelo tempo para). Se um objeto/pessoa está parado no espaço, os três termos cinzas à esquerda são iguais a zero e o termo de viagem no tempo na ponta direita é igual à velocidade da luz.

Agradecimentos

Obrigado, **Afkera**: minha alma gêmea que mora comigo e que é minha arma (não tão) secreta. Obrigado, **mãe** e **pai**, pelo amor e imaginação que permitiram que eu e essa história existíssemos. Meu carinho a **Jumy**, **Modupeola**, **Bose** e **Femi B**: os Maiores Irmãos do Mundo™. Obrigado também ao restante da minha família: o **Imparável Adepojus**, o **Incomparável Falades** e o **Eterno Emiolas** (agradecimentos especiais pelo teto para a **tia Tayo**, e, pelas conversas na "sala de reunião", a **Tosin**). Obrigado, **John**, meu primeiro e mais inesperado professor de física.

Sigam firmes: **Abim**, **Sam**, **Bishup**, **Kate**, **Jasmine**, **Ella**, **Loquacity** e **C.S.**, minhas saudações por ajudarem a tornar esse sonho real. E para todos os meus primeiros leitores críticos — **Kura**, **Viki**, **Matt**, **Tunuka**, **Pete**, **Kwasi**, **Linda** e **Tobi** —, seu tempo e sabedoria fizeram a diferença.

Amor à minha equipe MEF (**Denice** e **Asmeret**) por conduzir este navio lindamente. Obrigado à minha inigualável agente, **Claire** (por ser Claire), às equipes **Penguin Random House UK** e **HarperCollins US** por apostarem em mim e ao meu trio incrível de editoras — **Emma**, **Stephanie** e **Asmaa** — por acertarem em ambos os lados do oceano.

Tom, **Weruche**, **James** e **Lazzro**: vocês entregaram *tudo* no audiolivro em inglês. Agradeço a Deus pelo seu cuidado. E meu amor para **Daniel**, **Eric**, **Tendo** e **Michelle** por darem a esta história uma segunda vida fora do papel.

**Confira nossos lançamentos,
dicas de leitura e
novidades nas nossas redes:**

 editoraAlt
 editoraalt
 editoraalt
 editoraalt

Este livro, composto na fonte Fairfield,
foi impresso em papel polen natural 70g/m² na gráfica Lis.
São Paulo, Brasil, março de 2023.